常州市文学艺术界联合会

年鉴（2022）

常州市文学艺术界联合会　编

方志出版社
Publishing House of Local Records

图书在版编目（CIP）数据

常州市文学艺术界联合会年鉴 . 2022 / 常州市文学艺术界联合会编 .—北京 : 方志出版社， 2022.12

ISBN 978-7-5144-5674-5

Ⅰ . ①常… Ⅱ . ①常… Ⅲ . ①中国文学艺术界联合会－常州－ 2022 －年鉴 Ⅳ . ① I2-26

中国版本图书馆 CIP 数据核字 (2022) 第 256436 号

责任编辑：陈　菁
责任校对：张玉霞
责任印制：梅中英
出 版 者：方志出版社
地　址：北京市朝阳区潘家园东里 9 号（国家方志馆 4 层）
邮　编：100021
网　址：http://www.zgfzcb.cn
发　行：方志出版社图书营销中心（010-67110500）
印　刷：常州报业传媒印务有限公司
开　本：889 毫米 ×1194 毫米 1/16
印　张：11
字　数：328 千字
版　次：2022 年 12 月第 1 版
印　次：2022 年 12 月第 1 次印刷
定　价：100.00 元

《常州市文学艺术界联合会年鉴（2022）》编委会

主　任　舒　文

副主任　胡军生　周勇刚　王　蓉　池银合　沙　滩　吴　鸣　陆克寒
熊祖鹏　孙　薇

委　员　马士勇　卞友文　冯素俊　刘　益　刘明珠　许　靖　孙　芳
孙　薇　李怀中　李佩然　李啸东　杨秀妹　吴　鸣　沈华强
沈佳宾　沈爱华　张　怡　张　俊　陈　清　周　滨　周冬军
龚　黎　龚胜铭　盛克俭　蒋小萍　谢　庆　熊祖鹏　戴文伟

《常州市文学艺术界联合会年鉴（2022）》编辑部

主　任　舒　文

副主任　蒋小萍　周冬军

编　辑　马　燕　任小霞　王建湘　杨东建　徐杰泷　林盛阳　徐　怡
沈丽珺　李彬玉　王　恬

《常州市文学艺术界联合会年鉴（2022）》撰稿人

丁月辉　马　燕　王明盛　王建湘　叶当当　朱　瑜　肖　霞　何　钰
言禹墨　张愚非　陈韵华　林盛阳　夏雪慧　徐　怡　徐杰泷　徐澄范
梅　丽　葛　岩　蒋和鸣　韩　露　管中文　戴文静

常州市文学艺术界联合会第十一次代表大会

①1月9日，常州市文学艺术界联合会第十一次代表大会在行政中心举行

②1月9日，常州市文学艺术界联合会第十一次代表大会全体委员合影

③1月9日，常州市文学艺术界联合会第十一届一次全委会召开，图为投票现场

②

③

常州文艺界党史学习教育报告会

①

②

①6月28日，常州市文联党组书记、主席舒文（右）向文联退休老党员唐锡勇（左）、徐万银（中）颁发“光荣在党50年”纪念章

②6月28日，市文联党组成员、副主席胡军生，党组成员、专职委员周勇刚，天宁区天宁街道党工委副书记、办事处主任汪舟，天宁街道青果巷社区党总支书记兼主任周文静为各文艺家协会党支部授牌

③6月28日，市文艺家代表吴鸣代表中青年艺术家讲述了自己创作经历

④6月28日，市文艺家代表张怡代表中青年艺术家讲述了自己创作经历

⑤6月28日，市文艺家代表任小霞代表中青年艺术家讲述了自己创作经历

⑥6月28日，市文艺家代表演绎配乐诗朗诵《伟大的声音》

常州文艺人才“结对传承”行动

①5月11日，常州文艺人才“结对传承”行动暨常州文艺战略合作签约仪式在市行政中心星聚堂举行

②5月11日，常州文艺人才“结对传承”行动签约仪式现场向名师代表颁发聘书

③范小青（右）与荆枫（左）结对

④周京新（右）与吴鸣（左）结对

⑤邢晏芝（右）与钮惠清（左）结对

在常州文艺人才“结对传承”行动现场，范小青、周京新、叶培贵等一批来自全国、全省及本地的文学、美术、戏剧、摄影、音乐、曲艺、工艺美术、评论等门类的领军代表和常州艺术门类代表成为结对师徒。

⑥叶培贵（右）与吴彦颐（左）结对

⑦周东亮（右）与吴铁军（左）结对

⑧汤德胜（右）与张霆（左）结对

重要会议和活动

③

④

① 3月3日，常州市文学艺术界联合会十一届二次全委（扩大）会议

② 9月27日，常州市文联传达贯彻第十三次党代会精神大会

③ 4月16日，常州市文联党组书记、主席舒文向“恽南田美术奖”第二届常州美术大展获奖者颁发证书

④ 4月23日，第五届江苏省紫金合唱节常州赛区比赛暨第四届常州市合唱大赛在常州大剧院举行

①

②

③

④

①4月25日—28日，由中国摄协、江苏省文联主办，常州市文联、东方盐湖城承办的2021年全国摄影工作会议在常州东方盐湖城召开

②4月20日，“美丽乡村行”常州市雕塑艺术邀请展开幕式合影

③5月18日，作家叶辛作“百年初心与红色文化”讲座

④5月30日—6月8日，“文墨·写心”——常州市首届文艺评论家学术提名展在市文联文艺家之家开幕，图为常州市文联党组成员、副主席胡军生（右十）向入展的张家毅（右八）、史驿琦（右七）、王艳（右九）、陈利玲（左九）、万松（右五）、徐尉刚（右六）、杨东建（左七）、黄响铃（左八）8名青年书画家颁发证书

① 6 月 2 日，2021 常州中吴文化艺术节开幕活动在常州大剧院举行，主办方与常州大剧院、文化创意产业联盟、《现代快报》、大运河文化带建设研究院、江苏晋陵文旅等单位签订了战略合作协议

② 9 月 25 日，“庆祝中国共产党百年华诞”常州市主题创作书法展开幕

③ 6 月 2 日，“寸草心声”—— 常州市工艺美术精品展在江苏省现代美术馆开幕

④ 9 月 29 日，红色记忆 · 常州百年党史寻迹征文大赛颁奖会在市文联多功能厅举行，图为征文颁奖现场

⑤ 11 月 19 日，“辉煌历程　华彩百年”常州市庆祝建党百年主题美术创作展颁奖仪式在常州画院举行，图为获奖作者合影

④

⑤

中国作家网 www.chinawriter.com.cn 中国作家协会主管 用户登录

机构 服务 会员 文学奖项 理论评论 文史 科幻
新闻 访谈 投稿 直播 艺术 世界文坛 民族文艺 网络

中国作家网 >> 新闻 >> 各地文讯

首届高晓声文学奖评选公告

来源：江苏作家网 | 2021年11月24日11:07

关键词：江苏作协 高晓声文学奖

高晓声文学奖是在江苏省作家协会、常州市委宣传部指导下，由常州市文学艺术界联合会设立的专项文学奖项。首届高晓声文学奖评选工作已经启动，现将有关事项公告如下：

一、指导思想

全面贯彻落实习近平新时代中国特色社会主义思想和习近平总书记关于文艺工作系列重要论述，坚持“二为”方向和“双百”方针，繁荣我国社会主义文学，鼓励新时代乡村文学作品创作，坚持公开、公平、公正的原则，推出一批体现民族精神和时代精神的优秀新乡村题材小说作品。

江苏作家 江苏省作家协会 主办

首页 机构概况 作协动态 作家沙龙 新书速递 文学期刊 文学奖项 会员辞典 联系我们

首页 > 公告栏

首届高晓声文学奖评选公告

(2021-11-23 14:53)

高晓声文学奖是在江苏省作家协会、常州市委宣传部指导下，由常州市文学艺术界联合会设立的专项文学奖项。首届高晓声文学奖评选工作已经启动，现将有关事项公告如下：

一、指导思想

全面贯彻落实习近平新时代中国特色社会主义思想和习近平总书记关于文艺工作系列重要论述，坚持“二为”方向和“双百”方针，繁荣我国社会主义文学，鼓励新时代乡村文学作品创作，坚持公开、公平、公正的原则，推出一批体现民族精神和时代精神的优秀新乡村题材小说作品。

二、评选范围

参评作品须于2020年1月1日至2021年11月30日在国家正式报纸、刊物、出版社、网站公开发表和出版，单篇作品以首次发表的时间为准，书籍以版权页标明的第一次出版时间为准。用少数民族文字创作的作品，以汉语译本参评。

①

②

① 11 月 23 日—24 日，首届高晓声文学奖评选公告发布

② 11 月 26 日，“我的最美常州”市民影像大赛在红梅公园启动，图为开镜仪式

③ 12 月 1 日，“戎耀龙城”常州市退役军人诗书画比赛、“镜头里的常州双拥”摄影比赛作品展开幕式在常州美术馆举行，图为开幕式现场举办的颁奖仪式

④ 12 月 23 日，由常州市文联主办的第十七期文艺家读书班暨第六期青年文艺家读书班在市委党校举办，图为读书班学员合影

戎耀龍城
常州市退役军人诗书画比赛
“镜头里的常州双拥”摄影比赛
作品展
开幕式
展览时间——2021年12月1日～7日
展览地点——常州美术馆7楼3、4号展厅
③

④

文艺成果

①、②锡剧《烛光在前》荣获第五届江苏省文华奖表演奖、音乐奖，图为颁奖现场

③、④由中国文联、中国文艺评论家协会主办的第六届“啄木鸟杯”中国文艺评论年度推优云发布典礼在北京举行。常州市文艺评论家协会副秘书长、常州大学教师吴彦颐撰写的评论《中国当代美术批评的理念更新与理性重建》获第六届“啄木鸟杯”中国文艺评论长篇评论奖

①

②

③

④

①、②、③、④ 10 月 22 日，张霆摄影组照《江南旧曾语》入选由中国文学艺术界联合会、中国摄影家协会主办的第 28 届全国摄影艺术展

⑤中篇苏州评弹《邓稼先》荣获第九届江苏省文艺大奖·曲艺奖“节目奖”

⑥中篇苏州评弹《邓稼先》荣获第九届江苏省文艺大奖·曲艺奖“文学奖”

第九届江苏省文艺大奖
曲艺奖颁奖仪式
暨惠民演出
主办单位：江苏省文学艺术界联合会
承办单位：江苏省曲艺家协会 中共南通市委宣传部
南通市文化广电和旅游局 南通市文学艺术界联合会
⑤

第九届江苏省文艺大奖
曲艺奖颁奖仪式
暨惠民演出
主办单位：江苏省文学艺术界联合会
承办单位：江苏省曲艺家协会 中共南通市委宣传部
南通市文化广电和旅游局 南通市文学艺术界联合会
⑥

① 11 月 26 日，沈华强的留青竹刻《凝芳》获江苏省文艺大奖 · 第六届民间文艺奖

② 11 月 26 日，孙燕云制作的乱针绣《常州三杰》获江苏省文艺大奖 · 第六届民间文艺奖

②

①

②

① 11 月 26 日，邢粮设计、董玥彤制作的梳篦《盛世千象》获江苏省文艺大奖 · 第六届民间文艺奖

② 12 月 29 日，第三届江苏省文艺大奖 · 电影奖颁奖典礼在常州现代传媒中心举行。其中，《桂香街》获二等奖，图为颁奖仪式现场

文艺惠民

①、②4月，常州市作协副秘书长任小霞（图左）、常州市作协副秘书长王建湘（图右）进校园授课

③3月—12月，常州市美协“彩墨传情歌伟业、丹霞达意颂党恩”2021年常州市名家书画作品展暨钟楼区文化馆总分馆巡回展进商区、进街区、进社区、进企业、进校园开展百场惠民活动，图为庆祝建党100周年名家书画作品基层巡回展活动现场

④2月2日，常州市书协走进常州市疾控中心开展“迎新春送祝福”活动，图为活动现场

⑤5月14日，常州市摄协摄影家走进常州市新北区三井实验小学，与少年摄影爱好者进行互动

①

②

③

① 6 月 9 日，常州市剧协开展“关爱有‘家’”志愿服务活动，志愿者们到常州金安老年公寓，为老人们送上了精彩纷呈的戏曲文艺节目

② 7 月 9 日，常州市曲协庆祝中国共产党建党 100 周年“传承红色经典　凝聚奋进力量”——常州传统曲艺专场展演

③ 5 月 15 日，常州市音协赴宁陕开展教育对口协作帮扶交流活动，图为常州市音乐家协会捐赠仪式现场

④ 3 月 27 日，由常州市舞协等单位主办的“我心向党”纪念建党 100 周年优秀群众舞蹈首场展演

⑤ 11 月 30 日，常州市民协楹联委员会走进常州市第二实验小学讲授诗词楹联知识

⑥ 7 月 8 日，由常州市委宣传部等单位主办、常州市影视家协会等承办的“艺说党史 · 红色大师课——看红色电影　学百年党史”讲座在现代传媒中心报告大厅举办

7d220d2fa353a383f8137146a30bdd9d.mp4
④

⑤

庆祝中国共产党成立100周年
艺说党史·红色大师课
看红色电影 学百年党史
主讲人 江平
主办方
常州市委宣传部 常州国家高新区党工委（新北区委）
承办方 常州国家高新区党工委（新北区委）宣传统战部
常州市影视家协会
支持方 常州广播电视台
江苏亚细亚影视制作有限公司
⑥

①

①9月20日，常州市工美协会在五星社区开展非遗庆中秋文化惠民活动，图为惠民活动现场

②7月14日，常州市诗词协会开展“花开有声　艺心向党”艺术党课活动

③4月29日，常州市评论家协会邀请江苏理工学院文化与旅游学院教授赵贤德作“‘常州三杰’与红色中国”主题讲座

④10月1日—7日，溧阳市文联组织开展“国庆七天·美音相伴”溧阳精品文艺汇演，图为10月1日举行的戏曲专场演出

⑤1月3日，金坛区文联组织“戏曲进农村”惠民巡回演出，图为谢桥村委专场演出

⑥5月28日，武进区文联组织开展“学党史、颂党恩、跟党走”音乐诗文朗诵会

②

③

"国庆七天·美音相伴"溧阳精品文艺汇演
戏曲专场演出
主办单位：中共溧阳市委宣传部
承办单位：溧阳市文学艺术界联合会
溧阳市文体广电和旅游局
④

《梨园春 惠民行》
2021年金坛区"戏曲进农村"惠民巡回演出谢桥村委专场
文化进万家 金坛非遗
⑤

⑥

"共享中国梦 纪念毛泽东
新北区戏曲展演
主办单位：新北区文学艺术界联合会
承办单位：新北区戏剧曲艺协会
①

2021年天宁区广场舞大赛
"永远跟党走 幸福舞起来"
②

③

① 6 月 18 日，新北区文联创作红色锡剧《刘胡兰》在新北区河海实验小学进行首场演出

② 5 月 28 日，天宁区文联在焦溪体育公园开展 2021 年天宁区广场舞大赛

③ 5 月 28 日，钟楼区文联组织“2021 年钟楼区庆祝建党 100 周年群众广场舞大赛”

协会换届

①

②

① 12 月 21 日，常州市戏剧家协会第八次会员代表大会顺利召开，图为代表合影
② 12 月 22 日，常州市音乐家协会第八次会员代表大会顺利召开，图为代表合影
③ 12 月 31 日，常州市舞蹈家协会第八次会员代表大会顺利召开，图为代表合影

编辑说明

一、《常州市文学艺术界联合会年鉴（2022）》坚持以马克思列宁主义、毛泽东思想、邓小平理论、“三个代表”重要思想、科学发展观、习近平新时代中国特色社会主义思想为指导，坚持辩证唯物主义和历史唯物主义的立场、观点和方法，是一部全面记载常州市文艺事业发展情况的资料性工具书。

二、《常州市文学艺术界联合会年鉴（2022）》是常州市文学艺术界联合会（以下简称“常州市文联”）组织编撰的市级文艺专业年鉴，为首次出版。《常州市文学艺术界联合会年鉴（2022）》收录了市级文艺家协会、辖市区文联，常州市文联各部门、单位的主要工作情况，宏观介绍各团体会员单位或文联职能工作年度情况，为社会各界人士了解和研究常州文艺事业发展提供全面、准确、系统的信息资料。

三、本年鉴记述起讫时间为2021年1月1日至12月31日。由于本卷为首卷，组织机构中对文联设置情况适当追溯。

四、《常州市文学艺术界联合会年鉴（2022）》采用分类编辑法，设类目、分目、条目三个层次，条目为记述的基本层次，条目标题加“【】”。

五、本卷年鉴设彩图、专记、常州市文学艺术界联合会大事记、常州市文学艺术界联合会构成、各文艺家协会、辖市区文联、人物、年度荣誉、附录9个类目。卷首彩页设常州市文学艺术界联合会第十一次代表大会、常州文艺界党史学习教育报告会、常州文艺人才“结对传承”行动、重要会议和活动、文艺成果、文艺惠民、协会换届7个专题。特载收录专题文章6篇 。卷末附录收录重要讲话、工作报告及组织机构。

六、本年鉴文稿、图片均按常州市文联年鉴编纂委员会审定的组稿计划和撰稿要求，由各文艺家协会、各辖市区文联以及常州市文联各部门、单位指定专人负责组稿、撰写和提供，并经主管负责人审核签发。

目　录

专记

常州市文学艺术界联合会大事记

常州市文学艺术界联合会构成

各文艺家协会

辖市区文联

人物

年度荣誉

附录

常州市文学艺术界联合会年鉴 2022

专记

常州市文联第十一次代表大会

1月8日—9日，常州市文联第十一次代表大会在市行政中心隆重举行，图为常州市文学艺术界联合会第十一次全委会委员合影

1月8日—9日，常州市文联第十一次代表大会在市行政中心举行。大会代表应到288人，实到261人，符合规定人数要求。江苏省文联党组书记、常务副主席、书记处第一书记水家跃，常州市委书记、市人大常委会主任齐家滨，市委副书记、市长陈金虎，市政协主席白云萍，市委常委、市纪委书记、市监委主任张春福，市委常委、统战部部长、市科教城党工委书记韩九云，市委常委、宣传部部长陈涛，市委常委、常州高新区党工委书记、新北区委书记周斌，市委常委、秘书长方国强，市委常委、常务副市长梁一波，市人大常委会常务副主任张耀钢，副市长陈正春，以及市相关部门的领导和人民团体的负责人员出席会议，部分文艺界老领导、老艺术家代表列席会议。常州市文联党组书记、主席舒文代表市文联第十届委员会，向大会作题为《培根铸魂勇担当　守正创新争一流　奋力抒写新时代常州文艺高质量发展新篇章》的报告。

1月8日下午，召开市文联第十届委员会主席团预备会议。听取大会筹备工作情况报告，通过代表资格审查报告、大会主席团和秘书长建议名单、大会议程，成立大会临时党组织。召开第一次主席团会议，通过会议日程安排，通过大会副秘书长建议名单及大会主席团执行主席轮值建议名单，讨论文联第十一届委员会组成办法（草案）。

1月9日下午，常州市文联第十一次代表大会举行第二次全体会议及第十一届一次全委会。第二次全体会议选举文联第十一届委员会委员，会议通过《文联十一届委员会组成办法（草案）》和文联第十一届委员会委员建议名单。大会以无记名投票方式进行差额选举，70人当选为文联第十一届委员会委员。第十一届一次全委会通过《文联第十一届委员会主席、副主席选举办法》、大会选举工作人员建议名单，听取文联第十一届委员会主席、副主席建议名单的说明及候选人情况介绍。会议以无记名投票方式，差额选举产生文联第十一届委员会主席、副主席。舒文当选为市文联第十一届委员会主席，胡军生、王蓉、吴鸣、陆克寒、熊祖鹏、孙薇当选为市文联第十一届委员会副主席。

大会立足“举旗帜、聚民心、育新人、兴文化、展形象”的使命任务，以“争当表率、争做示范、走在前列”的责任担当，认真落实中央和省委关于繁荣发展社会主义文艺、加强和改进党的群团工作的部署要求，贯彻落实市委第十二届十一次全会精神，总结市文联第十次代表大会以来的工作，研究今后一个时期重点任务。

大会全面总结了常州市文联第十次代表大会以来全市文艺事业的奋进历程，从始终坚持和加强党的全面领导、用党的最新思想理论武装文艺界，组织重大主题文艺活动和文艺创作，繁荣文艺创作，推出文艺精品，加强文艺队伍建设，探索文联新定位、新职能、新机制等方面简明扼要地总结过去五年常州市文联发展最主要的成绩，从完善党建引领机制、完善联络协调机制、人才培养机制、创作引领机制、激励引导机制五个方面对今后五年常州市文联的工作进行了展望。

大会号召全市广大文艺工作者要高举习近平新时代中国特色社会主义思想伟大旗帜，深入贯彻落实习近平总书记视察江苏重要讲话指示精神和关于文艺工作的重要论述精神，坚持文化自信、增强文化自觉，推动常州市文艺事业迈上新台阶、登上新高峰。广大文艺工作者要培根铸魂，吹响“文艺号角”；勇攀高峰，书写“时代精神”；脚踏实地，讲好“常州故事”；聚焦聚力，打造“人才高地”；解放思想，培育“文化沃土”。走出方寸天地，扎根人民生活，聚焦时代题材自觉创作，把艺术追求融入常州发展的大局之中，把常州打造成优秀文艺人才的聚集地和新高地，积极推动文化“走出去”，让龙城韵味、常州风尚声名远播。

常州市文联第十一届二次全委（扩大）会议

3 月 23 日，常州市文联十一届二次全委（扩大）会议召开，图为会议现场

3 月 23 日，常州市文联第十一届二次全委（扩大）会议在常州富都戴斯酒店召开。会议全面总结常州市文联 2020 年工作，部署 2021 年工作。常州市文联第十一届委员会委员、文艺社团负责人、文联机关人员近 100 人参加了会议。

会上，常州市文联党组书记、主席舒文作了题为《永葆初心　牢记使命　开启常州文艺高质量发展走在前列新征程》的工作报告。更替、增补了李萍、朱少杰、谢庆 3 人为常州市文联第十一届委员会委员，对 2020 年度文联系统先进文艺家协会、先进文艺社团、文联工作创新成果、优秀文艺成果、宣传信息先进集体代表进行了表彰。与会人员还围绕如何开展好全年工作进行了分组讨论。武进区文联、常州市作协、常州市美协、常州市摄协和常州市吟诵艺术协会进行了大会交流。

会议全面总结了 2020 年以来，常州市文联各项工作所取得的成绩。面对突如其来的新冠疫情，常州市文联在市委、市政府的坚强领导下，全面贯彻落实中共十九大和十九届二中、三中、四中、五中全会精神，紧紧围绕市委、市政府中心工作，统筹推进疫情防控和文艺工作，在“五大明星城”建设中彰显文艺价值、贡献文艺力量。各级文联组织、各文艺家协会、文艺社团自觉加强自身建设，广大文艺工作者深入生活、扎根人民，积极投身“五大明星城”建设，为常州高质量发展走在前列作出了新贡献。

报告指出，面对突如其来的疫情，常州文艺界迅速行动，编创反映疫情防控典型人物和典型事件的文艺作品 2000 余件，在“学习强国”学习平台、今日头条、搜狐、新浪、腾讯、壹传播及全国、省级文艺家协会公众号上广泛推送，产生了积极而广泛的影响。各辖市区文联、文艺家协会、文艺社团积极开展抗疫作品和爱心捐款征集，以书画作品义捐、慈善拍卖等活动，团结社会爱心人士为抗击疫情贡献力量。组织全市美术家、书法家创作 300 余幅书画美术作品，捐赠给全市抗击疫情中的先进个人和党组织，用艺术礼赞龙城抗疫先锋。

创作出版长篇报告文学《彩虹之路》、歌曲《奋斗的青春最美丽》，签约扶持5部重点文学作品。在省第七届紫金山文学奖评选中，《常州进行曲》和《风中的轮笛》分获报告文学奖和短篇小说奖。《常州进行曲》还获得了第四届江苏报告文学奖金奖。3人获第三届江苏美术奖。9件作品入选恽南田艺术双年展，为历史最好成绩。1件中篇苏州弹词获第十一届中国曲艺牡丹奖曲艺大赛文学奖提名。

为加快常州文艺人才队伍建设，常州市文联部署开展“结对传承”和“师徒结对”行动，对协会加强管理考核，提供资金奖励，为优秀学员提供创作成果展示、展演场地等支持服务。在省“紫金文化人才培养工程”评选中，2人被评为文化英才，3人被评为文化优秀青年。在2022年“常州市突出贡献人才”评选中，1人被评为常州市突出贡献人才。完成新一轮15位特聘词曲作家与7位青年作家的签约工作。

围绕美丽乡村建设、大运河文化带建设、老城厢复兴、两岸交流等市委、市政府中心工作，市文联积极创新各类文艺活动载体和形式，在天宁牟家村揭牌成立“美丽乡村艺术创作基地”，举办“塑说大运河”全国雕塑艺术大赛作品展、美丽乡村书画摄影作品展、相声小剧场与老城厢文旅融合发展研讨会、常台“两岸情”摄影交流30周年纪念活动等重要文艺活动，扩大城市影响力，助推“叫我如何不想她”的常州形象宣传。

揭牌成立“文艺家之家”，全年为全市各协会、社团提供场地服务23次，举办各类展览8次。加入市版权保护法律服务团，为开展版权保护和文艺维权搭建平台。开展“服务提升年”活动，有力推动各文艺家协会、文艺社团加强自身建设。指导成立金融文联，为常州文艺大家庭增添新生力量。新增辖市区文联创新奖，进一步激发各辖市区文联的工作积极性。天宁区实现城区街道文联组织全覆盖，常州吟诵被南师大音乐学院列入“非遗进高校”项目。深入文化企业调研，与网络作家恳谈，寻求推动新文艺群体发展对策。恢复使用常州文艺界微信平台，发布248条（次）文艺信息，被省文联《繁荣》，市委、市政府政务平台等多家信息平台录用。

会议紧扣坚持守正创新、强化使命担当的工作定位，注重体现“2021年中国共产党成立100周年”“‘十四五’规划开局之年”“开启全面建设社会主义现代化新征程起步之年”等主题。会议要求扎实做好文联工作，要深入开展党史学习教育系列活动，进一步增强政治自觉；要认真开展庆祝中国共产党成立100周年系列活动，进一步展现文艺风采；要围绕中心，进一步用文艺的力量服务大局；要用改革创新的精神，进一步加强自身建设；要全面整合资源，进一步提升文艺工作社会化程度。

会议强调要进一步团结引领全市广大文艺工作者，齐心协力，真抓实干，推动常州文艺高质量发展走在前列。要正确把握好党的领导、组织建设、文艺创作规律的关系。正确认识文联的职能和属性、文艺家协会的职能和目标以及文艺的目的和作用。

常州文艺界党史学习教育报告会

6 月 28 日，常州文艺界党史学习教育报告会在常州大剧院隆重举行，来自各辖市区文联、文艺家协会、社团、产（行）业文联的代表及全市老艺术家代表、学生近 400 人齐聚一堂，庆祝中国共产党成立 100 周年，以报告会的形式、文艺的方式表达他们对中国共产党的满腔热忱，凝聚起接续奋斗的精神力量。市委党史学习教育第七指导检查组及文联所属辖区领导出席活动。

2021 年，是中国共产党成立 100 周年，常州文艺界坚持以习近平新时代中国特色社会主义思想为指导，深入学习贯彻上级有关精神，组织各文艺家协会、文艺社团扎实开展党史学习教育。通过学习党史、新中国史、改革开放史、社会主义发展史等，引导全市文艺工作者学史明理、学史增信、学史崇德、学史力行，进一步激发文艺队伍活力，凝聚了“文艺为人民服务，为社会主

6 月 28 日，常州文艺界党史学习教育报告会在常州大剧院隆重举行

义服务”的强大合力，广大文艺家积极投身常州市“五大明星城”建设，在开启新征程、实现中国梦的征途上贡献自己的力量。

百年征程波澜壮阔，百年初心历久弥新。习近平总书记指出：“我们党的一百年，是矢志践行初心使命的一百年，是筚路蓝缕奠基立业的一百年，是创造辉煌开辟未来的一百年。”中国共产党自诞生之日起，就自觉担负起求得民族独立和人民解放、实现国家富强和人民幸福的历史使命。从开天辟地的救国大业，到改天换地的兴国大业，从翻天覆地的富国伟业，到惊天动地的强国伟业，中国共产党带领中国人民站起来、富起来、强起来。尤其是百年前，一群用信仰叩开历史大门的“95后”中，涌现出了三位杰出青年。瞿秋白“总想为大家辟一条光明的路”，张太雷“愿化作震碎旧世界的惊雷”，恽代英“希望把自己身上的磷燃烧起来，烧掉古老的中国，诞生一个新中国”，他们给后人留下了著名的“常州三杰”精神，他们身上所展现出的爱国情怀、革命信念、责任担当和奉献精神，激励着一代又一代人接续奋斗、砥砺奋进。

常州文艺界以报告会的形式表达对中国共产党的满腔热忱，以文艺的方式凝聚起接续奋斗的精神力量。

奋斗百年路，启航新征程。常州市文联党组书记、主席舒文就常州文艺界在党的领导下逐步成长，站在“两个一百年”奋斗目标的历史交汇点和“十四五”规划的新起点上，常州市文联如何抓住契机、紧跟步伐、再创辉煌做了主旨演讲。他强调：要认真学习贯彻习近平总书记的重要讲话精神，坚持学史明理、学史增信、学史崇德、学史力行，不断提升政治觉悟，切实增强“四个意识”、坚定“四个自信”、做到“两个维护”，不断挖掘和汲取党史中的智慧与力量，弘扬传承好“常州三杰”精神，以高度的政治责任感和严肃认真的态度，切实抓紧抓好，抓出成效。文艺事业是党和人民的重要事业。文艺必须坚持正确的政治方向，与党中央保持高度一致，自觉承担起举旗帜、聚民心、育新人、兴文化、展形象的使命任务，为服务党和国家事业作出更大贡献。

活动中，播放了常州市文联专门制作的反映几位老文艺家的从艺故事的采访视频，张怡、吴鸣、任小霞代表中青年艺术家分别讲述了自己的创作经历、感受及对艺术的追求与梦想，老、中、青三代人以独特的视角见证了在党的百年光辉历程中的文艺事业的发展。各文艺家协会负责人现场发言，表达了对未来协会工作的信心和决心。

常州市文联党组书记、主席舒文向文联退休老党员唐锡勇、徐万银颁发“光荣在党50年”纪念章。常州市文联党组成员、副主席胡军生，党组成员、专职委员周勇刚，天宁区天宁街道党工委副书记、办事处主任汪舟，天宁街道青果巷社区党总支书记兼主任周文静为各文艺家协会党支部授牌。常州市文联党组成员、副主席王蓉，和制作方代表、常州市影视家协会主席沈爱华为常州市文联即将启动的“为霞满天”——常州文艺家口述史系列拍摄工程开机仪式揭幕。

最后，由市吟诵艺术协会蒋敏原创、市文艺家代表倾情演绎的配乐诗朗诵《伟大的声音》及常州华声合唱团演唱的歌曲《在灿烂阳光下》，将报告会推向高潮，带给了现场观众别样的党课体验。

常州文艺人才“结对传承”行动暨常州文艺战略合作签约仪式

5月11日，常州文艺人才“结对传承”行动暨常州文艺战略合作签约仪式在市行政中心星聚堂举行

5月11日上午，常州文艺人才“结对传承”行动暨常州文艺战略合作签约仪式在市行政中心星聚堂举行。40位名师与43位中青年文艺人才结对签约，7家国企与常州市文联签署合作协议。副市长陈正春，市委宣传部常务副部长孙春伟，常州市文联党组书记、主席舒文，常州市文联相关领导及各辖市区文联负责人，市各文艺家协会主席、秘书长出席活动。签约仪式由常州市文联三级调研员夏厦主持。

为深入贯彻学习习近平新时代中国特色社会主义思想和中共十九大精神，进一步加强常州文艺人才队伍建设，推动常州文化高质量发展，结合常州实际，中共常州市委宣传部、常州市文联于2020年推出了《常州文艺人才“结对传承”行动方案》，并认真组织实施。该行动与江苏文艺“名师带徒”计划相衔接，被列为全市文艺人才培育三年行动、十大文艺人才计划之一，主要目标是通过师徒结对的方式，力争通过2~3年，重点培养扶持一批常州本土优秀中青年文艺人才，推出一批在全国、全省有影响力的文艺英才和名家。

该行动实施以来，常州市文联先后就常州文艺人才队伍建设和培养开展了调研、摸底，建立了全市文艺人才“结对传承”信息库。同时在各文艺家协会中广泛开展“师徒结对”活动。常州市文联要求各文艺家协会根据自身文艺人才现状和文艺门类要求，制定协会开展“师徒结对”活动的计划，面向全国、全省、全市选聘名师，推荐学徒。采取以老带新，老、中、青结合的办法，通过名师对学徒单独指导，邀请文艺名家集体授课，举办师徒作品联展、师徒同台专场演出等活动，发挥名家大师的传、帮、带作用和资源集聚效应，拓展文艺人才培养途径，努力打造各文艺家协会勤于拜师、乐于授徒、教学相长、人才辈出的良好氛围。

在此基础上，常州市文联制定下发“结对传承”行动实施细则。依照“结对传承”行动方案标准，坚持好中选优、宁缺毋滥、严格审核的原则，由各协会推荐、文联审核、评审委员会遴选、党组研究，并报经市委宣传部同意，确定40对师徒入选结对。范小青、周京新、叶培贵等一批来自全国、全省及常州当地的文学、美术、戏剧、摄影、音乐、曲艺、工艺美术、评论等门类中的佼佼者成为师傅。同时兼顾常州培养教育优势，在各界别里挑选精英名师，充分发挥好身边的传、帮、带作用。入选的师徒分别提交了培养计划和创作规划。

经过一段时间专家们的悉心指导、授课，“结对传承”行动成效初显。在2020年省第七届紫金山文学奖、中国百家金陵画油画展、第三届江苏美术奖、第九届“长江杯”江苏文学评论奖、2020恽南田艺术双年展等系列奖项评选及展事赛事中，常州市共有9人获奖，30人作品入选。

常州文艺人才“结对传承”行动，是新时代推动常州文艺事业高质量发展的重要举措。签约仪式上，市委宣传部常务副部长孙春伟，常州市文联党组书记、主席舒文为10位名师代表颁发聘书。范小青、周京新、邢晏芝、任小霞、肖向阳分别作为名师、学徒发言。

为进一步贯彻落实习近平总书记对文艺工作的一系列重要论述精神，服务企业高质量发展，助力本土文化建设，为常州市“532”发展战略深入实施贡献力量，签约仪式上，舒文代表常州市文联与常州投资集团有限公司、常州高铁新城投资建设发展有限公司等7家国企代表签署合作协议，共谋文化产业高质量发展。

近年来，常州认真贯彻落实中央、省委关于文艺工作的部署要求，始终把文艺工作摆在重要位置，在打造文艺精品、塑造文化品牌、推动文化惠民等方面开展了许多卓有成效的工作，全市文艺事业发展呈现出一派欣欣向荣的景象。电视剧《青果巷》和滑稽戏《陈奂生的吃饭问题》荣获全国精神文明建设“五个一工程”奖，锡剧《卿卿如晤》荣获江苏省文化大奖；文化广场、青果巷历史文化街区一期建成开放，成为网红打卡地；“文明社区天天乐”“文化100”“文化点亮生活”三大惠民行动，被《人民日报》誉为文化民生的“常州现象”。

文艺是时代前进的号角，最能代表一个时代的风貌，最能引领一个时代的风气。党的十九届五中全会提出了繁荣发展文化事业和文化产业，提高国家文化软实力的战略任务，这既是时代和人民的呼唤，更是文艺工作者的共同心愿。副市长陈正春指出：“常州优秀青年文艺人才要抓住难得的学习机遇，诚心学艺、潜心钻研、静心修德，争做不辱师教、学艺精进的高徒，更好地书写常州、描绘常州、歌唱常州，通过更多优秀文艺作品为常州抒情、为常州鼓劲、为常州助威。7家国企要以此次签约为契机，围绕大运河文化带建设、老城厢复兴、美丽乡村建设，以及常州城市形象宣传和文化IP打造等方面，与常州市文联开展更高水平、更广范围、更深层次的合作，为推动常州文化建设高质量发展作出新的更大贡献。”同时邀请各位名师大家在常州多走走、多看看，继续关心支持常州文艺事业发展。

常州文艺人才“结对传承”行动，是新时代推动常州文艺事业高质量发展的重要举措。接下来，常州市文联将进一步完善工作机制、加大扶持力度、创设成长环境、做好宣传推介，推进“结对传承”行动深入开展并取得成效。

2021 年常州文艺人才“结对传承”行动聘任名师名单

表 1

艺术门类	名　师
文学类	范小青、贾梦玮、祁智、胡弦、葛安荣、冯光辉、童立平
美术类	周京新、于小冬、蒋杰、陆迅、徐思齐、许宏泉
书法类	张奕辰
摄影类	汤德胜
戏剧类	周东亮、沈惠兰、万建焕
音乐类	丁芷诺、赵洁、张国勇、熊祖鹏、马凌
曲艺类	邢晏芝、王庆新、魏元成
舞蹈类	李源、陈静、闵建敏
民间文艺类	杨兆群、叶林生、纪玲妹
影视类	沈爱华
工艺美术类	萧剑波、沈华强、孙燕云
诗词类	马士勇、来雨风
文艺评论类	叶培贵、叶康宁

“寸草心声”——常州市工艺美术精品展

6月2日，“寸草心声”——常州市工艺美术精品展在省现代美术馆开幕

6月2日上午，由中共常州市委宣传部、常州市文联、常州市文广旅局主办的“寸草心声”——常州市工艺美术精品展在江苏省现代美术馆开幕。江苏省文联党组书记、常务副主席、书记处第一书记水家跃，省文联二级巡视员王建，常州市人大常委会副主任蒋自平，省文联原副主席、省民协主席陈国欢，省民协副主席兼秘书长张丹，省工艺美术行业协会名誉会长马达，省现代美术馆馆长、省青美协主席赵震，中共常州市委宣传部常务副部长孙春伟，市文联党组书记、主席舒文出席开幕式。水家跃和蒋自平为展览揭幕，王建在开幕式上讲话，舒文介绍展览相关情况。开幕式由常州市文联副主席胡军生主持。

常州是一个文化底蕴深厚的城市，随着城市的发展和文化的繁荣，涌现出了一大批能工巧匠，尤其在工艺美术方面形成了常州独有的特色，在全国、全省形成了一定的影响。在庆祝中国共产党百年华诞之际，为深入贯彻落实习近平新时代中国特色社会主义思想，坚定文化自信、弘扬传统文化，进一步宣传常州，打造常州品牌，讲好常州故事，常州市工艺美术家协会策划发起了“寸草心声”——常州市工艺美术精品展。

为了办好该次展览，常州市工艺美术家协会和常州市工美行业协会等承办单位筹备历时一年多，从最初的构思研讨，到作品创作交流，再到精心打磨成品，经过几轮筛选与作品调整，最终确定了 51 名工艺美术家的 100 件作品参展。其中包括常州梳篦、乱针绣、留青竹刻、象牙浅刻、金坛刻纸 5 个国家级非遗项目，还有彩绒画、烙画、雕塑、陶艺、陶刻、古琴、刻字 7 个常州特色项目，共 12 个品种。参展的作品除了有首次亮相的新作，还有获得国家级大奖的艺术精品，如萧剑波的猛犸牙刻《溪山烟云》、沈华强的留青竹刻《凝芳》、邢粮的《青花瓷系列工艺梳》、孙燕云的乱针绣《江南水乡》、杨兆群的刻纸《丰收的喜悦》等；更有难得一见的珍品，如白士风的留青竹刻作品《毛主席诗词》和陈亚先的乱针绣作品《祈祷》。展品构思独特、工艺精湛、造型各异，彰显了常州匠人匠心，展示了当代常州工艺美术的实力和水平。展览还特别邀请了宗白易和汪鹤鸣参展，彩绒画、烙画的加入，更是极大丰富了艺术呈现形式。

继承是创新的前提，创新是最好的继承；伟大的作品反映伟大的时代，伟大的时代呼唤伟大的作品。在南京展出的 100 件工艺美术作品，代表了目前常州工艺美术界的整体水平，是常州工艺美术创作的一次集中展示和亮相。

常州是江苏民间工艺美术重镇，工艺美术传统源远流长、门类繁多，有 8 大门类 110 种之多，主要门类有 25 种，其中梳篦、留青竹刻、乱针绣被称为“常州三宝”。常州的工艺美术家也屡屡凭借新颖的创意和精美的做工，在国内、省内的赛事展事活动中为江苏赢得荣誉。展览展出的上百件工艺美术作品，可以说是常州工艺美术创作实力的一次集中展示和亮相。

精美绝伦的手工艺品蕴含着丰富的民族精神与文化力量，推动中华优秀传统文化创造性转化、创新性发展是当代民间手工艺艺术家的责任和担当。省文联二级巡视员王建在开幕式上提出三点希望。一要守正创新。坚持以人民为中心的创作导向，从传统文化中汲取丰厚素材和养料，多向同行大师学习求教，不断传承好、发展好民间文化遗产。二要融会贯通，打破行业壁垒，实现手工、艺术与科学的“跨界融合”。笔墨当随时代，民间工艺更要随时代发展进行创造性转化、创新性发展，让传统工艺焕发出新时代的创造活力。三要积极投身创作实践。以饱满的热情、生动的笔触、感人的形象，创作出更多立得住、叫得响、传得开、留得下的作品，让指尖上的江苏之美源远流长，为讲好江苏故事，推动文化强省建设贡献力量。

来自常州市工艺美术家协会、民间文艺家协会的相关领导、会员、参展作者参加开幕式。开幕式上，中国刺绣艺术大师、常州市工艺美术家协会副主席孙燕云，江苏省工艺美术大师、常州市工艺美术家协会副主席邢粮分别向省现代美术馆赠送了作品。省现代美术馆馆长赵震接受捐赠并为他们颁发了收藏证书。

展览持续至 6 月 10 日，并于 10 月分别赴泰州、苏州进行巡展。

市委常委会学习贯彻第十一次全国文代会第十次全国作代会精神

常州市文联党组书记、主席舒文（第二排右六）代表常州参加第十一次全国文代会，图为江苏代表团合影

12 月 24 日下午，市委书记陈金虎主持召开市委常委会会议，深入学习贯彻习近平总书记在中国文联第十一次全国代表大会和中国作协第十次全国代表大会开幕式上的重要讲话精神。

会议传达了中国文联第十一次全国代表大会、中国作协第十次全国代表大会精神，重点学习了习近平总书记在开幕式上的重要讲话精神。会议指出，中共十八大以来，党中央高度重视文艺工作，习近平总书记多次发表重要讲话，并与文艺工作者通信交流，激励新时代文艺工作者自信自强、守正创新，用文艺的形式弘扬伟大建党精神，唱响昂扬的时代主旋律。习近平总书记在第十一次全国文代会、第十次全国作代会开幕式上的重要讲话深刻回答了新的历史条件下文艺工作方向性、全局性、战略性的重大问题，是习近平新时代中国特色社会主义思想的重要组成部分，丰富和发展了马克思主义文艺理论，为做好工作指明了前进方向、提供了根本遵循。

会议强调，习近平总书记在中国文联十一大、中国作协十大开幕式上的重要讲话，深刻阐明了新时代新征程文艺工作肩负的重大使命，科学回答了事关文艺事业长远发展的一系列重大问题，为做好文艺工作提供了根本遵循。全市上下要坚决把思想和行动统一到习近平总书记重要讲话精神上来，进一步增强文化自觉、坚定文化自信，切实扛起举旗帜、聚民心、育新人、兴文化、展形象的使命任务，推动常州文艺事业繁荣发展。要在培根铸魂上展现新担当，始终坚持为人民服务、为社会主义服务的方向，紧扣奋进新征程、建功新时代的主旋律，不断提升文艺作品的精神能量、时代内涵、艺术价值，为“强富美高”新常州现代化建设凝聚广泛思想共识和强大精神动力。广大文艺工作者要在守正创新上实现新作为，充分挖掘常州深厚的历史文化底蕴，全力做靓“运河文化”“名人文化”“工商文化”，用活用好红色文化资源，推出更多叫好又叫座的原创精品，进一步擦亮城市文化品牌，加快建设长三角文旅中轴，让越来越多的人向往常州、留在常州、爱上常州。要在明德修身上焕发新风貌，全市广大文艺工作者要坚守艺术理想、追求德艺双馨，文联、作协要发挥好组织优势，加强对文艺工作者的思想政治引领，加强文艺领域行风建设，团结引领广大文艺工作者听党话、跟党走，建设一支高素质文艺人才队伍，助推常州文艺事业不断迈上新台阶。

常州市文学艺术界联合会大事记

1月

9日

常州市文联第十一次代表大会在行政中心隆重举行，常州市文联42个团体会员的261名文艺界代表参会。江苏省文联党组书记、常务副主席、书记处第一书记水家跃，常州市委书记、常州市人大常委会主任齐家滨，常州市委副书记、常州市长陈金虎，常州市政协主席白云萍，常州市委常委、常州市纪委书记、常州市监委主任张春福，常州市委常委、统战部部长、常州市科教城党工委书记韩九云，常州市委常委、宣传部部长陈涛，常州市委常委、常州高新区党工委书记、新北区委书记周斌，常州市委常委、秘书长方国强，常州市委常委、常务副市长梁一波，常州市人大常委会常务副主任张耀钢，副市长陈正春，市相关部门的领导，人民团体的负责人员，文艺界老领导、老艺术家等出席会议。大会听取常州市文联党组书记、主席舒文代表常州市文联十届委员会作的工作报告，审议并通过新修改的文联章程，选举产生新一届常州市文联领导机构。舒文当选为主席，胡军生、王蓉、吴鸣、陆克寒、熊祖鹏、孙薇当选为副主席，蒋小萍被聘为秘书长，张怡、周滨被聘为副秘书长。

29日

常州市文联2020年领导班子和领导干部述职会议在三楼多功能厅召开。常州市文联党组书记、主席舒文代表班子作四述工作报告。常州市文联党组成员、副主席胡军生，常州市文联党组成员、专职委员周勇刚，常州市文联三级调研员池银合作个人述职报告，文联机关、事业单位全体人员参加会议。常州市文联召开2021年度工作务虚会，回顾总结2020年度工作，谋划2021年工作思路。

2月

3日

常州市文联系统2021年工作务虚会议在三楼多功能厅召开。常州市文联党组书记、主席舒文主持会议，常州市文联党组成员、副主席胡军生，常州市文联党组成员、专职委员周勇刚，常州市文联党组成员、副主席王蓉，常州市文联三级调研员池银合及文联各处室、各文艺家协会、辖市区文联、文艺社团、产行业文联负责人参加会议。

4日

常州市国际标准舞协会第一次会员大会在常州市文联三楼多功能厅召开，江苏省国际标准舞协会常务副主席兼秘书长胡春田，常州市委宣传部原副部长、常州市文联原主席蒋节勤，常州市文联党组书记、主席舒文，党组成员、专职委员周勇刚及近40名国标舞爱好者参加大会。大会听取筹备工作报告，审议通过协会章程，选举产生常州市国际标准舞协会第一届理事会和主席团，华红霞当选为会长，王杰、梁莉、李沁当选为副会长，王丹、李鸣旭当选为监事，陈彩燕被聘为秘书长，国标舞协会共有会员 55 名。

5 日

常州市文联工会第六次会员大会召开。选举产生常州市文联工会第六届委员会，张怡当选为工会主席，周冬军、张俊、孙芳、徐杰泷当选为工会委员，周滨当选为经费审查委员会委员，孙芳当选为女职工委员会委员。常州市文联领导班子召开 2020 年度民主生活会，党组书记、主席舒文主持会议并代表领导班子作剖析。班子成员胡军生、周勇刚、王蓉逐一开展批评与自我批评。三级调研员池银合、夏厦列席会议。

3月

3 日

常州市文联十一届二次主席团（扩大）会议在常州市文联三楼多功能厅召开。会议对文联主席团成员分工作了说明，对 2021 年文联重点工作、重点项目作了部署谋划。

23 日

常州市文联十一届二次全委（扩大）会议召开，全面总结 2020 年工作，部署 2021 年工作。常州市文联十一届委员会委员、文艺社团负责人、文联机关人员近 100 人参加会议。会上，常州市文联党组书记、主席舒文作了题为《永葆初心　牢记使命　开启常州文艺高质量发展走在前列新征程》的工作报告。更替、增补李萍、朱少杰、谢庆 3 人为常州市文联十一届委员会委员，对 2020 年度文联系统先进文艺家协会、先进文艺社团、文联工作创新成果，优秀文艺成果，宣传信息先进集体代表进行了表彰。武进区文联、常州市作协、常州市美协、常州市摄协和常州市吟诵艺术协会进行了交流发言。

25 日

江苏省人社厅公布新一批省级乡土人才大师工作室名单，常州市工艺美术家协会王明盛（象牙浅刻）、徐文博（留青竹刻）2 个乡土人才大师工作室入围。

4月

13 日

由常州市文广旅局、常州市文联等单位联合主办，常州市美协、常州市油画学会、西太湖美术馆承办的“应目游心”—— 朱双大、陈洪大美术作品展在西太湖美术馆开幕。作品展以油画与国画“对话”的形式，展出了朱双大、陈洪大近年创作的 50 件作品。

16 日

由常州市文联主办、常州市美协承办的“恽南田美术奖”第二届常州美术大展在常州美术馆 1 号展厅和常州市文联文艺家之家 3 楼展厅同时开展，共展出作品 198 件。

20 日

“美丽乡村行”—— 常州市雕塑艺术邀请展开幕式暨常州市雕塑家协会牟家村艺术实践基地揭牌仪式在天宁区郑陆镇牟家村举行。常州市文联党组书记、主席舒文，中国美协雕塑艺委会委员、江苏省雕协主席尚荣，天宁区委副区长方力，常州市文联党组成员、专职委员周勇刚，常州市文联副主席、常州市美协主席、常州画院院长吴鸣及江苏省雕协、常州市雕协相关领导出席活动。

23日

第五届江苏省紫金合唱节常州赛区比赛暨第四届常州市合唱大赛在常州大剧院举行，保利童声合唱团、星辰实验学校初中合唱团、天宁爱乐合唱团分获童声组、少年组、成人B组金奖，华声合唱团获成人A组特别奖，3支金奖队伍还代表常州参加了省第五届紫金合唱节合唱比赛。

25日—28日

由中国摄协、省文联主办，常州市文联、东方盐湖城承办的2021年全国摄影工作会议在常州东方盐湖城召开。中国摄协56家团体会员单位负责人及中国文联、中国摄协、江苏省文联、江苏省摄协、常州市文联、常州市摄协相关领导、摄影艺术家近120人齐聚一堂，共商摄影事业繁荣发展大计。

26日

在常州市庆祝“五一”国际劳动节大会上，常州市书法家协会荣获“常州市五一劳动奖状”，这是常州市文艺家协会首次获得此项荣誉。

5月

11日

常州文艺人才“结对传承”行动暨常州文艺战略合作签约仪式在常州市行政中心星聚堂举行。40位名师与43位中青年文艺人才结对签约，7家国企与常州市文联签署合作协议。副市长陈正春，市委宣传部常务副部长孙春伟，常州市文联党组书记、主席舒文，常州市文联相关领导及各辖市区文联负责人，常州市各文艺家协会主席、秘书长出席活动。

18日

作家叶辛“百年初心与红色文化”讲座在常州大学西太湖校区举行，来自全市各文艺家协会的艺术家代表、常州市文联全体人员及常州大学周有光文学院的师生400余人聆听了讲座。活动由常州大学、常州市文联主办，常州大学周有光文学院承办。

25日

省文联党组成员、副主席、书记处书记刘轩明率队到常州调研。

28日—31日

“饮长风”—— 西江长安诗书展在刘海粟美术馆举办，共展出作品100件，该展由省文联、省作协指导，省书协、省书法院、常州市文广旅局、常州市文联主办。

30日

由常州市文联主办、常州市评协承办的“文墨•写心”—— 常州市首届文艺评论家学术提名展（中国画、书法）在常州市文联文艺家之家展厅开幕。

31日

省文联党组成员、副主席、书记处书记刘旭东等一行到常州调研。常州市文联领导舒文、王蓉、夏厦、吴鸣及相关文艺家协会、常州市文化艺术研究所相关人员参加座谈。

6月

2日

由常州市委宣传部、常州市文联、常州市文广旅局主办的“寸草心声”—— 常州市工艺美术精品展在江苏省现代美术馆开幕。共展出常州51名工艺美术家的100件作品，涵盖常州梳篦、乱针绣、留青竹刻、象牙浅刻、金坛刻纸、彩绒画、烙画、雕塑、陶艺、陶刻、古琴、刻字12个种类，集中展示了常州工艺美术的创作实力和水平。

是日

“2021常州中吴文化艺术节”在常州大剧院举行开幕仪式。常州市委常委、宣传部部长陈涛，常州市人大常委会党组成员徐新民，常州市政府副市长陈正春，常州市政协副主席、党组成员、常州市总工会主席徐伟南出席活动。陈涛为活动致辞。

3日

常州市文联党组书记、主席舒文率队赴常州大学开展调研。常州大学党委常委、副校长黄海燕，常州市文联副主席、常州画院院长、常州市美协主席吴鸣，常州市文联副主席、常州大学音乐与影视学院院长熊祖鹏，常州大学音乐与影视学院副院长赵一兆，常州大学美术与设计学院副院长黄海波等领导和教师代表参加座谈会。

8日

“共享芬芳文化助残”系列活动之常州市残疾人书法创作辅导基地揭牌仪式在常州市残疾人康复服务中心举办。常州市残联副理事长王丹丹、常州市文联副主席王蓉、常州市书协主席陈清等出席活动。

11日

第五届紫金合唱节颁奖仪式暨闭幕音乐会在江苏大剧院音乐厅举行，常州保利童声合唱团获童声组银奖，常州天宁爱乐合唱团获成人B组优秀奖，常州市文联获组织奖。

28日

常州文艺界党史学习教育报告会在常州大剧院隆重举行，来自各辖市区文联、文艺家协会、社团、产（行）业文联及全市老艺术家代表、学生近400人齐聚一堂，喜迎中国共产党百年华诞。

30日

经常州市文联研究决定，同意成立常州市捌伍当代艺术馆，纳入挂靠社团管理。

7月

12日

由亳州市文联、常州市文联主办，亳州市书法家协会、常州市书法家协会承办的“翰墨抒情”常州书法作品展在亳州市文化馆举行。

16日

常州市文联机关组织全体人员赴泰州开展党史学习教育。参加培训人员参观中国人民解放军海军诞生地纪念馆、新四军黄桥战役纪念馆等，了解黄桥战役及中国海军由弱变强的历史。

29日

由常州市文联主办、常州墨浪画社承办的“浣墨仰真”墨浪画社书画近作展在常州美术馆开展，共展出72幅作品，涵盖草书、隶书、国画山水、花鸟、人物等多种形式，均为墨浪画社会员近年精心创作而成。

30 日

由常州市文联主办，常州市文联工会、文学艺术研究院承办的文艺大讲堂书法专题在常州市文联文艺家之家三楼多功能厅正式开讲。文联机关、事业单位全体干部职工参加活动。

31 日

为深化文联综合改革，整合文联资源，提高服务文艺工作的效能，经文联党组研究决定，成立常州市文联事业发展中心，分别设综合管理部、活动指导部、创作研究部、编辑发行部。常州市文联事业发展中心整合文联组织联络处、事业发展处、常州市文学艺术研究院相关职能的基础上，负责常州市文联重大项目的实施及对各文艺家协会、文艺社团的综合管理。

9月

25 日

由常州市委宣传部、常州市文联主办，常州市书法家协会承办的常州市主题创作书法展在运河五号美术馆开幕，获奖作者和书法爱好者、市民100余人参加了开幕式并参观展览。

27 日

常州市文联党组书记、主席舒文主持召开学习贯彻市第十三次党代会精神专题会议，各文艺家协会主要负责人、文联全体工作人员参加会议。

10月

11 日

常州市文联党总支离退休支部举行换届会议，选举产生新一届党支部委员会，由丁洁瑾、彭琴芬、周平3人组成，丁洁瑾当选为书记，彭琴芬任组织委员，周平任宣传委员。

18 日

常州市文联机关党支部在三楼多功能厅召开换届选举大会。常州市文联机关党员共计16人参加会议。大会审议通过了上一届支部委员会工作报告，选举产生新一届文联机关党支部委员会委员：孙芳、张俊、徐怡。经新一届支部委员会第一次会议选举，孙芳当选为党支部书记。

22 日

由中国文联、中国摄协主办的第28届全国摄影艺术展览评选结果揭晓，张霆摄影组照《江南旧曾谙》入选创意和商业类作品，这是他继2019年入选第27届全国摄影艺术展后，再次入选该展。

11月

12 日

中央十九届六中全会胜利闭幕，常州市文联党组理论学习中心组第一时间专题学习了全会精神。

19 日

“辉煌历程华彩百年”常州市庆祝中国共产党成立百年主题美术创作展颁奖仪式在常州画院举行。常州市文联领导、常州市美协主席团成员及参展作者、会员50余人参加活动。

23 日

由江苏省作协、常州市委宣传部指导，常州市文联设立的首届高晓声文学奖评选工作启动，并分别在省作协官网、中国作协官网发布评选启示。

25 日

中共常州市文联总支部委员会换届选举大会顺利召开，常州市文联机关、事业单位在职党员及退休党员参加大会。大会采取无记名投票、差额选举的方式选举周勇刚、孙芳、丁洁瑾、张俊、徐怡为新一届总支委员会委员。在新一届总支委员会第一次全体会议上，周勇刚当选为党总支书记、孙芳为副书记，明确张俊为宣传委员兼纪检委员、徐怡为组织委员、丁洁瑾为群工委员。

26 日

“我的最美常州”市民影像大赛在红梅公园正式启动。大赛由省摄影家协会指导，常州市文联、常州日报社、常州大运河发展集团有限公司主办，常州市文学艺术研究院、常州市摄影家协会承办，面向全社会征集反映常州自然风光、旅游景点、民风民俗、美好生活等内容的图片和视频。

是日

江苏省文艺大奖・第六届民间文艺奖评奖结果揭晓，由常州市民协和常州市工美选送的留青竹刻、乱针绣、梳篦 3 件作品获江苏省文艺大奖・第六届民间文艺奖优秀工艺美术作品。

12月

1 日

“戎耀龙城”退役军人诗书画比赛、“镜头里的常州双拥”摄影比赛作品展开幕式暨颁奖仪式在常州美术馆举行。两项活动由常州市退役军人事务局、常州市双拥办、常州市文广旅局、常州市文联联合主办，常州市文学艺术研究院、常州市摄协承办。共收到诗词、书画、摄影参赛作品 1032 件，从中评选出 188 件精品展出，并特邀知名书画、摄影大师提供 16 件精品力作参展，同步出版了《常州退役军人诗书画比赛作品集》和《“镜头里的常州双拥”摄影比赛作品集》。

2 日

常州市文联、常州市红十字会联合妇联第一次妇女大会召开。大会审议通过了《常州市文学艺术界联合会、常州市红十字会联合妇联第一次妇女大会选举办法》，并采取无记名投票、差额选举的方式选举出第一届妇联执行委员会委员。

5 日

常州市企业家摄影协会第二次会员大会在常州中航大酒店召开。大会以无记名投票的方式选举产生了协会第二届理事会负责人。何斌华当选为第二届会长，王文伟、朱翰钧、何学东、陈汉兴、吴煜、杨铭凯、钱红伟、葛建华当选为副会长，聘任姜必龙为秘书长。

14 日—17 日

中国文联十一大和中国作协十大在北京召开，常州市文联党组书记、主席舒文和常州作家代表张羊羊作为常州文艺代表分别参加中国文联与中国作协各项会议。

21 日

常州市剧协第八次会员代表大会在常州市文化

艺术管理中心小剧场顺利召开，全市近百名会员代表参加大会。常州市曲协主席杨秀妹代表其他协会致贺辞。大会以无记名表决方式通过了协会章程，选举产生了新一届理事会理事、监事及领导班子。孙薇当选为新一届剧协主席，张怡、梅丽、何林、沈怡、史国生、胡星、薛平鸽当选为副主席，秘书长由梅丽兼任，牟亚芬当选为第八届监事。

22 日

常州市音协第八次会员代表大会在常州大剧院顺利召开，全市近 120 名会员代表参加大会。常州市文联副主席、常州画院院长、常州市美术家协会主席吴鸣代表其他协会致贺辞。大会以无记名表决方式通过了协会章程，选举产生了新一届理事会理事、监事会主席及领导班子。熊祖鹏当选为新一届音协主席，刘旭、黄晨、刘洋、徐静、马凌、恽新苗、朱益民当选为副主席，徐杰泷当选为秘书长，王明霞当选为第八届监事会主席。

23 日

由常州市文联主办的第十七期文艺家读书班暨第六期青年文艺家读书班在市委党校举办，来自各辖市（区）文联、文艺家协会、产行业文联、文艺社团及常州市文联机关、事业单位的 85 位学员参加了读书班。

24 日

常州市文联召开工作研讨会，各辖市（区）文联负责人，文艺家协会主席、秘书长，部分社团负责人及常州市文联中层以上干部参加会议。

29 日

由省电影局指导，省文联、省电影家协会主办，常州广播电视台、常州市文联承办，江苏影视频道、常州市影视家协会、江苏亚细亚影视制作有限公司协办的第三届“江苏省文艺大奖·电影奖”颁奖典礼在常州现代传媒中心举行。常州电影《桂香街》获二等奖。

31 日

常州市舞协第八次会员代表大会在市文化艺术管理中心小剧场顺利召开，来自全市的近 70 名会员代表参加大会。常州市文联副主席、常州市音协主席熊祖鹏代表兄弟协会致贺辞。大会以无记名表决方式通过了协会章程，选举产生了新一届理事会理事、监事及领导班子。谢庆当选为新一届舞协主席，祝玉峰、韩露、王喻、虞柄、黄茜茜当选为副主席，秘书长由韩露兼任，郑晖当选为第八届监事。

常州市文学艺术界联合会构成

组织机构

【沿革发展】常州市文学艺术界联合会原称常州市文学艺术工作者联合会，是中共常州市委领导的，由市各文艺家协会、各辖市（区）文学艺术界联合会、产业文联及其他相关文联和文艺团体等组成的人民团体，是党和政府联系广大文艺工作者的桥梁与纽带，是繁荣社会主义文艺、发展先进文化、建设和谐社会的重要力量。

市文联的宗旨是高举中国特色社会主义伟大旗帜，以马克思列宁主义、毛泽东思想、邓小平理论、“三个代表”重要思想、科学发展观、习近平新时代中国特色社会主义思想为指导，坚持文艺为人民服务、为社会主义服务的方向和百花齐放、百家争鸣的方针，坚定不移走中国特色社会主义文艺发展道路和群团发展道路，坚持以人民为中心的创作导向，遵守宪法和法律，团结动员全市文艺工作者，弘扬与培育民族精神和时代精神，树立和践行社会主义核心价值观，举旗帜、聚民心、育新人、兴文化、展形象，坚定文化自信，继承弘扬中华优秀传统文化，发展面向现代化、面向世界、面向未来的，民族的、科学的、大众的社会主义文化，为建设文化强市和常州高质量发展走在前列，开启社会主义现代化建设新征程，实现中华民族伟大复兴的“中国梦”而努力奋斗。

1950 年 3 月，开始筹备市文联组织，相继成立市音协、市美协和市剧协。1952 年 12 月，市第一次文学艺术工作者代表大会（以下简称“市文代会”）召开，选出第一届文联委员会，市文联正式成立。内设文学、戏剧 2 个组，4 名在编工作人员，还有部分市委宣传部、市人民委员会（以下简称“市人委”）文化处兼职人员。1957 年，市文联内设文学、戏剧、音乐、美术 4 个组，在编工作人员 7 名。1966 年 5 月，市文联受到“文化大革命”冲击，市文联解散。1979 年 12 月，恢复市文联。

1949 年 4 月 23 日，常州解放。4 月 28 日，成立苏南区常州行政专员公署，年底酝酿成立文联筹委会。1950 年 3 月 14 日，市文联筹委会成立，办公地点设在市人民公园内的人民教育馆内。1951 年 6 月，常州专区文代会在人民剧场召开，成立专区文联。1952 年 12 月，召开市第一次文代会，代表大会选出市文联第一届委员会，市文联成立。与市政府文化科在人民公园内中苏友好大楼（公园路 18 号）合署办公。1957 年 4 月，召开市第二次文代会，选出市文联第二届委员会。与市人委文化处在人民公园中苏友好大楼北面石库门内合署办公。1958 年 3 月，召开市第三次市文代会，选出市文联第三届委员会。1958 年 5 月 15 日，市文联单独迁至早科坊 35 号办公，后又搬至玉佩弄，与市人委文化处联合办公。1959 年 10 月，市人委文化处升级成立市文化局，市文联与市文化局先后在市政府大院、娑罗巷合署办公。从 1960 年 2 月起，与市文化局形成“两块牌子、一套班子”。1961 年 4 月，召开市第四次文代会，选出市文联第四届委员会。“文化大革命”期间，市文联受到冲击，停止工作。“文化大革命”结束，1976 年省文联机构恢复。1978 年底，市委派曾铸负责恢复市文联机构。经一年筹备，恢复市文联机构。办公地点在市政府大院内。1981 年，市文联迁至米市河 25 号办公。1984 年 2 月，召开市第五次文代会，选出市文联第五届委员会，更名为常州市文学艺术界联合会。1987 年 1 月，迁至横兴路 102 号新大楼办公。1989 年 8 月，召开市第六次文代会，选出市文联第六届委员会。1994 年 12 月，召开市第七次文代会，选出市文联第七届委员会。

2000年11月，召开市第八次文代会，选出市文联第八届委员会。2001年3月，迁至清潭路140号办公。2006年4月，召开市第九次文代会，选出市文联第九届委员会。2006年12月，迁至常州市钟楼区大观路10号办公。2013年10月，召开第十次文代会，选出市文联第十届委员会。2020年7月，迁至常州市天宁区延陵西路23号投资广场办公。

【机构职务】2021年，市文联有行政编制12个（含行政附属编2人），在编16人。领导及中层配置为：主席1名，副主席2名，专职委员1名，秘书长1名，正科职2名，副科职3名。下设3个处室：办公室、组织联络处、事业发展处。下属1家事业单位，即常州市文学艺术研究院，为全额拨款事业单位，编制8个，在编8人。

【下属协会】市文联2021年有直属文艺家协会14个，分别是常州市作家协会、常州市美术家协会、常州市书法家协会、常州市摄影家协会、常州市戏剧家协会、常州市音乐家协会、常州市曲艺家协会、常州市舞蹈家协会、常州市民间文艺家协会、常州市电影电视家协会、常州市工艺美术家协会、常州市花鸟画研究会、常州市诗词协会、常州市文艺评论家协会。截至2021年底，共有市级文艺家协会会员8215人（其中省级会员2340人、国家级会员643人）。辖市区文联7个，分别是溧阳市文联、金坛区文联、武进区文联、新北区文联、钟楼区文联、天宁区文联、经开区文联；产行业文联5个，分别是南车戚墅堰有限公司文联、常州市公安文联、常州市消防文联、常州监狱文联、常州市金融文联；挂靠文艺社团17个，分别是常州市越剧之友联谊会、常州市声乐协会、常州市地方文化研究会、常州市吟诵艺术协会、常州市古琴研究会、常州市华音爱乐乐团、常州华音长青艺术团、常州华声合唱团、常州市企业家摄影协会、常州市旅游摄影协会、常州市青少年艺术协会、常州市手机摄影协会、常州市苏东坡研究会、常州市数字影像技术研究会、常州市雕塑家协会、常州市政协书画社、常州市国标舞协会。

【文联处室】办公室：协助文联领导综合、协调和组织各部门的工作，安排文联的重大活动；负责党组、主席团有关决策和部署的督办；负责机构编制、组织、人事、劳资、文秘、档案、提案、信访、机要保密、财务、接待、老干部、计划生育、保卫、后勤、图书资料和信息综合工作；负责文联系统的行政管理工作；负责起草文联重要文件及领导讲话；负责协调党、团工作；负责与上级部门及其他部门的联络工作等。

组织联络处：负责团体会员和所属文艺团体的联络协调和管理工作；参与市文联重大活动的组织；负责组织文艺家深入生活和采风活动；负责文艺家权益保护工作；负责有关文学艺术社团登记和管理工作；综合、协调和承办文联机关及所属文艺家协会对外文化交流；负责机关及所属文艺家协会出国人员审核、管理及护照、签证的办理工作；负责国内外文艺界人士来访的接待安排工作，负责与上级文联和其他省、市文联的文艺交流活动；负责各协会工作评比和秘书长工作考核等。

事业发展处：负责研究和拟订文联及协会工作的发展规划和实施意见；负责协调行业管理工作；负责发展文化产业，负责开发文艺经济项目；负责管理文艺之家，负责建设文艺家生活创作基地；负责协调、管理文联下属有关事业单位等。

【事业单位】常州市文学艺术研究院：开展文学艺术创作、学术交流和学术研究等活动。

联络服务

【走访慰问老艺术家】2月7日—9日，常州市文联党组书记、主席舒文，常州市文联领导胡军生、周勇刚、王蓉，三级调研员池银合、夏厦分别带队走访慰问阙长山、程舍予、江可群、周俊炜、吴小英、陈弼、汤德胜、张芸芝、耿荣兴、萧剑波、史根源等老艺术家，与他们一起忆往昔、叙真情、听建言、谋发展。

常州市文联党组书记、主席舒文（右）慰问艺术家程舍予（左）

常州市文联党组成员、副主席胡军生（左）慰问艺术家周俊炜（右）

常州市文联党组书记、专职委员周勇刚（右）慰问艺术家汤德胜（左）

常州市文联党组成员、副主席王蓉（右）慰问艺术家陈弼（左）

常州市文联三级调研员池银合（左）慰问艺术家张芸芝（右）

常州市文联三级调研员夏厦（左）慰问艺术家史根源（右）

【走访文艺家协会】2月22日，市文联党组书记、主席舒文带领市文联领导走访了在文艺家之家办公的部分文艺家协会，向他们致以新春的问候，并开门问策，就新一年工作安排、重点项目进行商讨、谋划。走访中，各协会畅谈了2021年的工作设想，也对市文联工作提出了意见、建议。

常州市文联领导走访常州市美协

常州市文联领导走访常州市书协

常州市文联领导走访常州市摄协

常州市文联领导走访常州市影协

常州市文联领导走访常州市诗词协会

重要会议和活动

【综述】市十一次文代会召开以来，新一届文联领导班子坚持以习近平新时代中国特色社会主义思想为指引，深入开展党史学习教育，贯彻落实中国文联、省文联文代会精神和省、市党代会精神，切实对标市委、市政府“532”战略部署，以“项目制”推进为抓手，聚焦“一个主业”，紧抓“两大工程”，提升“三种能力”，进一步深化市文联改革，以文艺力量助力常州高质量发展，努力为繁荣地方文化履职尽责。

【文联工会换届】2月5日，常州市文联工会第六次会员大会召开，市文联党组书记、主席舒文，市文联领导胡军生、周勇刚、王蓉，三级调研员池银合、夏厦，全体文联工会会员参加会议。会议审议通过了《市文联工会第五届委员会工作报告》《常州市文联工会第六届委员会选举办法（草案）》，选举产生了文联工会第六届委员会。张怡当选为工会主席，周冬军、张俊、孙芳、徐杰泷当选为工会委员，周滨当选为经费审查委员会委员，孙芳当选为女职工委员会委员。会上，新当选工会主席张怡作表态发言。

2月5日，常州市文联工会第六次会员大会召开

【十一届二次主席团（扩大）会议】3月3日，常州市文联十一届二次主席团（扩大）会议在市文联三楼多功能厅召开。会议由常州市文联党组书记、主席舒文主持。会上，舒文对文联主席团成员分工进行了说明，对2021年文联重点工作、重点项目进行了部署谋划。各位主席团成员结合各自分工进行了交流发言，并对做好文联工作提出了意见和建议。

【十一届二次全委（扩大）会议】3月23日，常州市文联十一届二次全委（扩大）会议召开。市文联十一届委员会委员、文艺社团负责人、文联机关人员近100人参加了会议。

会上，市文联党组书记、主席舒文作了题为《永葆初心　牢记使命　开启常州文艺高质量发展走在前列新征程》的工作报告。更替、增补了李萍、朱少杰、谢庆3人为常州市文联十一届委员会委员，对2020年度文联系统先进文艺家协会、先进文艺社团、文联工作创新成果、优秀文艺成果、宣传信息先进集体代表进行了表彰。与会人员还围绕如何开展好全年工作进行了分组讨论。武进区文联、市作协、市美协、市摄协和市吟诵艺术协会进行了大会交流。

【党史学习教育动员大会】3月30日，市文联召开党史学习教育动员大会，市文联党组书记、主席舒文作动员讲话，党组成员、专职委员周勇刚主持会议并传达了中央、省委和市委关于开展党史学习教育有关精神。市文联机关和事业单位全体人员参加会议。

【第二届常州美术大展】4月16日，由常州市文联主办、常州市美术家协会承办的"恽南田美术奖"第二届常州美术大展在常州美术馆1号展厅和常州市文联文艺家之家3楼展厅同时开展，共展出作品198件。市文联党组书记、主席舒文，副主席胡军生、吴鸣，部分市美协主席团成员及参展作者参观展览。"恽南田美术奖"每三年一届，为常州市美术最高奖，与"江苏美术奖"相衔接、对应，旨在搭建平台，发现和培养优秀美术人才。展览共收到276件投稿作品，其中国画147件，油画、版画、雕塑、水彩（粉画）等作品129件。组委会严守公开、公平、公正的原则，委托江苏省美术家协会邀请常州地区以外的专家组成评委团，并由监审委员会全程监审。经过初评、终评和公示等环节，评出入选作品198件，其中10件作品获得"恽南田美术奖"，10件作品获提名奖。

【第四届常州市合唱大赛】4月23日，第五届江苏省紫金合唱节常州赛区比赛暨第四届常州市合唱大赛在常州大剧院举行。合唱大赛由中共常州市委

4月23日，第五届江苏省紫金合唱节常州赛区比赛暨第四届常州市合唱大赛在常州大剧院举行

宣传部、常州市文学艺术界联合会、常州市教育局共同主办，常州市音乐家协会、常州市合唱联盟、常州大剧院承办。经过评选，常州保利童声合唱团、星辰实验学校初中合唱团、常州天宁爱乐合唱团分获童声组、少年组、成人B组金奖，常州华声合唱团获成人A组特别奖，3支金奖队伍将代表常州参加江苏省第五届紫金合唱节合唱比赛。

【全国摄影工作会议】4月25日—28日，由中国摄协、省文联主办，市文联、东方盐湖城承办的2021年全国摄影工作会议在常州东方盐湖城召开。全国政协常委、中国文联党组成员、副主席李前光，江苏省文联党组书记、常务副主席、书记处第一书记水家跃，中国摄协主席李舸，中国摄协分党组书记、驻会副主席郑更生，常州市文联党组书记、主席舒文出席会议。中国摄协56家团体会员单位

4月25日—28日，由中国摄协、省文联主办，市文联、东方盐湖城承办的2021年全国摄影工作会议在常州东方盐湖城召开

负责人及中国文联、中国摄协、江苏省文联、江苏省摄协、常州市文联、常州市摄协相关领导、摄影艺术家近120人参加了会议。会议表彰了中国摄协2020年度优秀团体会员单位，常州东方盐湖城被授予“中国摄影创作基地”称号。

【“美丽乡村行”——常州市雕塑艺术邀请展】 4月20日，“美丽乡村行”——常州市雕塑艺术邀请展开幕式暨常州市雕塑家协会牟家村艺术实践基地揭牌仪式在天宁区郑陆镇牟家村举行。市文联党组书记、主席舒文，中美协雕塑艺委会委员、省雕协主席尚荣，天宁区委副区长方力，市文联党组成员、专职委员周勇刚，市文联副主席、市美协主席、画院院长吴鸣及省雕协、天宁区、市雕协相关领导出席活动。

【常州文艺人才“结对传承”行动签约仪式】 5月11日，常州文艺人才“结对传承”行动暨常州文艺战略合作签约仪式在市行政中心星聚堂举行。40位名师与43位中青年文艺人才结对签约。副市长陈正春、市委宣传部常务副部长孙春伟，市文联党组书记、主席舒文，市文联相关领导及各辖市区文联负责人，市各文艺家协会主席、秘书长出席活动。签约仪式由市文联三级调研员夏厦主持。

【“百年初心与红色文化”讲座】 5月18日下午，由常州大学、常州市文联主办，常州大学周有光文学院承办的著名作家叶辛“百年初心与红色文化”讲座在常州大学西太湖校区举行。来自全市各文艺家协会的艺术家代表、市文联全体人员及常州大学周有光文学院的师生400余人聆听了讲座，共同学习百年党史、传承红色文化、践行初心使命。常州大学副校长徐树法，常州市文联党组书记、主席舒文参加活动。

【常州市首届文艺评论家学术提名展】 5月30日，由常州市文联主办、常州市文艺评论家协会承办的“文墨·写心”——常州市首届文艺评论家学术提名展（中国画、书法）在市文联文艺家之家开幕。市文联党组成员、副主席胡军生，市文艺评论家协会领导蒋和鸣、倪露江参加开幕式。展览以“文墨·写心”为主题，首次以文艺评论家学术提名的方式，在全市范围遴选提名了8位“80后”青年书画家，按照中国画、书法、篆刻等不同艺术门类，集中呈现和检阅常州新生代书画创作中坚的艺术风貌、观看视角、精神旨趣与学术态度。开幕式上，胡军生向入展的张家毅、史驿琦、王艳、陈利玲、万松、徐尉刚、杨东建、黄响铃8名青年书画家颁发了证书。文艺评论家与书画创作者进行了“面对面”互动交流。

【常州中吴文化艺术节】 6月2日，2021常州中吴文化艺术节开幕活动在常州大剧院举行。市委常委、宣传部部长陈涛，市人大常委会党组成员徐新民，市政府副市长陈正春，市政协副主席、党组成员、市总工会主席徐伟南出席了活动。该次艺术节由市委宣传部、市文广旅局、市文联主办，以“百年风

6月2日，2021常州中吴文化艺术节开幕

华 艺心向党”为主题，历时 7 个月，将开展舞台艺术展演、艺术作品展览、群众文化活动等 5 个板块，计 56 类、千余项文艺活动。红色经典剧目展演、原创剧目基层巡演、系列群文广场演出、原创作品大赛、艺术作品展览、原创文艺作品展播展示、戏曲名作进校园、红色大师课等精彩纷呈的活动逐一亮相，让市民群众真切地分享到常州文化繁荣发展的成果。

【“寸草心声”——常州市工艺美术精品展】6 月 2 日上午，由中共常州市委宣传部、常州市文联、常州市文广旅局主办的“寸草心声”——常州市工艺美术精品展在江苏省现代美术馆开幕。江苏省文联党组书记、常务副主席、书记处第一书记水家跃，省文联二级巡视员王建，常州市人大常委会副主任蒋自平，省文联原副主席、省民协主席陈国欢，省民协副主席兼秘书长张丹，省工艺美术行业协会名誉会长马达，省现代美术馆馆长、省青美协主席赵震，中共常州市委宣传部常务副部长孙春伟，市文联党组书记、主席舒文出席开幕式。水家跃和蒋自平为展览揭幕，王建在开幕式上讲话，舒文介绍展览相关情况。开幕式由市文联副主席胡军生主持。

【文艺界党史学习教育报告会】6 月 28 日，常州文艺界党史学习教育报告会在常州大剧院隆重举行，来自各辖市区文联、文艺家协会、社团、产（行）业文联及全市老艺术家代表、学生近 400 人齐聚一堂，喜迎中国共产党百年华诞。市文联党组书记、主席舒文向文联退休老党员唐锡勇、徐万银颁发“光荣在党 50 年”纪念章。市文联党组成员、副主席胡军生，党组成员、专职委员周勇刚，天宁区天宁街道党工委副书记、办事处主任汪舟，天宁街道青果巷社区党总支书记兼主任周文静为各文艺家协会党支部授牌。市文联党组成员、副主席王蓉和制作方代表、市影视家协会主席沈爱华为常州市文联即将启动的“为霞满天”——常州文艺家口述史系列拍摄工程开机仪式揭幕。

【常州市主题创作书法展】9 月 25 日，由中共常州市委宣传部、市文联主办，市书法家协会承办的常州市主题创作书法展在运河五号美术馆开幕，常州市人民政府原副市长、市书法家协会名誉主席张力航，市文联副主席王蓉，市总工会副主席于德江，江苏省书法家协会原副主席阙长山，常州运河五号创意街区管理有限公司总经理赵洪波及市书协理事会、监事会负责人，获奖作者和书法爱好者，市民近 100 人参加了开幕式并参观展览。开幕式由市书协主席陈清主持。该展于 4 月启动，共收到投稿作品 352 件，经评审，共评出金奖 20 件、金奖提名奖 10 件和优秀奖 30 件，展出书法、篆刻、刻字作品 200 件。

9 月 25 日，“庆祝中国共产党百年华诞”常州市主题创作书法展开幕式

【传达贯彻市第十三次党代会精神】9 月 27 日，市文联党组书记、主席舒文主持召开学习贯彻市第十三次党代会精神专题会议，各文艺家协会主要负责人、市文联全体工作人员参加会议。会议认为，市委陈金虎书记代表十二届市委所作的报告立意高

远、内容厚重、目标明确，既深入总结了过去五年常州市取得的巨大发展成就，又清晰描绘了常州全面建设社会主义现代化新征程的总蓝图和路线图。会议号召各协会、党支部要层层传达贯彻，提高思想认识，在常州“532”发展战略中找准定位，以爱家乡、爱人民的主人翁姿态推动工作。要用党代会的精神指导文联工作，开创文艺工作新局面。

【“红色记忆 · 常州百年党史寻迹”征文大赛】9 月 29 日，“红色记忆•常州百年党史寻迹”征文大赛颁奖会在市文联三楼多功能厅举行。市文联党组书记、主席舒文，市委党史工委主任、市地方志办主任李亚雄及主承办单位相关领导，获奖者，作协中青年作家近 50 人参加活动。征文大赛由常州市文联、常州市委党史工委等为指导单位，市作家协会、常州三杰纪念馆联合主办。活动自 5 月启动以来，主办方先后邀请党史专家作学习教育报告，组织部分作家赴张太雷纪念馆、雕庄红馆、王诤将军故居、福建长汀等地开展寻访、纪念活动。征文共收到近 300 篇（首），经评审，周二中、吴娟、陆盛、金明德等 22 位作者分获一、二、三等奖及优秀奖。

【“辉煌历程　华彩百年”——常州市庆祝建党百年主题美术创作展】10 月 27 日，由中共常州市委宣传部、常州市文联主办，常州市美术家协会承办的“辉煌历程　华彩百年”——常州市庆祝建党百年主题美术创作展终评工作在常州画院举行。在监审委员会的全程监督下，经过初评和终评两轮评选，共评出入选作品 66 件、优秀奖 6 件、获奖提名 6 件。11 月 19 日上午，“辉煌历程　华彩百年”——常州市庆祝建党百年主题美术创作展颁奖仪式在常州画院举行。市文联党组书记、主席舒文，副主席胡军生，常州画院院长、市美术家协会主席吴鸣，市美协主席团成员及参展作者、会员 50 余人参加活动。

【首届高晓声文学奖评选】11 月 24 日，首届高晓声文学奖评选公告发布。该奖是在江苏省作家协会、常州市委宣传部指导下，由常州市文联设立的专项文学奖项。以已故常州籍著名作家高晓声名字命名。设长篇小说奖 2 个、中篇小说奖 3 个、短篇小说奖 5 个。每两年举办一次。

【市文联党总支换届大会】11 月 25 日，中共常州市文联总支部委员会换届选举大会顺利召开，市文联机关、事业单位在职党员及退休党员参加了大会。大会审议并通过了上届市文联党总支部委员会工作报告。采取无记名投票、差额选举的方式选举周勇刚、孙芳、丁洁瑾、张俊、徐怡 5 人为新一届总支委员会委员。在新一届总支委员会第一次全体会议上，周勇刚当选为党总支书记，孙芳当选为副书记。张俊当选为宣传委员兼纪检委员，徐怡当选为组织委员，丁洁瑾当选为群工委员。

11 月 25 日，中共常州市文联总支部委员会换届选举大会召开

【“戎耀龙城”退役军人诗书画比赛、“镜头里的常州双拥”摄影比赛作品展】12 月 1 日，“戎耀龙城”退役军人诗书画比赛、“镜头里的常州双

拥”摄影比赛作品展开幕式暨颁奖仪式在常州美术馆举行。副市长许峥宣布开展，市文学艺术界联合会党组书记、主席舒文出席活动并为获奖者颁奖。“戎耀龙城”退役军人诗书画比赛、“镜头里的常州双拥”摄影比赛作品展由市退役军人事务局、市双拥办、市文化广电和旅游局、市文学艺术界联合会联合主办，市文学艺术研究院、市摄影家协会承办。共收到诗词、书画、摄影参赛作品 1032 件，从中评选出 188 件精品展出，并特邀知名书画、摄影大师提供精品力作 16 件参展，同步出版了《常州退役军人诗书画比赛作品集》和《“镜头里的常州双拥”摄影比赛作品集》。

【市文联、市红十字会联合妇联成立】12 月 2 日，常州市文学艺术界联合会、常州市红十字会联合妇联第一次妇女大会召开。市妇联党组成员、副主席陈秋霞，市文联党组成员、副主席王蓉，市红十字会党组成员、秘书长范为民及文联、红十字会全体妇女出席会议。大会审议通过了《常州市文学艺术界联合会、常州市红十字会联合妇联第一次妇女大会选举办法》，并采取无记名投票、差额选举的方式选举刘明珠、王悦、徐怡 3 人为第一届妇联执行委员会委员。在第一届执委会第一次全体会议中，刘明珠当选为联合妇联主席，王悦为副主席。

12 月 2 日，常州市文学艺术界联合会、常州市红十字会联合妇联成立

【常州市戏剧家协会第八次会员代表大会】12 月 21 日，常州市戏剧家协会第八次会员代表大会在市文化艺术管理中心小剧场顺利召开，中共常州市委宣传部副部长、市新闻出版局（版权局）局长谢春林，市文联党组书记、主席舒文，党组成员、专职委员周勇刚，党组成员、副主席王蓉，市民政局社管处二级主任科员朱华南及来自全市各行各业的近百名会员代表参加大会。市曲艺家协会主席杨秀妹代表兄弟协会致贺辞。大会审议通过了第七届戏剧协会工作报告、财务报告、选举办法，以无记名表决方式通过了协会章程，选举产生了新一届理事会理事、监事及领导班子。孙薇当选为新一届剧协主席，张怡、梅丽、何林、沈怡、史国生、胡星、薛平鸽当选为副主席，秘书长由梅丽兼任，牟亚芬当选为第八届监事。沈惠兰被聘为剧协名誉主席，谢庆、范丽萍被聘为顾问。

【常州市音乐家协会第八次会员代表大会】12 月 22 日，常州市音乐家协会第八次会员代表大会在常州大剧院顺利召开，市文联党组书记、主席舒文，党组成员、专职委员周勇刚，党组成员、副主席王蓉，市民政局社管处二级主任科员朱华南及来自全市近 120 名会员代表参加大会。市文联副主席、常州画院院长、市美术家协会主席吴鸣代表兄弟协会致贺辞。大会审议通过了第七届音乐家协会工作报告、财务报告、选举办法，以无记名表决方式通过了协会章程，选举产生了新一届理事会理事、监事会主席及领导班子。熊祖鹏当选为新一届音协主席，刘旭、黄晨、刘洋、徐静、马凌、恽新苗、朱益民当选为副主席，徐杰泷当选为秘书长，王明霞当选为第八届监事会主席。夏厦、王乐平被聘为音协名誉主席，潘振新、高展飞、李平英、张锡生、范廷国、汤建华、钱忠秀被聘为顾问。

【常州市第十七期文艺家读书班】12 月 23 日，由常州市文联主办的第十七期文艺家读书班暨第六期青年文艺家读书班在市委党校举办，来自各辖市（区）文联、文艺家协会、产行业文联、文艺社团及市文联机关、事业单位的 85 位学员参加了读书班。读书班期间，江苏省作家协会副主席、省文艺评论家协会主席汪政，市委党校基础理论教研室主任、副教授李红利分别作了题为“文艺创作的精品之路”“‘以史为鉴，开创未来的纲领性文件——党的十九届六中全会精神’解读”的专题讲座。

【市文联工作研讨会】12 月 24 日，常州市文联召开工作研讨会，各辖市（区）文联负责人，文艺家协会主席、秘书长，部分社团负责人及市文联中层以上干部参加会议。研讨会由市文联副主席王蓉主持。会上，各辖市（区）文联、文艺家协会、相关社团围绕精品创作、文艺活动、队伍建设等方面工作，总结亮点、特色，畅谈经验体会，谋划 2022 年重点工作；市文联事业发展中心各部门汇报交流了各自工作；各文艺家协会相互间进行了考核评优推荐。

【常州市舞蹈家协会第八次会员代表】12 月 31 日，常州市舞蹈家协会第八次会员代表大会在市文化艺术管理中心小剧场顺利召开，市文联党组书记、主席舒文，副主席王蓉，市民政局社管处二级主任科员朱华南及来自全市近 70 名会员代表参加大会。市文联副主席、市音乐家协会主席熊祖鹏代表兄弟协会致贺辞。大会审议通过了第七届舞蹈家协会工作报告、财务报告等，以无记名表决方式通过了协会章程，选举产生了新一届理事会理事、监事及领导班子。谢庆当选为新一届舞协主席，祝玉峰、韩露、王喻、虞柄、黄茜茜当选为副主席，秘书长由韩露兼任，郑晖当选为第八届监事。闵建敏被聘为舞协名誉主席，丁德惠、余晓军被聘为顾问。

交流研究

【省文联领导到常州调研】5月25日，省文联党组成员、副主席、书记处书记刘轩明率队到常州开展调研。市文联党组书记、主席舒文，副主席王蓉陪同调研。调研座谈会上，市文联、市文广旅局艺术处、市文化艺术研究所、市锡剧院、晋陵投资集团的领导及市相关文艺家协会负责人围绕常州文化资源使用、近年来取得的文艺成果等方面分别进行了交流发言。

5月25日，省文联党组成员、副主席、书记处书记刘轩明（右四）率队到常州开展调研

【省文联领导到常州调研】5月31日，省文联党组成员、副主席、书记处书记刘旭东，省文联艺术部主任付少武等一行3人到常州调研。市文联党组书记、主席舒文，副主席王蓉、吴鸣，三级调研员夏厦及部分文艺家协会、市文化艺术研究所有关人员参加座谈。与会人员围绕近年来主题文艺精品创作的基本情况、经验做法，如何理解史诗品格时代力作的内涵，创作具有史诗般品格文艺作品的困难和问题，对孕育具有史诗品格文艺作品的意见和建议等进行了交流探讨。

5月31日，省文联党组成员、副主席、书记处书记刘旭东（左三），省文联艺术部主任付少武（左四）等一行3人到常州调研

【常州大学调研】6月3日，市文联党组书记、主席舒文率队赴常州大学开展调研。常州大学党委常委、副校长黄海燕，市文联副主席、常州画院院长、市美协主席吴鸣，市文联副主席、常州大学音乐与影视学院院长熊祖鹏，常州大学音乐与影视学院副院长赵一兆，常州大学美术与设计学院副院长黄海波等领导和教师代表参加了座谈会。会上，大家围绕校地文艺人才培育、文艺阵地建设、文艺产业发展等方面展开了交流探讨。常州大学党委常委、副校长黄海燕介绍了学校的基本情况和目前发展态势，她希望能与市文联在文化艺术领域开展合作，通过优势资源互补，创新艺术教育形式，拓展艺术教育平台，开门办学，共享共用，共促发展。

6 月 3 日，市文联党组书记、主席舒文（右三）率队赴常州大学开展调研

【“翰墨抒情”常州书法作品展】7 月 12 日，由亳州市文联、常州市文联主办，亳州市书法家协会、常州市书法家协会承办的“翰墨抒情”常州书法作品展在亳州市文化馆举行。常州市政府原副市长、江苏省教育书法协会副主席、常州市书协名誉主席居丽琴，常州市政协原副主席、常州市政协书画社主任、常州市书协名誉主席朱剑伟，常州市文联党组书记、主席舒文，常州市社科联党组书记、主席朱明辉，常州市文联三级调研员夏厦，中国标准草书学社副社长、中国书协学术委员、常州市书协名誉主席叶鹏飞及常州市书协主席团部分成员出席开幕式。该次展览是继 2020 年亳州书法作品到常州展出后的回访展，共展出常州老中青三代书家创作的 80 余幅精品，涵盖了篆、隶、真、行、草等书体及篆刻艺术，形式多样、内涵丰富、志趣高雅，代表了当前常州书法艺术的创作水平。

7 月 12 日，“翰墨抒情”常州书法作品展获奖代表与领导合影

文艺和学术成果

【《杏林杂记》获第九届冰心散文奖】10月15日，第九届冰心散文奖评选办公室发布公告，正式公布第九届冰心散文奖评选结果。常州籍著名老作家陆涛声的散文《杏林杂记》获奖。《杏林杂记》是陆涛声“走读江南”系列散文之一，讲述江南名医，呼唤仁心回归，原发于《人民文学》2019年第1期，后被选入中国作家协会创研部编的《2019年中国随笔精选》。冰心散文奖由中国散文学会主办，是根据我国新文学运动奠基人之一的冰心遗愿，于2000年创立。每两年评选一次，该届受疫情影响延后至第三年进行评选。

【《请和优秀的我谈恋爱》入选中国作协网络文学重点作品扶持项目】3月16日，2021年中国作家协会网络文学重点作品扶持项目正式公布。常州作家赵晨媚的《请和优秀的我谈恋爱》入选。

【《骑鲸记》入选“21世纪文学之星丛书（2020年卷）”】3月9日，“21世纪文学之星丛书（2020年卷）”终评会在北京召开，常州作家刘康的诗歌集《骑鲸记》入选。2020年卷为“21世纪文学之星丛书”的第23卷，从1994年首卷至今，已有232部青年处女作入选丛书。作为中华文学基金会“青年作家扶持计划”中的重要一环，“21世纪文学之星”面向年轻新锐作者，实施“文学新星”培养计划，通过支持有文学潜质和创作能力的文学新人与起步作家开展文学创作、研究工作，在其成长过程中的初始阶段予以扶持，为文学专业作家和优秀青年学者的成长提供有力支撑与保障。

【《中国商父》获第六届老舍青年戏剧文学奖】12月18日，第六届老舍青年戏剧文学奖在北京揭晓，言禹墨创作的话剧《中国商父》荣获该奖项。老舍青年戏剧文学奖由北京市戏剧家协会主办，至今已办20年，第六届共征集到185部剧本，最终有12部剧本获奖。因为疫情影响，颁奖会改为线上举行。

【《情系大三线》获江苏省新闻出版政府奖提名奖】12月28日，第三届江苏省新闻出版政府奖公布，常州市作家沈国凡创作的纪实著作《情系大三线》获江苏省新闻出版政府奖提名奖。江苏省新闻出版政府奖是江苏省新闻出版领域最高奖项，对于全省新闻出版业高质量发展具有重要导向作用和激励作用。

【3件作品入选“百年华彩——2021·中国百家金陵画展（中国画）”】10月20日，“百年华彩——2021·中国百家金陵画展（中国画）”复评结果公布。常州吴鸣的作品《神州天和》、王醒的作品《田

园归梦》、王艳的作品《花开盛世·初心百年》入选该次中国百家金陵画展。中国百家金陵画展创办于2005年，是由中国美术家协会、中共江苏省委宣传部、江苏省文化和旅游厅、江苏省文学艺术界联合会共同打造的当代中国美术品牌和全国性的美术展示平台，致力选拔优秀作品，发掘美术人才，积累美术理论成果。每年经过初评和复评，最终确认100件作品参展。

【3件作品入选由中书协举办的书法作品展】1月，孙辉、徐勇作品入选全国第五届青年书法展；10月21日，眭勤业作品入选第九届中国书坛新人新作展。

【张霆摄影作品入选28届全国摄影艺术展】10月22日，由中国文学艺术界联合会、中国摄影家协会主办的第28届全国摄影艺术展评选结果揭晓，常州市张霆摄影组照《江南旧曾谙》入选创意和商业类作品，这是他的作品继2019年入选第27届全国摄影艺术展后，再次入选该展。全国摄影艺术展是中国摄影家协会举办的历史最悠久、影响最广泛、规模最大的全国性摄影展览，自1957年创办以来，已经成功举办了27届，共推出逾万幅佳作。第28届展览于3月—7月面向全国征稿，共设置纪录类、艺术类、创意和商业类、多媒体类四大类别，共收到投稿10万余件。经过两轮评选，评出299件作品入选，入选率不到千分之三，其中创意和商业类共入选作品23件。江苏共有19件作品入选，张霆入选组照《江南旧曾谙》共9幅，作者用摄影的语言，以自己独特的方式，将影像元素和后期制作相融合，独辟蹊径地阐释心目中的江南，景致唯美、隐微涵远，表达了作者对故乡江南的真挚情感。该作品同时入选第三届“郎静山杯”中国新画意摄影双年展“画意中国”摄影大展。

【第五届紫金合唱节】6月11日，第五届紫金合唱节颁奖仪式暨闭幕音乐会在江苏大剧院音乐厅举行，常州保利童声合唱团获童声组银奖，常州天宁爱乐合唱团获成人B组优秀奖，常州获组织奖，童声合唱水平位居全省前列。紫金合唱节两年一届，合唱节由中国音协、省委宣传部、省文明办、省教育厅、省文旅厅、省总工会、省文联共同主办，省音协承办，以中国共产党成立100周年为主线，以“颂歌献给党”为主题，用合唱形式唱响爱党、爱国、爱社会主义时代主旋律，展示了江苏人民在中国共产党的领导下凝心聚力、砥砺前行的精神风貌。合唱节期间还组织了合唱作品委约征集、作曲指挥培训讲座、中外合唱队交流等活动。

【锡剧《烛光在前》进京参加“庆祝中国共产党成立100周年”优秀舞台艺术作品展演】5月7日—8日，作为2021年江苏省唯一新创剧目，原创大型锡剧《烛光在前》代表江苏参加庆祝中国共产党成立100周年优秀舞台艺术作品展演，在北京全国地方戏演出中心上演。锡剧《烛光在前》是常州市委、市政府为打造“三杰故里·红色名城”城市品牌推出的重点文艺作品，也是江苏省庆祝中国共产党成立100周年重点剧目。该次展演，既展现了常州文艺精品生产最新成果，也传扬了常州红色名城文化基因，以文艺力量赓续“常州三杰”革命精神血脉，具有重要的艺术价值和政治意义。

【中篇苏州评弹《邓稼先》荣获江苏省文艺大奖·曲艺奖】12月22日晚，第九届江苏省文艺大奖·曲艺奖颁奖仪式暨惠民演出在南通市启东保利大剧院隆重举行。常州市曲艺团原创作品，中篇苏州评弹《邓稼先》荣获江苏省文艺大奖·曲艺奖节目奖和文学奖两项大奖。江苏省文艺大奖·曲艺奖是全省曲艺专业最高奖项，每两年评选一次。该奖项与中国曲艺最高奖牡丹奖相衔接，对江苏曲艺创作和人才培养有着积极的推动作用。

【刻纸作品《大运河》入围“山花奖”终评】11月12日—15日，第十五届中国民间文艺山花奖优秀民间工艺美术作品终评活动在浙江杭州举行，自2020年1月“山花奖优秀民间工艺美术作品”评奖活动启动以来，经过“山花奖”专家组评选，刻纸百米长卷《大运河》入围终评。《大运河》由金坛刻纸国家级非遗传承人杨兆群牵头，大运河沿线8个省市的11位剪纸艺术家共同创作完成。长卷在百米的刻纸上，以运河文化底蕴深厚的北京通州为起点，以烟波浩渺、风情洋溢的杭州为终点，途经6个省、2个市，展现大运河沿岸众多的历史名城、名胜古迹、民俗风情和文化遗迹。

【3件作品获江苏省文艺大奖·第六届民间文艺奖】11月26日，江苏省文艺大奖·第六届民间文艺奖评奖结果揭晓，由市民协和市工艺美术家协会选送的沈华强的留青竹刻《凝芳》，李平秋设计、孙燕云制作的乱针绣《常州三杰》和邢粮设计、董玥彤制作的梳篦《盛世千象》3件作品获江苏省文艺大奖·第六届民间文艺奖优秀工艺美术作品。江苏省文艺大奖·民间文艺奖由江苏省文联主办、江苏省民协承办，为江苏民间文艺最高奖，该评奖活动两年一届。第六届评选全省共选出120件（套）作品入围终评，最后评出优秀民间工艺美术作品60件（套）。

【第三届“江苏省文艺大奖·电影奖”颁奖典礼】12月29日，由江苏省电影局指导，江苏省文联、江苏省电影家协会主办，常州广播电视台、市文联承办，江苏影视频道、市影视家协会、江苏亚细亚影视制作有限公司协办的第三届“江苏省文艺大奖·电影奖”颁奖典礼在常州现代传媒中心举行。省文联党组书记、常务副主席、书记处第一书记水家跃，江苏省电影局副局长王明珠等领导出席活动，中共常州市委常委、宣传部部长、市委秘书长杭勇，省文联二级巡视员王建分别致辞，省文联副主席、省影协主席侯勇宣读获奖影片名单。“江苏文艺大奖·电影奖”由江苏省文联、省电影局、省电影家协会主办，每两年举办一次。该奖与中国电影“金鸡奖”相衔接，为江苏专业性、权威性的电影最高奖项，旨在打造江苏电影艺术和学术品牌，引导广大电影艺术工作者牢记使命、守正创新，从而进一步推动江苏电影创作生产的健康发展。电影奖评选活动共收到2019—2020年度公开发行放映的20部参赛作品，其中符合参赛条件的作品19部。经组织申报、资格审查、开展评审、公示等环节，最终共有10部作品获奖。其中，《四个春天》荣获评委会特别奖；《解放·终局营救》《催眠·裁决》《桂香街》《幸福的小满》4部作品获得二等奖；《小Q》《下一任·前任》《赤狐书生》《最长一枪》《足球爸爸》5部作品获得三等奖；一等奖空缺。

【《中国当代美术批评的理念更新与理性重建》获第六届“啄木鸟杯”中国文艺评论年度奖】12月，常州市文艺评论家协会副秘书长、常州大学教师吴彦颐撰写的评论《中国当代美术批评的理念更新与理性重建》获第六届“啄木鸟杯”中国文艺评论长篇评论奖，是继2017年获第二届“啄木鸟杯”文艺评论著作奖后，常州市文艺评论家再次获此殊荣。该活动由中国文联、中国文艺评论家协会主办，是中国文艺评论界最高奖，涵盖文学、戏剧、电影、音乐、美术、书法、曲艺、舞蹈、民间文艺、摄影、杂技、电视共12个艺术门类。

《翠苑》杂志

【概况】2021年，常州翠苑杂志社认真履行意识形态工作主体责任，加强日常管理。严格按照出版规定，按时按质认真完成出版任务。

【期刊出版】全年共出版《翠苑》(文学版)6期，《翠苑》（少年文艺家）6期，增刊1期。文学版全年用稿137篇，其中常州作家稿件49篇。《三叶草》栏目编发17位江苏省中青年实力作家的作品。《热风》栏目编发15位常州高校文艺评论工作者的文章。

【第六届文化点亮生活“做文学中的少年”——《翠苑》原创诗歌、散文朗诵会】1月7日，由常州市文联、常州市文学艺术研究院主办，常州翠苑杂志社、常州市吟诵艺术协会承办，常州市科普创作协会协办的第六届文化点亮生活“做文学中的少年”——《翠苑》原创诗歌、散文朗诵会走进朝阳中学，近百名师生参加了活动。朗诵会上，常州市吟诵协会的戴文静、陈雷、沈莉3位艺术家朗诵了《丰碑》《今晚不能回家》等刊登在《翠苑》上的原创诗歌，还给同学们朗诵了经典诗词和名家名篇。朝阳中学校长殷涛朗诵了由他创作的诗歌《红梅公园的叶子》，并与同学们进行了互动。

【第十二届“良春杯”常州市科普创作大赛结果揭晓】6月9日，第十二届“良春杯”常州市科普创作大赛结果揭晓。杨维忠的《地铁是怎样建成的》、方南祺的《光伏板霞蟹正肥》、李峰的《色盲也可以学画画》分别获科普文学、科普摄影、科普动漫一等奖。常州市科普创作大赛是在市科协、市文联共同领导下，由常州市科普创作协会、常州文学艺术研究院、常州翠苑杂志社有限公司联合举办的。大赛旨在调动社会力量参与科普工作的积极性，发现和培养科普创作人才，繁荣科普创作，提高公民科学素质。

【“童声里的中国”少儿歌谣创作大赛】由常州市文明办、市教育局、市文联共同举办的“童声里的中国”少儿歌谣创作大赛自2021年2月至4月征集以来，共征集稿件6378件。常州市的7件作品从近8万件作品中脱颖而出，《华夏春回》荣获一等奖，《小花猫看姥姥》《种子歌》《耳朵的梦想》3件作品荣获二等奖，《钉子》《小木枪》《踩浪》3件作品荣获三等奖。

【第六届龙城淘书节】10月3日，杂志社在第六届龙城淘书节上举办了“做文学中的少年”诗文朗诵会。小演员用真挚的情感，把观众带入了如诗、如画、如歌的美文中，感受文学诵读的魅力，用朗诵的方式向祖国华诞献礼。

【翠苑小程序上线】12月1日，经过一年多的开发，翠苑微信小程序上线运行，小程序主要有杂志推荐、杂志订阅、视频、音频等功能，更好地扩大了《翠苑》的影响力。

【荣誉】9月30日，在江苏省期刊协会明珠奖评选中，王建湘获江苏期刊明珠奖·优秀编辑称号。

各文艺家协会

常州市作家协会

综述

【概况】2021 年，常州市作协坚持“为人民服务，为社会主义服务”方向、“百花齐放、百家争鸣”方针，按照“出人才、出作品、出精品”的工作思路，服务大局，在文学活动、人才培养、精品创作、组织建设等方面均取得新的成效。围绕庆祝中国共产党成立 100 周年的工作主线，开展“红色记忆”主题征文活动，走进红色基地采风创作；举行中青年作家创作座谈会；开展重大题材文学创作专题调研等。全年发展中国作协会员 5 人、省作协会员 15 人、市作协会员 42 人。市作协被评为江苏省作协 2021 年度基层文学工作先进单位，被市文联评为 2021 年度先进文艺家协会。《常州作家》（通讯）获年度省创新创优项目奖；会员韩献忠获评省基层作家职业道德建设先进个人，徐澄范获评省文学工作先进个人。

【功能型党支部成立】6 月 28 日，市作协成立功能型党支部。党支部设书记 1 名，组织委员、宣传委员各 1 名。卞优文为党支部书记，陈东平为组织委员，王建湘为宣传委员。党支部负责协会学习贯彻党的路线方针政策，加强理想信念教育，组织开展党建活动和志愿服务，发挥政治引领、思想引领、作风引领和组织引领作用。

【人才培育】2021 年，市作协李怀中、曹丹茹、李永兵、刘康、尚玉洁 5 人加入中国作家协会，王京、王群、戎林海、刘亦鸣、纪玲妹、芮锦锋、杨琼、何润炎、宋清成、顾锁英、高云凤、蒋欣、谢燕红、褚婷、管志斌 15 人加入江苏省作家协会。至年底，常州市作协共有会员 508 人，其中省作协会员 205 人、中国作协会员 35 人。

鼓励推荐全市作家参与省、市文学活动，帮助作家了解社会、开阔视野、提升境界。推荐“85 后”作家褚婷、“00 后”作家王宁婧参加省作协“文学新人现场”小说专题学习，推荐陈志明、吴亚频、狄吟红、张乃英、吴玉平参加省文学院第 4 期（市、区）骨干作家培训班，推荐邹佳茹参加市文联读书班。青年作家褚婷进入省作协“优青班”学习，“70 后”作家李永兵、“90 后”作家许天伦入选雨花写作营。做好省作协关于青代会代表候选人与市文代会代表候选人的推荐工作，配合做好苏南片区会议召开和省作协相关调研工作等。

重要会议

【七届四次主席团会议暨七届五次理事会】3 月 5 日，常州市作协召开七届四次主席团会议暨七届五次理事会。市文联党组书记、主席舒文，副主席胡军生，秘书长蒋小萍及 32 名理事出席会议。市作协监事会主席徐澄范列席会议。常州市文联党组调整分工，市作协分管领导调整为舒文。市作协主席李怀中总结2020年主要工作情况，提出2021年工作思路。各辖市区作协和各专业委员会负责人作工作交流。会议审议通过13名新会员的入会申请。舒文对全体理事提出3点希望。首先，新时期要有新作为。站在新的历史交汇点、在“十四五”规划开局之年，全体理事要认真贯彻落实“争当表率、争做示范、走在前列”的使命要求，围绕中心，反映时代，立足常州，抓好创作。其次，新一届作协要有新面貌，要团结一致向前看，增强主席团、理事会凝聚力、向心力和战斗力，知行合一，齐心协力构建常州“文学高原”。最后，新成绩需要新思路。要多措并举促进创作，围绕中国共产党成立100周年开展系列活动，加强协会规范化建设，培养优秀青年人才梯队。舒文表态，将全力以赴支持协会工作，为会员做好服务，为繁荣常州文学事业优化好环境，为各类人才脱颖而出创造好条件。

【七届七次主席团会议暨七届六次理事会】12月17日，市作协七届七次主席团会议暨七届六次理事会扩大会议在溧阳礼诗圩召开。26名理事参加会议，市作协监事会主席徐澄范及部分监事和部分辖市区作协秘书长、协会工作骨干列席会议。市作协主席李怀中围绕党史学习教育、文学活动、作家创作与基础建设4个方面，简要总结2021年的主要工作情况，并就2022年的工作提出设想。李怀中带领全体理事学习习近平总书记在中国文联第十一次会员代表大会、中国作协第十次会员代表大会开幕式上的讲话精神。溧阳市作协、金坛区作协、武进区作协、新北区作协、天宁区作协、钟楼区作协，以及网络文学创作委员会、诗歌创作委员会、戏剧影视文学创作委员会，分别就2021年工作情况和2022年工作思路进行交流发言。市作协副秘书长卞优文做常州市作协党支部成立相关情况说明（市作协于6月建立功能型党支部，党支部设书记、组织委员、宣传委员各1名）。作协副主席兼秘书长陈韵华就市作协文艺志愿者分会工作进行汇报。作协副主席韩献忠以金坛区作协文艺志愿活动为例作交流发言。该次理事会发展新会员29人。

【中青年作家创作座谈会】9月29日，市作协召开部分中青年作家创作座谈会。市文联党组书记、主席舒文，市文联秘书长、组联处处长蒋小萍，部分市作协主席团成员及中青年作家代表等30余人参加创作座谈会。于建新、黄郁、李永兵、刘康、言禹墨、褚婷、邹海楠、王苏阳等中青年作家围绕如何践行以人民为中心的创作导向、如何坚守艺术理想、如何获得自我突破等问题交流发言。

重要活动

【“红色记忆”主题征文活动】在庆祝中国共产党成立100周年之际，常州市作协围绕习近平总书记“把红色资源利用好、把红色传统发扬好、把红色基因传承好”的重要指示和常州建设“三杰故里，红色名城”的口号，启动“红色记忆”主题征文活动，将党史教育融入征文之中，具有“辨识度”，发挥了作协会员的创作优势。征文自4月始至8月，收到全国及常州市作家的来稿近300篇（首）。周二中、吴娟、陆盛、金明德等22人分获一、二、三等奖及优秀奖。优秀作品分别在《翠苑》《常州日报》刊发。9月29日，举行“红色记忆·常州百年党史寻迹”征文颁奖会。市作协副主席兼秘书长陈韵华主持颁奖仪式，市作协主席李怀中介绍征文情况和评审过程，并宣布获奖名单。吴娟代表获奖作者发言。市文联党组书记、主席舒文鼓励常州作家拥抱生活，投入时代主题，创作出更多更优秀的作品。

【**高晓声93周年诞辰纪念活动**】6月10日，市作协主席李怀中带领全市作家实地走访位于天宁区郑陆镇后董墅村的高晓声两间两进故居老屋，并向董墅村及高晓声家属了解故居修缮中遇到的问题并听取建议，寻访该村形制独特的始建于清雍正年间的楠木厅。随后召开高晓声故居修缮恢复座谈会。十余名与会作家对一些修缮问题进行梳理、分析，从各个角度提出可行性意见。李怀中介绍了高晓声在国内外文坛的广泛影响和文学史上的重要地位，以及常州10多年来对高晓声研究及故居保护的进程，首次提出对董墅村进行整体保护和打造的构想，将其建成美丽乡村的一个独特文学主题村落——高晓声乡村文学主题园。7月8日，十余位作家到天宁区郑陆镇董墅村，纪念高晓声93周年诞辰。

文艺创作

【**红色基地采风**】5月9日，市作协带领会员前往常州党建与红色文化主题教育馆，邀请常州三杰纪念馆和市委党史工委专家为会员们讲课，重温革命岁月；组织参观雕庄“红馆”、横山桥老街常武地区第一个党支部所立地、戴溪王诤将军纪念馆。5月26日—30日，市作协组建常州作家代表团赴福建长汀瞿秋白就义地和红都江西瑞金，展开寻访和纪念活动。协会以此鼓励会员走出书斋，走进先烈内心，走进火热的生活与时代，从中国共产党的百年奋斗历程中汲取智慧和创作素材。

【**市重大题材文学创作专题调研**】9月，响应省作协工作倡议，市作协领导就重大题材文学创作先后赴溧阳、金坛开展专题调研，召开座谈会。溧阳、金坛、武进、新北、天宁、钟楼6个辖市区作协主席分别简要介绍近两年各辖区文学工作和文学创作情况，重点就重大题材文学创作现状和计划作了交流。参加会议的区作家协会骨干作家结合当地、自身实际，就重大现实题材的创作、本土题材创作、作家个性与时代的契合、文学作品经典化机制的重塑、新时代文学工作的创新发展等问题进行研讨。至年底，常州地区正在创作的文学作品有17部，计划创作的有7部。

【**江苏省作协苏南片区文学创作工作会议在常州召开**】12月10日—11日，省作协在常州召开苏南片区文学创作工作会议。省作协党组成员、书记处

5月9日，市作协会员走进红色基地采风创作

书记、常务副主席汪兴国，党组成员、书记处书记、副主席贾梦玮、鲁敏，常州市委宣传部副部长、市新闻出版局（版权局）局长谢春林，市文联党组书记、主席舒文，苏南各设区市作协负责人及部分所属县（市、区）作协负责人、作家代表等出席会议。

该次片区会议聚焦重大题材创作，围绕基层作协近年来重大题材创作选题、创作成果、未来三年创作规划以及有关工作建议等展开交流，旨在持续提升重大题材文学创作的组织化程度，做好重大主题文学创作规划，推出更多兼具时代特征、中国特色、江苏特质的重大题材优秀文学作品。各设区市作协负责人和部分县（市、区）作协负责人分别简要介绍了近两年各地文学工作和文学创作情况，重点就重大题材文学创作现状和计划作了交流。常州作家刘志庆、吴振宇、苏刚在会上发言。

会议提醒作家在挖掘地方书写资源的同时，还要站在全国视野来审视自己选择的题材价值。作家要不断、自觉、深入地研究题材、研究社会生活、研究人，要写出背后的人性遭遇和人的选择，体现出作品的文学性。

【会员交流平台——《常州作家》（通讯）】 2021 年，《常州作家》（通讯）共出版 2 期。《常州作家》（通讯）分 3 大版块，即特别关注、信息与通讯、作家与作品。2021 年度推出“庆祝中国共产党建党 100 周年特辑”和“中国文联第十一次全国代表大会、中国作协第十次全国代表大会专题 ”，特别关注“溧阳中青年小说作家群”和“重大题材创作”。全年发表信息与通讯 83 篇，发表作品 62 篇，全方位展示常州作家的创作动态。该通讯成为联系会员、服务会员的桥梁与纽带，成为交流工作、相互促进的平台，是呵护和培植创作动力、繁荣常州创作、作家展示自我的阵地。

【会员创作成果、获奖情况】 2021 年，常州作家共出版小说散文诗歌集 27 部，省级以上各期刊发表、转载、入选作品 400 余篇（首），33 人次获文学各门类奖项。其中，陆涛声的小小说《古玉·古砚·古盘》在 2020 年中国小说学会发布的中国小说年度排行榜上，位居小小说·微型小说榜首，散文《杏林杂记》获第九届冰心散文奖，言禹墨的话剧《中国商父》获第六届老舍青年戏剧文学奖，沈国凡的《情系大三线》获江苏省新闻出版政府奖提名奖，吴亚频的《冬雪暖阳》获扬子江网络文学作品大赛三等奖。

2021 年度常州市作协优秀成果一览表

表 2

艺术门类	获奖作品名称	奖　项	获奖者
小小说	《古玉·古砚·古盘》	2020 年中国小说排行榜小小说·微型小说第一名	陆涛声
散文	《杏林杂记》	第九届冰心散文奖	陆涛声
小小说	《银洋》等 10 篇	第九届小小说金麻雀奖	陆涛声
文学（诗集）	《骑鲸记》	入选中国作协重点作品扶持项目（21 世纪文学之星丛书）	刘康
文学（诗集）	《万象》	入选中国作协重点作品扶持项目（第 37 届青春诗会《诗刊》出版书籍）	刘康
文学（话剧）	《中国商父》	第六届老舍青年戏剧文学奖	言禹墨
文学（报告文学）	《情系大三线》	江苏省新闻出版政府奖提名奖	沈国凡
文学（小说）	《冬雪暖阳》	扬子江网络文学作品大赛三等奖	吴亚频
文学（小说）	《请和优秀的我谈恋爱》	入选中国作协网络文学重点扶持项目	赵晨媚

常州市美术家协会

综述

【概况】2021年，常州市美协不忘初心、牢记使命，在展览活动、文艺创作、会员管理、人才建设等方面取得了新的成果。协会始终狠抓作品质量，发动会员创作具有时代精神的美术作品，涌现出一批又一批的美术精品和美术人才，在全国、全省的大展中皆获得优秀的成绩。坚持把协会建设同常州文艺事业发展和人民美好生活的需要紧密联结，开展多场重大主题性美术作品展览，如“恽南田美术奖”第二届常州美术大展、“荣耀百年”——2021新常州画派学术双年展（中国画）、“辉煌历程　华彩百年”常州市庆祝建党百年主题美术创作展等，致力把常州打造成优秀美术人才的聚集地和新高地。

【协会管理】2021年，市美协成立功能型党支部，吴鸣任党支部书记，江荔任组织委员，万叶任宣传委员。定期召开理事会，重在与理事的日常联系与沟通，充分发挥理事参与协会事务管理的积极性，提高协会的凝聚力。同时健全台账管理，严格执行《常州市文联所属文艺家协会财务管理办法》，规范财务制度，按时进行社团年检，全面做好会员基础管理工作，健全科学的会员发展制度等工作。

【人才队伍建设】2021年，协会4人被批准为中国美协会员，6人被批准为省美协会员，发展市级新会员23人。积极实施常州文艺人才“结对传承”行动，其中，一类结对2对，二类、三类结对各1对。不断挖掘并培养中青年美术人才，努力打造“老艺术家宝刀不老，中青年美术家勇担大梁，青少年美术人才脱颖而出”的人才梯队，引导中青年美术工作者守正道、走大道，鼓励其多创新、出精品、挑大梁、当主角。

重要活动

【“荣耀百年”——2021新常州画派学术双年展（中国画）】9月24日，由中共常州市委宣传部、常州市文广旅局主办，常州画院（吴青霞艺术院）、市美协承办的“荣耀百年”——2021新常州画派学术双年展（中国画）开幕式在常州画院美术馆隆重举行。市文广旅局党组成员、副局长石小东，市文广旅局艺术处处长徐伟光，常州画院院长、市美协主席吴鸣，常州画院副书记、副院长严卫众，常州画院副院长李啸东，市美协副主席兼秘书长张冬桥，及部分常州文艺界的艺术家，新闻媒体记者参加开幕式。作为常州市文化艺术基金项目，2021常州中吴文化艺术节的重点活动之一，展览紧扣庆祝中国共产党成立100周年主题，以大美丹青展示当下常州画派的新面貌和新高度，展现人民美好生活，歌颂时代新风，礼赞祖国繁荣富强。市美协特邀省、市级专家组成评审、监审委员会，共产生入选作品 50 件，其中优秀奖 5 件、提名奖 5 件，获得优秀奖的 5 位作者受聘为常州画院特聘画师。

【“辉煌历程　华彩百年”常州市庆祝建党百年主题美术创作展】 11 月 19 日，“辉煌历程　华彩百年”常州市庆祝建党百年主题美术创作展颁奖仪式在常州画院举行。市文联党组书记、主席舒文，副主席胡军生，常州画院院长、市美协主席吴鸣，协会主席团成员及参展作者、会员 50 余人参加活动。展览由中共常州市委宣传部、市文联主办，市美协、常州画院（吴青霞艺术院）承办。展览于 4 月启动，共收到投稿作品近百件，经省专家组 2 轮评审，共评出入选作品 66 件，其中优秀奖 6 件、提名奖 6 件，展示了常州美术家的时代担当，体现了常州市青年美术人才创作的实力和水平。

文艺创作

【“百年江苏”大型美术精品创作工程作品展】 6—7 月，“百年江苏”大型美术精品创作工程作品展在江苏省现代美术馆隆重举行，该展由中共江苏省委宣传部、江苏省文联主办，江苏省美协承办实施，汇聚全省美术精英，推出百幅精品力作。4 名常州籍美术家签约入展，吴鸣的作品《秦振华》、王驰的作品《擘画小康》、岳敏的作品《常州新貌》、张冬桥的作品《大运河的新颜——常州段》入选，作品紧扣“百年江苏”主题，展现了江苏百年发展历程中的特色英雄人物、城市面貌、重大历史事件等方面，锻炼了常州美术队伍。

【“百年征程”——江苏省庆祝中国共产党成立 100 周年美术书法精品展】 6 月 26 日，由江苏省委宣传部、江苏省文旅厅联合主办的“百年征程”——江苏省庆祝中国共产党成立 100 周年美术书法精品展在省美术馆开幕。常州市 3 人入选，吴鸣的作品《先锋队》、王驰的作品《沉甸甸的糯稻》、徐尉刚的作品《铁军东进溧阳》签约入展。

【江苏艺术基金 2021 年度资助项目】 7 月 23 日，《江苏艺术基金 2021 年度资助项目名单》正式对外公示，市美协副秘书长丁奕所作的组画《城市变奏曲》入选美术创作资助项目。

2021年度常州市美协优秀成果一览表

表3

艺术门类	获奖作品名称	奖　项	获奖者
中国画	《逆行者·守卫》	“第七届全国画院美术作品展”优秀作品奖	吴鸣
中国画	《神州天和》	入选“百年华彩”——2021中国百家金陵画展（中国画）	吴鸣
中国画	《我们》	入选“百年辉煌·武汉记忆”——庆祝中国共产党成立100周年全国美术作品展	车言宁
中国画	《墨韵黔南》	入选“重温经典”第五届娄东（太仓）全国山水画作品双年展	程安中
油画	《水乡》	入选“精神·图示”——第二届中国写意油画双年展	吴建宏
油画	《渔夫礼赞系列之七》	入选“第十届全国（大芬）中青年油画展”	王爱俊
中国画	《望穿流霞》	入选“2020厦门全国（小幅）工笔画双年展”	王舟华
中国画	《龙舟的故事》	入选“第二届全国动漫美术作品展”	张家毅
漆画	《阿房宫赋》	“魅力红谷——第二届全国小幅漆画展览”获入会资格作品	徐凡
油画	《庭院深深之五》	“江南如画”——中国油画作品展（2021）颜文樑优秀奖	陈金柳
油画	《运河文脉之古园新境六》	入选第四届“邮驿路　运河情”全国美术作品展	陈金柳
油画	《运河文脉之古园新境十二》	“江苏第三届青年油画展”优秀作品	陈金柳
油画	《城市变奏曲》	入选“新时代　新使命　新征程”——奋进粤港澳大湾区全国中国画、油画作品展	张锐
油画	《西行日记·云的故乡》	“江苏第三届青年油画作品展”优秀作品	张锐
油画	《西行日记·巴颜喀拉山之南》	“2021江苏省青年美术家协会年度大展”优秀奖	张锐

续表 3

艺术门类	获奖作品名称	奖　项	获奖者
版画	《中国桥》系列	“2021 江苏省青年美术家协会年度大展”优秀奖	丁奕
中国画	《未园》	入选“抱石风骨”——首届中国画双年展	岳敏
中国画	《东风袅袅泛崇光》	入选“百花向阳”——2021 全国花鸟画作品展	王艳
中国画	《花开盛世　初心百年》	入选“百年华彩”——2021·中国百家金陵画展（中国画）	王艳
版画	《中国桥》系列	入选“典藏奖”青春盛会——2021 江苏省青年美术家协会年度大展	丁奕
油画	《昨夜星辰昨夜风系列四》	入选“第五届江苏省文华奖优秀美术书法作品展”	陈晓鹏
油画	《故里春风系列二》	入选“家园·乡情”——“古堰画乡”首届全国风景油画双年展	陈晓鹏
粉画	《故里春风系列四》	入选“庆祝中国共产党成立 100 周年 第十一届上海美术大展”	陈晓鹏
中国画	《院静闻疏雨》	“南岳衡山”——首届全国中国画双年展获评入会资格作品	董江平
中国画	《蔬果集锦》	入选“万年浦江全国中国画（册页）展”	董江平
中国画	《横跨家山》	入选“第三届神圣长白全国中国画展”	董江平

常州市书法家协会

综述

【概况】2021 年，市书协在市文联的正确领导、省书协的指导下，在协会理事会积极引导、监事会大力支持下，主动履职、积极作为，经过全体会员的共同努力，增强了工作凝聚力和社会影响力，继 2020 年创建为钟楼区“文明单位”、常州市“AAA 级社团组织”后，又获得“常州市五一劳动奖状”以及市文联“先进文艺家协会”“宣传信息工作先进集体”称号。常州市书协党支部被钟楼区荷花池党工委表彰为“先进基层党组织”。

【党建工作】完善工作规范和活动程序，党组织生活正常。2021 年，市书协党支部学习全国两会精神，开展“青春同心·永跟党走”——伴墨香学党史活动，参观瞿秋白纪念馆爱国主义教育基地，参加党建结对团队“七一”党建活动，赴淮安周恩来纪念馆开展党史学习教育。

【会员管理及成果】2021 年，协会有 5 人被批准为中国书协会员，25 人被批准为省书协会员，发展市级新会员 194 人，团体会员 2 家，会员之家 12 家，创作基地 3 家。审批了 2020 年度新会员（现有市级会员 1644 人），第二批“会员之家”“创作基地”“团体会员”。编印了《常州市主题创作书法展作品》《第七届 80 后书坛精英作品集》《常州市书协会员通讯录（八届版）》《常州市书协工作制度汇编》《常州市书协党支部工作资料汇编》《首届常州市书法学术论坛文集汇编》。

重要会议

【第七次秘书长联席会议】3 月 9 日，常州市书协第七次秘书长联席会议在武进区常州世外桃源袋装水有限公司二楼会议室召开，由市书协副主席兼秘书长周冬军主持。会议传达了《常州市文联第十一次代表大会上的工作报告》的精神，开展了市书协 2021 年元旦、春节期间书法进万家志愿服务公益活动先进集体、先进个人的申报工作。提出了市书协 2021 年各分会、专业委员会年度工作计划的汇总要求。部署安排“常州市第七届 20 后书法精英展”的筹备工作。

【常州书法家协会硬笔分会成立大会】3 月 25 日，常州书法家协会硬笔分会成立大会在听松楼花园酒店隆重举行。常州市政协原副主席、市政协书画社主任、市书协名誉主席朱剑伟，江苏省硬笔书法家协会执行主席、南京林业大学轻工与食品学院党委书记吴勇，《书法报》硬笔书法执行主编严海南，市书协主席陈清，市书协副主席兼秘书长周冬军，副主席张军佳等出席。大会审议通过了《成立大会选举办法》《会员管理办法》《会费管理法》，选举产生了43名首届理事会理事。

【八届八次主席会议】3月26日，市书协八届八次主席会议在听松楼花园酒店召开，市文联副主席王蓉出席会议并讲话，会议由市书协主席陈清主持。会议通过了《纪念市书协成立40周庆典活动方案》、“首届常州书法奖暨庆祝建党100周年主题创作活动展”、常州市书法家协会LOGO标志、2021年元旦及春节期间书法惠民先进个人和先进集体表彰名单、2021年度新会员名单。

【第八次秘书长联席会议】5月12日，常州市书协工作座谈会暨常州市书协第八次秘书长联席会议在市文联召开。市文联党组书记、主席舒文参加会议并讲话，会议由市书协主席陈清主持。传达学习了“常州市纪念五一国际劳动节大会”精神；座谈常州市书协四十年协会工作；推荐市书协突出贡献会员，推荐“首届书法学术论坛”参加人员，“首届常州书法奖暨庆祝建党100周年主题书法创作作品展”的申报、征稿工作；讨论关于市书协2021年度主要展览活动安排；公布关于市书协2021年发展新会和申报“会员之家”“创作基地”的通知；市书协分会秘书长在会上作了交流。

【八届九次主席会议】6月16日，市书协八届九次主席会议在吴青霞艺术院召开，会议由市书协陈清主持。会议审议通过了筹建“常州青少年书法院”的建议。与会人员参加了书法大讲堂，学习了2021年2月6日中国书协分党组书记、驻会副主席李昕《自身硬气才有公信力，以身作则才有感召力》的讲话精神。

【八届十次主席会议】9月14日，常州市书协八届十次主席会议在市文艺家之家三楼会议室召开，会议由市书协主席陈清主持。会议审议了“常州市主题创作书法展”作品评审工作，市书协“团体会员”“会员之家”“创作基地”（第二批）申报工作。在“书法大讲堂”上，与会人员集体学习了中国书协主席孙晓云在中国书协职业道德与行风建设工作座谈会上的讲话。市书协理事会负责人参加会议。市书协监事会负责人、市书协秘书长等列席会议。

重要活动

【重要展览】2021年，市书协举办了常州市主题创作书法展、“百年辉煌”主题书法展、第六届“80后”书坛精英作品展、2021年新人新作展、第二届硬笔书法作品展、百人百诗书法展、百人百扇庆百年书法精品展、扇面书法作品展、老年书法作品展、文化书法作品展、企业家书法作品展、女书家书领袖诗词作品展。

【常州常熟常德篆刻篆书联展】7月12日，“翰墨抒情”常州书法作品亳州展开幕式在亳州市文化馆举行。该书法展是继2021年12月亳州书法在常州展出后，常州书法走进亳州的书法交流活动。展览由亳州市文联和常州市文联主办，亳州市书协和常州市书协承办，亳州市文化馆和常州书法展览中心协办。亳州市政协副主席、市政协书画院院长宋峰宣布开展。亳州市文联党组书记、主席张弘在开幕式上致辞。常州市文联党组书记、主席舒文致辞。亳州市文联副主席、市书协主席潘克军主持开幕式。

【常州印社成立35周年系列活动】 10月20日上午，“常州常德常熟篆刻篆书联展”开幕式在常州画院举行，常州市政协原副主席、市政协书画社主任、市书协名誉主席朱剑伟，常州市文联副主席池银合，中国书协学术委员、中国标准草书社副社长、常州市文联副主席、市书协名誉主席叶鹏飞，常德市文联原党组书记封德军，常德日报社原社长许厚明，常德市书协主席李泽民，苏州市书协副主席、虞山印社社长吴苇，以及常州市书协主席陈清等参加。开幕式活动由常州市书协副主席周俊海主持。此次“常州常熟常德篆刻篆书联展”在常州召开，一来遵循“三常”常来常往、常学常新、常省常悟的艺术交流之道，二来借此共贺常州印社成立35周年。“方寸之间，气象万千”，“三常”篆刻同道的艺术交流，不仅是艺术家和篆刻艺术的交流与碰撞，更是坚定中国传统笔墨精神，丰富人民群众文化生活，推动文化事业发展的沟通与互动，共同追寻中国文化的源流，凝聚中国文化的力量，构建更加自信的文化家园。常德市书协副主席赵冬有、冯忠，常熟印社秘书长韩献良，常州画院院长、党支部书记吴鸣，常州画院副院长、副书记严卫众，常州市书协顾问周仰谷，常州市书协副主席兼秘书长周冬军，常州市书协副主席李啸东、汪凯、张军佳、张泽江，常熟吴地书院院长王海龙，以及常州、常德、常熟三市书法篆刻爱好者近百人参加了开幕式。

文艺创作

【省展成果】李啸东的作品入展江苏省庆祝中国共产党成立100周年美术书法精品展；孙辉获得“沈尹默杯”全国书法篆刻大赛一等奖；孙曙光获得江苏省书法家协会江苏省首届篆隶书法作品展优秀奖；计梦娇的“小窗幽记”获得江苏省书法家协会优秀奖；黄响铃的作品入展江苏省书法家协会首届篆隶书法作品展；唐东进在江苏省书法家协会首届江苏省行草书法展获奖；徐勇的作品入展江苏省书法家协会行草书展；贾韬的论文《民国时期书法教育的转型与发展研究》获得江苏省优秀博士论文优秀奖；孟飞获得江苏省书法家协会第七届刻字艺术展优秀奖；吴炜栋获得江苏省文化和旅游厅第五届江苏省文华奖优秀美术书法作品展。

【国展成果】孙辉的作品入展中国书法家协会全国第五届青年书法篆刻作品展，获得书法报社“清韵风雅　中华竹都”全国文化书法大展二等奖；黄响铃的作品入选西泠印社第十届篆刻艺术评选；唐东进获得中国书法家协会2020全国书法年展前100名，作品入展中国书法家协会2021全国篆隶书法年展；眭勤业入展中国书法家协会第九届中国书坛新人新作展；徐勇入展中国书法家协会第五届青年书法篆刻作品展、中国书法家协会2021年中国书法年展全国行书草书作品展。

文艺惠民

2021年市书协组织书法家走进街道、社区、企业，开展近百场书法文化惠民活动，向群众赠送春联、福字及书法作品五万余件。

2021 年度常州市书协优秀成果一览表

表 4

艺术门类	获奖作品名称	奖　项	获奖者
书法	书法作品	入展“百年征程”——江苏省庆祝中国共产党成立 100 周年美术书法精品展	李啸东
书法	篆刻作品	入展全国第五届青年书法展	孙辉
书法	隶书作品	江苏省首届篆隶书法作品展优秀奖	孙曙光
书法	篆刻作品	入选西泠印社第十届篆刻艺术评展	黄响铃
书法	篆书作品	入展江苏省首届篆隶书法作品展	黄响铃
书法	行草作品	入展“墨香百年”——江苏省行草书作品展	唐东进
书法	书法作品	入展第九届中国书坛新人新作展	眭勤业
书法	篆刻作品	入展全国第五届青年书法篆刻作品展	徐勇
书法	行草作品	入展江苏省行草书展	徐勇
书法	楷书作品《王澍竹云题跋节录（册页）》	入展第五届江苏省文华奖优秀美术书法作品展	李建勋

常州市摄影家协会

综述

【概况】2021 年，常州市摄协团结一致，锐意进取，带领全市广大摄影工作者，有效地开展各项工作，用实际行动完成各项目标任务。协会建设规范有序，及时做好社团年检工作，遵守管理规定，规范财务制度，严格执行《常州市文联所属文艺家协会财务管理办法》，建立并维护好协会公众号、网站等宣传平台，及时推送最新活动信息。

【人才培养】协会注重人才培育，积极为摄影家及摄影爱好者们提供学习与交流的平台。其中，中青年摄影人才 1249 人，占比 98%。同时大力开展名师结对活动，汤德胜、张霆成功结对。在协会队伍建设中，注重抓好会员发展工作，国家级、省级和市级会员发展率在原有基础上有一定增长。2021 年发展中国摄协新会员 4 人（丁婷、钱栋、黄明毅、梁菊芬），发展省摄协新会员 5 人（刘旭、邵惠芬、许缘、胡超英、潘文钊），发展市级新会员 57 人。

重要会议

【常州市摄协八届四次理事会、主席团会议、秘书处会议】2 月 23 日，由市摄协主席王京组织，于市文联 3 楼会议室召开摄协八届四次理事会、主席团会议、秘书处会议。会议强调要深入贯彻省、市文代会精神，努力在守正创新上实现新作为，推进常州摄影事业的繁荣发展，努力记录好常乐之州、讲述好龙城故事。

【常州市摄协八届五次理事会、主席团会议、秘书处会议】6 月 12 日，摄协八届五次理事会、主席团会议、秘书处会议在文联 3 楼会议室召开，市文联主席、党组书记舒文参加会议。舒文充分肯定了半年的协会工作并对下一步工作计划提出建议，希望加强协会建设，培养后备人才，不断增强协会活力。

【学习习近平总书记在庆祝中国共产党成立 100 周年大会上的重要讲话精神】7 月 1 日，市摄协副主席戴文伟组织主席团主席、理事、秘书处、摄协部分会员在线观看习近平总书记在庆祝中国共产党成立 100 周年大会上的重要讲话。旨在引导会员不忘初心、继续前行，用影像记录时代发展，为实现中华民族伟大复兴贡献摄影力量。

【常州市摄协八届六次理事会、主席团会议、秘书处会议】12 月 10 日，由市摄协副主席戴文伟组织，于市文联 3 楼会议室召开摄协八届六次理事会、主席团会议、秘书处会议。会议增补戴建春为市摄协副主席，徐怡、屠继延、徐凌、浦映为理事，并组织集中学习中央十九届六中全会精神，学习党的百年奋斗史及重大成就与历史经验，与会成员认真思考、共同商量如何进一步开展协会工作，为新中国的发展和常州文艺事业的发展尽一份力。

【常州市摄协主席团会议、秘书处会议、党支部会议】12月25日，由市摄协副主席兼秘书长戴文伟组织，于金坛湟里东方润安集团公司召开常州市摄协主席团会议、秘书处会议、党支部会议，研读了习近平总书记在中国文联十一大开幕式上的讲话。主席团、秘书处成员认真做好学习笔记，并进行了热烈的讨论，与会人员纷纷结合自己的本职工作畅谈对习近平总书记讲话的理解和感悟，会后在摄协公众号上发表学习心得。

重要活动

【常州市新锐摄影作品展】3月22日，常州市新锐摄影作品展于市文联3楼展厅召开。张霆、刘旭、鲍时代、甘睿、侯庆龙、韩中德、蒋晶晶、潘文钊、徐斌、徐开仑、徐敏峰、熊金华、姚向明、张戈南、周小红、朱小锁16位中青年摄影师的160幅作品在展览中展出，展现了常州市新锐摄影家青春、多元、创新的摄影理念。

【中国摄影家协会2021年全国摄影工作会议】4月6日，中国摄影家协会2021年全国摄影工作会议在常州盐湖城召开，中国文联党组成员、副主席李前光出席会议并作专题辅导讲座。中国摄协主席李舸，中国摄协分党组书记、驻会副主席郑更生，江苏省文联党组书记、常务副主席、书记处第一书记水家跃，以及中国摄协主席团成员、分党组成员，江苏省、常州市有关方面负责人，中国摄协56家团体会员单位代表，中国摄协各处室、各直属单位主要负责人，市文联、市摄协有关负责人等150人出席会议。市摄协在该次活动中圆满完成了各项艰巨的任务，得到了中国摄协的肯定与表扬。

【“摄影发现中国”溧阳生态全国摄影大展】4月12日，“摄影发现中国”溧阳生态全国摄影大展开幕仪式在溧阳市博物馆举办。中国摄影家协会分党组成员、秘书长高琴出席开幕仪式。“摄影发现中国”溧阳生态全国摄影大展由中国摄影家协会、溧阳市人民政府主办，中国摄影出版传媒有限责任公司（中国摄影出版社）、溧阳市文联承办，江苏省摄协、常州市摄协、溧阳市摄协协办。活动全面征集以“自在茶香，魅影溧阳”为主题的，反映溧阳自然生态、城市景观及人民生活场景的摄影作品，共收到来自全国近5000幅投稿作品。组委会进行多轮次评选，最终评出100件入展作品。

【“百年之春　生活之美”献礼建党百年主题摄影展】5月29日，为庆祝中国共产党成立100周年，由江苏省常州市金坛区委宣传部、江苏省金坛茅山旅游度假区管委会主办，常州市金坛区摄协等承办的“百年之春　生活之美”献礼建党百年主题摄影展在新四军抗日根据地茅山半边山下举行。展览作品采用国际一流的材料制作，为永久展出。该次展览展出310余幅作品。活动现场，沉浸式红色情景剧表演《军民鱼水情》、原创音诗画表演《茅山红遍》带领观众穿越烽火岁月，快闪《唱支山歌给党听》用歌声唱出了人民对党、对祖国的热爱。

【庆祝中国共产党成立100周年常州市高校摄影作品展】6月8日，庆祝中国共产党成立100周年常州市高校摄影作品展在刘海粟美术馆隆重开幕，常州高校摄影专业委员会授牌仪式同场进行。市文联、市摄协、参展高校的领导，以及300余名师生代表、摄影界代表出席开幕式。摄影展旨在加强在常州高校摄影专业文化建设，搭建高校摄影研究与实践、交流平台，多角度、多元化展示常州市高校摄影研究和创作成果。

【“两优一先”主题拍摄】7月，在庆祝中国共产党成立100周年之际，为配合市委组织部2021年“两优一先”（优秀共产党员、优秀党务工作者、先进基层党组织）评选活动，协会组织50名摄影家以评选出的100名优秀党员、100名优秀党务工作者和100个先进基层党组织为对象，开展主题拍摄活动，通过拍摄他们工作、生活场景等系列组照，展示各级党组织、党员围绕中心、服务大局、务实重干、砥砺前行，以实际行动践行初心和使命的精神面貌，向中国共产党成立100周年献礼。该活动于2021年7月20日启动，拍摄的100幅作品（组照）于10月8日结册印制发行。

【以影抗疫——来自一线的摄影报道】11月2日，常州市报告3例新冠肺炎确诊病例和1例无症状感染者，根据新冠肺炎疫情精准防控工作要求，划定了中风险地区和社区管控范围。疫情突袭，常州摄影人用影像和镜头记录历史、定格瞬间。他们是疫情防控的义务宣传员，通过画面告诉公众要戴口罩、勤洗手、常通风、少聚餐；他们更是大爱的自觉传递者，通过相机镜头及时记录下这场战“疫”中一个又一个温馨、感人的瞬间，让团结一心、共克时艰的信念在人民群众中间流传，用相机锁定大爱常州的方方面面。市摄协公众号为此发布了5期来自抗疫第一线的摄影报道。

【“短句邂逅”常州无锡摄影联展】11月25日，“短句邂逅”常州无锡摄影联展在市画院展厅开幕，来自常州和无锡的鲍时代、曹剑文、陈宏、戴文伟、董文胜、贾军松、洪磊、老八、潘君杰、袁徐庆10位当代艺术家携作品参加展览。

【“我的最美常州”市民影像大赛启动仪式】11月26日，“我的最美常州”市民影像大赛在红梅公园拉开了帷幕。大赛以“自然之美”“人文之美”为主题，内容涵盖常州自然风光、旅游景点、民风民俗、美好生活等方面，紧扣“国际化智造名城、长三角中轴枢纽”发展定位，用影像（图片或视频）反映百姓寻常生活的美丽瞬间，挖掘常州文化旅游资源及网红打卡地，展现老城厢、大运河文化带等城市建设的足迹与成果，描绘广大人民群众在重大节日（时令节气）的民风民俗、安居乐业的生活场景等，通过镜头呈现心中、眼中的“最美常州”，助力文旅中轴建设。

【“镜头里的常州双拥”摄影大赛】常州，素有拥军优属、拥政爱民的优良传统，已连续7次荣获“全国双拥模范城”称号。为全面展现常州军政军民团结大好局面和新形势下“同呼吸、共命运、心连心”的军民鱼水之情，调动全社会参与双拥的积极性、主动性、创造性，由常州市双拥办、常州市退役军人事务局主办，市摄协承办“镜头里的常州双拥”摄影大赛，邀请广大摄影爱好者和驻常州部队官兵参与比赛。比赛获奖作品于12月1日在常州美术馆展出并出版成册，作为双拥工作档案永久珍藏。

【常州摄协创作基地落地】12月5日，常州大运河文旅与市摄协强强合作，在红梅公园古春轩举行常州摄协创作基地挂牌仪式。

【“聚焦新城市中心　邂逅美丽西太湖”摄影展】12月28日，省摄协和市摄协共同举办“聚焦新城市中心　邂逅美丽西太湖”摄影展。摄影展以“聚焦新城市中心　邂逅美丽西太湖”为主题，围绕城市基础建设、城市面貌改善、科技创新引领、产业聚集发展、群众安居乐业、生态环境提升及深厚历史底蕴与多彩人文民俗等方面，生动反映西太湖在高质量建设国际化、现代化、特色化的生态型、创新型、人文型滨湖新城中所取得成绩和巨大变化。

文艺交流

【《江南旧曾谙》创作分享】10 月 24 日—27 日，在浙江杭州张望禅意摄影学院举办《江南旧曾谙》创作分享活动，常州市摄影家张霆与全国各地的 30 多位摄影爱好者交流摄影创作，分享《江南旧曾谙》创作思路及实践。

【陆鉴平专题摄影作品研讨会】12 月 18 日，在常州市摄影家协会创作基地——红梅公园古春轩举行陆鉴平专题摄影——《人生况味》作品研讨会。

【大运河（沧州）摄影大展暨运河城市集群影像交流会】10 月 18 日上午，“大运河（沧州）摄影大展暨运河城市集群影像交流会”开幕，这一汇聚了国内一流摄影大咖和沧州优秀摄影师作品的影展，成为目前省内级别最高的大运河摄影展。大展共有京杭大运河沿线 20 余个城市的 48 位摄影师参加，刘世昭、王景春、汤德胜、卢承德、沈英（已故）、刘连升等 229 位摄影师的 373 幅作品参展，展开了一场与大运河跨越时空的对话。

文艺创作

【第 28 届全国摄影艺术展评选结果揭晓】10 月 22 日，由中国文联、中国摄协主办的第 28 届全国摄影艺术展览评选结果揭晓，常州市摄影家张霆摄影组照《江南旧曾谙》入选创意和商业类组照，这是他继 2019 年入选第 27 届全国摄影艺术展后，再次入选该展。张霆用摄影的语言，以自己独特的方式，将影像元素和后期制作相融合，独辟蹊径地阐释心目中的江南，景致唯美、隐微涵远，表达了作者对故乡江南的真挚情感。该作品同时入选第三届“郎静山杯”中国新画意摄影双年展“画意中国”摄影大展。

【第 18 届中国国际摄影艺术展览】中国国际摄影艺术展览由中国摄协主办，是中国举办时间最久、规模最大的国际性摄影展览活动。第 18 届中国国际摄影艺术展览由无锡市人民政府承办，常州市摄影家盛劲松的作品《英才辈出》入选无主题纪实类单幅组。

2021 年度常州市摄协优秀成果一览表

表 5

艺术门类	获奖作品名称	奖　项	获奖者
摄影	《江南旧曾谙》	入选第 28 届全国摄影艺术展览创意和商业类组照	张霆
摄影	《英才辈出》	入选第 18 届中国国际摄影艺术展	盛劲松
摄影	《丰收的歌儿》	入选“百年・百姓——中国百姓生活影像大展”	汤德胜

续表 5

艺术门类	获奖作品名称	奖　项	获奖者
摄影	《农家手术室》	入选“百年·百姓——中国百姓生活影像大展”	汤德胜
摄影	《青春飞扬》	入选“百年·百姓——中国百姓生活影像大展”	顾明
摄影	《江南旧曾谙》（组照）	第 23 届全国艺术摄影大赛艺术类银奖	张霆
摄影	《常州市民广场》（组照）	第 23 届全国艺术摄影大赛建筑类银奖	吴小红
摄影	《北极熊》	第 23 届全国艺术摄影大赛获动物类银奖	沈凤绚
摄影	《母亲河的早晨》	第 23 届全国艺术摄影大赛获得风光类铜奖	白国平
摄影	*Smiling Girl*	2021 年匈牙利“World System Photo”国际摄影大赛儿童组金奖	梁菊芬
摄影	《总有温暖相伴》	第 4 届全国青年摄影大展主单元短视频潜力摄影新人奖	毛琼
摄影	《大运河的早晨》	入选“印象太湖　诗情江南”全国摄影大展	白国平
摄影	《洋女婿迎亲》	入选“印象太湖　诗情江南”全国摄影大展	曹志敏
摄影	《青洋高架美如画》	入选“印象太湖　诗情江南”全国摄影大展	曹志敏
摄影	《依山傍水》	入选“印象太湖　诗情江南”全国摄影大展	方南祺
摄影	《采茶女工》	入选“印象太湖　诗情江南”全国摄影大展	蒋爱珍
摄影	《力争上游》	入选“印象太湖　诗情江南”全国摄影大展	闵新伟
摄影	《OK！中国古琴》	入选“印象太湖　诗情江南”全国摄影大展	赵新华
摄影	《欢乐一家子》	入选“印象太湖　诗情江南”全国摄影大展	赵溯汶
摄影	《太湖增殖放鱼》（组照）	入选“印象太湖　诗情江南”全国摄影大展	姚建国

常州市戏剧家协会

综述

【概况】2021年度，常州市戏剧家协会坚持艺术方向，明确目标任务，团结协作，展演以张太雷的真实故事为原型的大型锡剧《烛光在前》，滑稽戏《陈焕生的吃饭问题》，小锡剧《一只古董碗》《城里城外》，滑稽戏《黑皮书记》，音乐剧《白云溪上》等，努力繁荣和发展常州戏剧事业。2021年度，协会发展市级会员25人、省级会员6人；召开了第八次会员代表大会，顺利完成换届工作并选出新一届理事成员。

【人才培训】在中国共产党成立100周年之际，开展“学党史、跟党走，争做德艺双馨艺术人才”专题培训活动。协会推荐马申东、谈静茹、朱敏杰参加江苏省戏剧主创人员培训班。

重要会议

【第八次会员代表大会】12月21日，常州市戏剧家协会第八次会员代表大会在市文化艺术中心管理中心小剧场顺利召开，中共常州市委宣传部副部长、市新闻出版局（版权局）局长谢春林，市文联党组书记、主席舒文，党组成员、专职委员周勇刚，党组成员、副主席王蓉，市民政局社管处二级主任科员朱华南及来自全市各行各业的近百名会员代表参加大会。大会审议通过了第七届戏剧协会工作报告、财务报告、选举办法，以无记名表决方式通过了协会章程，选举产生了新一届理事会理事、监事及领导班子。孙薇当选为新一届剧协主席，张怡、梅丽、何林、沈怡、史国生、胡星、薛平鸽当选为副主席，秘书长由梅丽兼任，牟亚芬当选为第八届监事。沈惠兰被聘为剧协名誉主席，谢庆、范丽萍被聘为顾问。

重要活动

【关爱有“家”志愿服务活动】6月9日，根据市党史学习教育“我为群众办实事”实践活动要求，协会党员会员们在剧协副主席孙薇的带领下开展“关爱有‘家’”志愿服务活动，到常州金安老年公寓，为老人们送上了精彩纷呈的戏曲文艺节目。

【“戏聚红心　党旗高扬”文化活动】6月17日，剧协副主席孙薇组织常州市锡剧院演员及协会部分会员参与以网络直播的方式进行主题为“戏聚红心党旗高扬”的文化志愿服务活动。该次活动亦是一次特别的党的组织生活，演员和艺术家们进行“读党史谈心得”“青年演员苦练基本功”“高唱红戏跟党走”等展示及表演活动。

【“戏聚红心　党旗高扬”文化活动】6月19日，京剧传承交流协会成员在副主席梅丽的带领下，复排全本现代京剧《红灯记》，向中国共产党的百年华诞献礼，并参加2021年常州中吴文化艺术节巡演活动。

【锡剧《烛光在前》进京展演】中宣部、文旅部、中国文联“庆祝中国共产党成立100周年”优秀舞台艺术作品展演活动在全国范围内共遴选50部作品，其中江苏仅2部，以张太雷真实事迹为原型创作的锡剧《烛光在前》作为全省唯一新创剧目，代表江苏进京，于5月7日—8日在北京全国地方戏演出中心展演。同时，该剧还在文旅部门户网站、“学习强国”学习平台、中国文艺网等进行线上展播，专家评价该剧在全国庆祝中国共产党成立100周年展演节目中独树一帜，充分展现了党性的光辉和人性的光芒。该剧还在2021年常州文艺精品展演季、江苏省庆祝中国共产党成立100周年优秀舞台艺术作品展演、“曲韵流苏”锡剧艺术会演、2021年度江苏戏曲名作高校巡演、常州市委宣传部“戏曲进校园”等多项展演、会演活动中亮相。

【江苏省庆祝中国共产党成立100周年优秀舞台艺术作品展演】7月17日晚，大型原创锡剧《卿卿如晤》在扬州运河大剧院戏剧厅参加江苏省庆祝中国共产党成立100周年优秀舞台艺术作品展演。

【滑稽戏《陈奂生的吃饭问题》】8月，市剧协会员张军参与创作的原创滑稽戏《陈焕生的吃饭问题》剧本入选《百部优秀剧作典藏》，该书于北京首发，由中国文联、中国剧协选编，作家出版社出版，收录了1931年以来中国剧作家百部优秀作品。该戏受宁波逸夫剧院、温州市东南剧院、上海市奉贤区文化资源配送管理中心、上海保利大剧院的邀请，于1月6日、8日、9日，3月31日，5月9日—14日演出11场。受北京保利剧院管理有限公司邀请，自2021年5月21日起进行了为期1个月的全国保利院线剧院演出，在重庆、山西、保定、衡水、滨州、淄博、辽阳、大连共演出10场，并完成了江苏省艺术基金大运河文化带高校巡演的15场演出。4月13日—14日在常州大剧院、5月5日在薛家广场共演出3场。

【“学党史、跟党走，争做德艺双馨艺术人才”专题培训】8月下旬，剧协主席沈惠兰组织会员连续多日开展了“学党史、跟党走，争做‘德艺双馨’艺术人才”专题培训活动。培训学习共分为2个部分。一是学习习近平总书记在庆祝中国共产党成立100周年大会以及中国共产党成立100周年“七一勋章”颁授仪式上的重要讲话精神。二是在线上众多的优秀红色题材舞台艺术作品中，精心挑选了话剧《共产党宣言》、评剧《红高粱》、上党梆子《太行娘亲》、锡剧《烛光在前》4部作品进行观摩学习。

【第五届江苏志愿服务展示交流会】武进锡剧团的剧协会员于2016年组成“锡剧轻骑兵志愿服务队”，每年举行公益演出，截至2021年是第五年。10月30日，这支队伍亮相在张家港揭幕的第五届江苏志愿服务展示交流会；同年在12月，被武进区新时代文明实践中心评为“武进区优秀志愿服务组织”。

文艺创作

【2021江苏省艺术基金】7月，《江苏省艺术基金2021年度资助名单》正式公布，滑稽戏《黑皮书记》入选大型舞台剧资助项目。《黑皮书记》以常州基层党员领导干部带领村民们苦干、实干、巧干，把偏僻的省级贫困村变为国家级生态村的事迹为创作原型，展现乡村振兴发展过程中的曲折与挑战。

【2021年紫金文化艺术节新创舞台剧目会演】9月16日晚，大型原创锡剧《烛光在前》在宜兴保利大剧院参加2021年紫金文化艺术节新创舞台剧目会演，荣获2021江苏省紫金文化艺术节优秀剧目奖；该剧主演常州市戏剧家协会副主席孙薇荣获优秀表演奖。

【第五届江苏省文华奖】10月24日晚，第五届江苏省文华奖颁奖晚会在江苏大剧院隆重举行，《烛光在前》荣获文华大奖，剧协副主席孙薇荣获文华奖表演奖，会员邹文飚荣获文华奖音乐奖。歌曲《与妻书》，小锡剧《一只古董碗》《城里城外》《高老爹接站》进入第五届江苏省文华奖复评，最终小锡剧《一只古董碗》《城里城外》荣获文华奖优秀节目奖。

【《奂生防疫厅》第二季】11月3日，新冠疫情突袭常州，市委宣传部和市文旅局决定重启2020年反响热烈的防疫科普情景剧《奂生防疫厅》，拍摄第二季。剧组接到任务迅速组织演员及各部门创作团队进行排演、拍摄，制作完毕并在常州各大媒体平台推出，点播量和点赞量持续上升。

【音乐剧《白云溪上》】《白云溪上》以"常州三杰"瞿秋白、张太雷、恽代英的生命须臾、情感点滴为素材，以音乐剧的方式展现了老一辈无产阶级革命家为谋人民之幸福而舍生忘死的革命精神。

【话剧《中国商父》】12月18日，第六届老舍青年戏剧文学奖在北京揭晓，市剧协会员言禹墨创作的话剧《中国商父》荣获该奖项。老舍青年戏剧文学奖由北京市戏剧家协会主办，至今已办20年，本届共征集到185部剧本，最终有12部剧本获奖。

【理论研究】剧协副主席孙薇的论文《母亲的情怀——我演〈烛光在前〉中陆静华的体会》发表于《中国戏剧》杂志。

【《诚信是唯一的出路》】小品《诚信是唯一的出路》参加江苏省第三届戏剧小戏小品展演。该展演由江苏省委宣传部指导、江苏省文学艺术界联合会主办、江苏省戏剧家协会承办，陈思含、何睿获优秀导演奖，剧协获先进组织单位称号。

【江苏省第十届戏剧奖】12月8日，江苏省文艺大奖·第十届戏剧奖复评评委会在南京召开。彭云波、薛平鸽入围江苏省第十届戏剧奖决赛阶段。

2021年度常州市剧协优秀成果一览表

表6

艺术门类	获奖作品名称	奖　项	获奖者
戏剧	锡剧《烛光在前》	第五届江苏省文华奖表演奖	孙薇
戏剧	锡剧《烛光在前》	第五届江苏省文华奖音乐奖	邹文飚
戏剧	锡剧《一只古董碗》	第五届江苏省文华奖表编剧奖	蔡晓英
戏剧	锡剧《烛光在前》	2021紫金文化艺术节优秀表演奖	孙薇
戏剧	小品《诚信是唯一的出路》	江苏省第三节"戏剧小戏小品"展演优秀导演奖	陈思含、何睿

常州市音乐家协会

综述

【概况】2021年，常州市音乐家协会（以下简称“市音协”）充分发挥联系全市音乐界的桥梁与纽带作用，加强对会员的联络、协调、指导和服务工作，紧紧围绕年度工作计划，带领全市音乐工作者加强政治和业务学习，组织音乐创作，举办音乐比赛，发掘和培养音乐人才，加强音乐理论建设，加大文艺惠民覆盖面，进一步对专业委员会和二级学会的相关工作进行规范部署，加强对其工作流程、业务流程的指导，帮助其清理职能目标定位，健全内部管理制度，创新工作机制，发挥更强的职能作用，较好地完成了全年工作任务。

【人才队伍建设】协会鼓励二级学会大力发展新会员，提升各学会会员教师水平。钢琴学会、古筝学会、手风琴学会、西洋管弦打击乐学会、合唱联盟、声乐学会、音乐创作专业委员会等在市音协的指导下相继召开理事会，开展学术交流会，举办相关专业比赛。活动的顺利开展为常州市音乐各专业领域提供了学术交流的平台，为各专业领域创新创作、储备人才提供了工作方案。协会注重在发现和培养创作人才上下功夫，举办音乐作品专题研讨班。

【协会建设】市音协扎实推进自身建设，落实相关工作制度，做到规范化、透明化。进一步完善组织架构，营造“家”文化，组织各学会互相学习，通过座谈会、会员交流活动、互赠友好牌匾等方式，加强学会与学会之间的联系与沟通，提升归属感。加强互联网思维，充分利用市文联微信平台，将协会活动与新媒体结合，努力扩大市音协的社会影响力。加强社会音乐活动策划、执行人员的素质培养，积极与行政机关、社会团体、企事业单位建立广泛联系，努力打造一支适应社会需求、能提供全方位音乐服务的“精兵”队伍。开展音乐艺术大讲堂活动，组织各类音乐沙龙，做好音乐普及工作。组织常州市词曲骨干开展形式多样的学术交流。

重要会议

【七届八次理事会】2月3日下午，七届八次理事会在市音协办公室召开。会议由市音协秘书长刘洋主持，市音协主席夏厦作2020年工作总结，重点部署2021年全年音协工作安排，并传达了省市文代会精神及市人大、政协两会精神，进一步团结动员广大音乐工作者，推动音乐事业繁荣发展。市音协副主席王乐平宣布主席团聘任副秘书长事项。会议上，各二级分会交流汇报了学会工作，回顾总结了2020年工作，并讨论了2021年工作计划。

【常州市民族管弦乐创作研讨会】2月15日，市音协邀请市知名作曲家、指挥家、音乐制作人就推动常州市民族管弦乐的创作、发展与创新等问题召开常州市民族管弦乐创作研讨会。与会专家还就音乐创作主题表现、音乐创作技术创新与服务大众的矛盾、音乐创作新老语言技术、音乐创作与音乐表演团体的对接、音乐的技术与内容、音乐二度创作、作曲队伍新老更替、音乐创作与演出经费投入以及音乐创作的机制均衡等问题进行深入探讨。

【常州市音协考级工作会议】6 月 3 日，常州市音协考级工作会议在考级办公室召开。市音协主席、主席团所有成员及考级工作负责人近 40 人参加了会议。会议全面总结了 2020 年全市考级工作情况，进一步明确了考级程序和流程，分析了 2021 年考级现状，并部署了 2021 年考级工作。经过 2 个月的筹划准备，2021 年全市音乐考级于 10 月顺利结束，参考总人数同往年相比稳定上升。为了促进常州市社会艺术水平工作规范化，提高社会艺术水平考级的服务质量，根据省文旅厅统一部署和安排，由常州市文旅局、常州市文化馆等单位组成评定小组对 2021 年常州市社会艺术考级机构开展了等级评定工作，共评定社会艺术水平考级机构优秀等级 7 家、合格等级 23 家，市音协被评定为优秀考级单位。

【七届九次理事会】7 月 28 日上午，市音协召开七届九次理事会，动员、部署换届工作，为召开音协第八次会员代表大会统一思想、凝聚共识，市文联党组书记、主席舒文出席会议。会议由市音协秘书长刘洋主持，主席夏厦宣读了市文联《关于同意常州市音乐家协会换届的批复》，副主席王乐平对换届筹备工作小组进行了分工。市文联党组书记、主席舒文在会上讲话。

【七届十次理事会】12 月 9 日上午，七届十次理事会在市文联会议室召开，市文联党组书记、主席舒文及市音协主席团全体成员出席会议，会议由市音协秘书长刘洋主持，主席夏厦作换届筹备情况的报告，传达学习省市文代会精神，研究贯彻落实的意见。

【第八次会员代表大会】12 月 22 日，常州市音乐家协会第八次会员代表大会在常州大剧院顺利召开，市文联党组书记、主席舒文，党组成员、专职委员周勇刚，党组成员、副主席王蓉，市民政局社管处二级主任科员朱华南及来自全市近 120 名会员代表参加大会。市文联副主席、常州画院院长、市美协主席吴鸣代表其他协会致贺辞。大会审议通过了第七届音乐家协会工作报告、财务报告、选举办法，以无记名表决方式通过了协会章程，选举产生了新一届理事会理事、监事会主席及领导班子。

重要活动

【上海音乐学院周小燕艺术中心】2021 年 4 月 21 日，市音协与常州大学、上海音乐学院洽谈上海音乐学院周小燕艺术中心演出事宜。

【第四届常州市合唱大赛】4 月 23 日，第五届江苏省紫金合唱节常州赛区比赛暨第四届常州市合唱大赛在常州大剧院举行。经过角逐，常州保利童声合唱团、星辰实验学校初中合唱团、常州天宁爱乐合唱团分获童声组、少年组、成人 B 组金奖，常州华声合唱团获成人 A 组特别奖，3 支金奖队伍代表常州参加江苏省第五届紫金合唱节合唱比赛。大赛由中共常州市委宣传部、市文联、市教育局共同主办，市音协、常州市合唱联盟、常州大剧院承办。

【赴宁陕县开展教育对口协作帮扶交流活动】5 月 15 日，市文联党组书记、主席舒文，市音协名誉主席王乐平，市音协秘书长徐杰泷一行赴宁陕县开展教育对口协作帮扶交流活动，宁陕县县人大常委会主任、党组书记吴大芒，宁陕县县委常委、政府副县长陈文明，宁陕县政府副县长刘昌志出席活动。捐赠仪式上，市音协向宁陕县捐赠管乐器材、电子管风琴等一批音乐器材。2021 年 1 月，协会组织优秀专家教师通过网络在线培训的方式，培训宁陕县专兼职音乐教师 46 人，县教体科技局向承担培训任务的主讲教师颁发了荣誉证书。

【第五届紫金合唱节】5 月 23 日，第五届紫金合唱节在江苏大剧院音乐厅开幕。紫金合唱节两年一届，本届由中国音协、省委宣传部、省文明办、省教育厅、省文旅厅、省总工会、省文联共同主办，省音协承办，以中国共产党成立 100 周年为主线，以“颂歌献给党”为主题，用合唱形式唱响爱党、爱国、爱社会主义时代主旋律，展示了江苏人民在党的领导下凝心聚力、砥砺前行的精神风貌。其间还组织了合唱作品委约征集、作曲指挥培训讲座、中外合唱队交流等活动。经过层层选拔，常州保利童声合唱团获童声组银奖，常州天宁爱乐合唱团获成人 B 组优秀奖，常州市获组织奖，童声合唱水平位列全省前列。在颁奖音乐会上，常州保利童声合唱团作为获奖团体代表现场演唱

5 月 23 日，第五届紫金合唱节现场

了《我们的回响》《飞来的花瓣》等曲目。合唱团聘请著名指挥家陈燮阳为名誉顾问，中国合唱协会副理事长、上海音乐学院指挥系副教授王燕为艺术指导。合唱团自成立以来，先后与国内外优秀艺术团体开展艺术交流活动，举办大型汇报演出、专场公益音乐会等。

【文玺公主全国巡演音乐会·常州站】6 月 14 日，市音协与市古筝学会协办“文玺公主全国巡演音乐会·常州站”活动。

【“童心向党·梦圆中华”——常州市青少年庆祝中国共产党成立 100 周年合唱大赛（决赛）】2021 年 6 月 30 日，“童心向党·梦圆中华”——常州市青少年庆祝中国共产党成立 100 周年合唱大赛（决赛）在常州保利大剧院顺利举行。大赛由中共常州市委宣传部、市文联、市教育局共同主办，市音协、常州市合唱联盟、常州大剧院承办。

6 月 30 日，“童心向党·梦圆中华”——常州市青少年庆祝中国共产党成立 100 周年合唱大赛（决赛）

【“珠江·凯撒堡”国际青少年钢琴大赛】7 月，常州市钢琴学会在市音协的领导下与常州大学共办“珠江·凯撒堡”国际青少年钢琴大赛（常州赛区），

全市（含金坛、溧阳）共有 450 名选手参赛。

【詹倩——古筝音乐会】 2021 年 10 月 7 日，市音协主办、市古筝学会承办了詹倩——古筝音乐会。

【2021 赵元任“教我如何不想她”音乐大赛】 11 月 27 日，2021 赵元任“教我如何不想她”音乐大赛初赛在常州青果巷开幕。大赛共设钢琴、声乐、民乐（琵琶和古筝）三大类别，邀请近 70 名资深音乐专家担任评委，致力打造国内一流的专业综合类音乐大赛，成为繁荣音乐文化市场、激发广大青年热爱音乐、提高文化艺术修养的盛会。赵元仁是从常州青果巷走出的国际学者，被誉为“中国现代语言学之父”，同时也是“中国科学社”的创始人之一。与此同时，赵元仁在音乐创造领域也取得了巨大的成就，是我国近代音乐史上最具影响力的作曲家和音乐理论家，对中国近代音乐的发展产生了重大的影响。该次大赛旨在让音乐艺术走进市民生活，让常州本土的音乐新星走向世界，激扬文化自信，进一步奏响“教我如何不想她”的常州城市乐章，同时打造本土城市文旅品牌。

文艺创作

【原创歌曲《奋斗的青春最美丽》】《奋斗的青春最美丽》由市文联组织创作，阮晓星作词，崔新作曲。歌曲以奋斗精神、大国工匠精神为主题，展现了新时代各行各业奋斗者为实现中华民族伟大复兴的中国梦，勇于承担、积极进取的精神面貌。

【原创歌曲《你的身影》】《你的身影》由市音协会员于菲创作，常州市第五中学学生张莉莉演唱。该首歌曲写给那些为人民默默付出、默默奉献的抗疫工作人员、志愿者们，用甜美的歌声唱响疫情防控“战歌”。

【原创歌曲《又见春天》】 作品由市音协会员于菲作曲，常州市第五中学师生作词，常州市第五中学学生张莉莉演唱。春回大地，疫情突袭给常州按下了“慢行键”，“逆行者”用行动守护这座城市，第五中学师生旨在用歌声为龙城呐喊助威。

【原创歌曲《你在我身旁》】 作品由市音协副主席朱益民作曲、会员季嫣演唱。全国数以万计的医务工作者响应党中央的号召，主动请缨，远离家乡，奔赴前线，为抗击疫情谱写了壮丽诗篇。为赞颂他们不畏牺牲、舍小爱诠释着大爱的无私奉献精神，特创作了正能量公益原创歌曲《你在我身旁》。歌曲主歌部分以小调旋律描写了医务工作者奔赴前线离别亲人的痛楚，副歌部分则以大调旋律展示了大爱无疆的情怀，最后又加入了合唱声部，显示了中华民族众志成城，必将取得抗疫最后胜利的坚定信心。

【原创歌曲《我不知道你是谁》】 由市音协副主席马凌作曲并演唱的原创作品《我不知道你是谁》，用充满温情的旋律向众多抗疫志愿者致敬。感慨于满城尽是“志愿红”，马凌萌生了用歌声赞美抗疫志愿者的想法。于是，她和同样也在抗疫一线的丈夫王磊立即行动，加班加点，不到三天时间，由马凌作曲、王磊作词的《我不知道你是谁》曲谱诞生。随后，马凌又邀请“90 后”青年歌唱家徐忆巍共同演唱，歌曲展现了龙城志愿者的共同坚守和无私奉献。

【原创歌曲《归来》】 原创歌曲《归来》由市音协名誉主席夏厦作词、王星南作曲、市音协会员陈聪演唱。

【原创歌曲《向往》】为繁荣常州市音乐创作，打造本土文艺精品，市音协在音乐创作方面常抓不懈，力争写出好的艺术作品。2021 年，由市会员陈康作曲、孔锡生（江苏省自强模范）作词、孔锡生演唱的原创歌曲《向往》入围第二届常州市群众文化原创作品大赛。

【原创歌曲《守望》】2021 年，由市会员徐震作词、杨倩演唱的原创歌曲《守望》MV 在中央广播电视台“央视频”和“学习强国”学习平台中展播。

【大型民族管弦乐《守望乡愁》】5 月 22 日，由常州民族乐团与常州市音乐家协会联合创排演出的大型民族管弦乐《守望乡愁》在常州大剧院大剧场首演。《守望乡愁》中的大部分作品，其素材或题材均来自中华优秀文学艺术经典，且皆为常州民族乐团委约创作的原创作品。作品还与常州有着较为密切的亲缘、地缘关系，是融民族文化、中国精神、地域特色于一体的舞台作品。现场所演绎的 9 首曲目，均是经过精心策划、倾力打造的精品之作，以民族管弦乐为表现载体，用民族管弦乐“记取乡愁、守望乡愁、留住乡愁、弘扬乡愁”。

2021 年度常州市音协优秀成果一览表

表 7

艺术门类	获奖作品名称	奖　项	获奖者
音乐	《七根火柴》 《我们的回响》	江苏省第五届紫金合唱节银奖（童声组）	常州保利童声合唱团
音乐	《我们的回响》 《飞来的花瓣》	常州市第四届合唱大赛金奖	常州保利童声合唱团
音乐	《水色江南》 《哈瓦·那吉拉》	第六届江苏省大学生艺术展演大合唱乙组二等奖	常州大学学生合唱团（指导教师：赵一兆、熊祖鹏、王成文）
音乐	《昔我往矣》	江苏省第五届文华奖优秀节目奖	常州民族乐团（乐团首席、团长徐静）
音乐	《教我如何不想你》	江苏省第五届文华奖优秀节目奖	戴晓维
音乐	《我就是你》 《娄山关》	江苏省第五届紫金合唱节优秀奖	天宁爱乐合唱团
音乐	《娄山关》 《新编沂蒙山小调》	常州第四届合唱大赛中老年组金奖	天宁爱乐合唱团

常州市曲艺家协会

综述

【概况】2021 年，常州市曲艺家协会在常州市委宣传部、常州市文联和协会主席团的领导下，在江苏省曲艺家协会的关心支持下，认真践行社会主义核心价值观和文艺界核心价值观，坚持以人民为中心的工作导向，以“深入生活，扎根人民”主题实践活动为重点，紧抓曲艺创新、精品创作和人才培养，全面推进常州曲艺事业的繁荣发展。

为庆祝中国共产党成立 100 周年，协会全年开展以纪念建党为主题的系列文化活动，组织举办了“传承红色经典，凝聚奋进力量”常州传统曲艺专场展演、“百年颂歌，欢笑献礼”红色经典评弹专场、庆祝中国共产党成立 100 周年相声新作品专场晚会、“庆祝建党百年，传承红色基因”龙城相声专场演出等大型文艺演出。协会会员全心投入，用优秀的作品讴歌党、讴歌祖国、讴歌人民、讴歌英雄，为中国共产党成立 100 周年献礼。

协会紧抓创作环节，精心打磨，推出了一批原创曲艺作品，如中篇苏州弹词《邓稼先》、快板《吊车侠》、相声《中国时尚范儿》、小品《又见一碗馄饨》等。协会积极报送作品参加各类奖项和展演，全年共获得省级奖项 5 项、市级奖项 7 项。其中，中篇苏州弹词《邓稼先》在 2021 年江苏省文华奖和江苏省文艺大奖的曲艺类节目中均获第一，成为年度最具影响力的评弹作品。

【思想与队伍建设】协会遵照市文联的要求，定时召开理事会、主席团会议，研究工作，部署活动。组织会员进行党史学习，并将学习成果融入专业创作中。学习省委和市委的重大战略部署，用党的最新思想理论指导文艺实践，牢牢把握文艺工作和实践活动的正确方向。积极筹备市曲协青年分会，成立筹备小组。创办电子会刊《常州曲艺通讯》。5 月 11 日，常州文艺人才“结对传承”行动在市行政中心星聚堂举行，钮惠清拜国家级非遗传承人邢晏芝为师。12 月 15 日，常州市曲艺团举办青年演员培训班，培训为期 14 天，由上海评弹团一级演员郭玉麟进行专业理论培训，由常州歌舞剧院刘荣进行声乐培训，最后对演员进行文化考试和普通话考试，成绩优秀者给予嘉奖。积极吸收新鲜血液，壮大曲艺队伍，年内发展市级会员 3 名、省级会员 3 名。

重要会议

【一次理事会】5 月 23 日上午，常州市曲艺家协会第一次理事会议在网上召开，会议由曲协主席杨秀妹主持。会议就 2021 年上半年的工作作了详细总结，并对下半年工作进行了安排部署。副主席兼秘书长夏雪慧宣读了新会员候选名单，经理事表决后一致通过。

【二次理事会】 12月16日上午，常州市曲艺家协会在湖塘四季青广场召开第二次理事会议，总结市曲协2021年全年工作，部署2022年工作重点。会议由曲协主席杨秀妹主持。会议组织学习中共十九届六中全会精神、市第十三次党代会精神，以及习近平总书记在全国第十一届文代会第十届作代会上的讲话，并传达了市文联对于协会工作的新要求。副主席张妹娜对曲协一年的工作情况作了汇报，着重介绍了会员在江苏省文艺大奖、江苏省文华奖、常州市首届公共文化青果奖等省市奖项中取得的成果。副主席兼秘书长夏雪慧对协会工作考核的情况作了通报，另就青年分会的筹备、新会员的发展、《常州曲艺通讯》的创刊等相关事宜作出说明，提交大会讨论。会议最后，杨秀妹作总结发言，勉励会员在新的一年继续围绕中心、服务大局，多创作符合时代脉搏的优秀曲艺作品，同时继续团结进取、努力工作，全面完成各项任务，为常州曲艺打造更多的亮点。

【青年分会筹备会】 12月16日下午，常州市曲艺家协会青年分会筹备会议在湖塘召开。筹备小组成员为言禹墨、牟志伟、陈赛帅、王素静、崔樱卉，言禹墨担任组长。会上，五人小组讨论了筹备工作的步骤和方向，计划第一步先了解协会青年会员的整体情况，接着确立青年分会的宗旨，搭建初步的组织架构，制定初步的工作制度。等准备工作完成后，将择期召开市曲协青年分会成立大会。

重要活动

【曲艺小剧场创建】 近年来，常州的小剧场蓬勃发展，精心打造"白天观景、晚上看戏"的沉浸式演艺产品。在常州市曲协的支持下，涌现出金秋书场、古运河书场等一批曲艺特色小剧场。9月，开办了14年的常州老牌书场金秋书场搬进了国家重点文物保护单位近园。金秋书场是常州市区唯一的公益性评弹老书场，在市民中拥有良好的口碑，演出内容主要是苏州评弹长篇书目。10月，被誉为"江南名士第一巷"的青果巷里多了一家书场——古运河书场。这是常州首家开辟夜场的书场，主打评弹开篇，还有常州小热昏、常州评话、常州说唱、相声等表演。当秀美的园林、古朴的历史文化街区和传统书场相结合，市民由此开启了畅享观景、看戏两不误的幸福生活。形式多样的小剧场为常州老城厢复兴注入了文化力量，也是因地制宜打造沉浸式小剧场的一次探索，开辟了文化惠民新阵地，为常州曲艺表演搭建了新的展示平台。

【常州传统曲艺专场展演】 7月9日，由常州市文联指导、常州市曲艺家协会主办的"传承红色经典，凝聚奋进力量"——常州传统曲艺专场展演在常州市文化艺术管理中心举行。该活动是市曲协党史学习教育系列活动之一，活动上演了中篇苏州弹词《邓稼先》选段、常州评话《口罩背后有乾坤》、常州说唱《百年辉煌赞歌唱》、评歌《跟党走》等曲目，形式多样，内容丰富，主题突出，受到现场观众的一致好评。

文艺创作

【获奖情况】 在第五届江苏省文华奖中，由会员言禹墨创作，夏雪慧导演，钮惠清、倪雅静、杨洁艳、徐燕青、李玉表演的中篇苏州弹词《邓稼先》获优秀节目奖。在第九届江苏省文艺大奖曲艺奖中，中篇苏州弹词《邓稼先》获节目奖，作者言禹墨获文学奖。在第五届江苏省曲艺、喜剧小品邀请赛中，会员肖向阳表演的相声《中国时尚范儿》获二等奖，会员韩献忠创作的评书《泣血的红豆杉》获优秀创作奖。在第十五届常州戏剧文学奖中，言禹墨创作的中篇苏州弹词《良药济世》获一等奖。在首届常州市公共文化服务“青果奖”中，多部由会员主创的作品获奖，包括：张松春创作，李振、许旻昊表演的快板《吊车侠》；张姝娜、许旻昊表演的小品《又见一碗馄饨》；杨雪创作，壮静导演，林厚勇、段敏、肖向阳、陶鑫表演的《捕风》；肖向阳表演的相声《中国时尚范儿》；李梦璐创作的小品《大偷小偷》。

文艺交流

【快板《吊车侠》首演】9月29日，快板《吊车侠》在全市“9・29”见义勇为宣传周广场宣传仪式上首演，并获得常州市见义勇为基金会嘉奖。

【常州市曲艺团参加第八届中国苏州评弹艺术节】10月22日，常州市曲艺团参加第八届中国苏州评弹艺术节，表演了中篇苏州弹词《邓稼先》，另有杨洁艳表演的评话《雪山飞狐》选回、钮惠清表演的弹词《刘胡兰》选回。

理论研究

【中篇苏州弹词《邓稼先》剧本研讨会】3月5日，中篇苏州弹词《邓稼先》剧本研讨会在常州文璞酒店惠国厅召开。省文联党组成员、副主席、书记处书记刘旭东，中国曲协评书艺术委员会主任杨鲁平，中国曲协中国曲艺之乡（名城）建设委员会秘书长芦明，省曲协副主席、秘书长孙志兵，南京大学艺术文化研究所所长、博士生导师康尔参会并对剧本进行讨论。市文联党组成员、副主席王蓉，市曲艺家协会主席杨秀妹等出席了会议。在研讨会上，专家们依次发言，对剧本的情节安排、人物塑造、唱词调整等方面提出了修改意见，为剧本的进一步完善和提升提供了可行性方案。

【《曲艺学》创刊】5月18日，由中国艺术研究院曲艺研究所和中国说唱文艺学会联合创办的《曲艺学》创刊。该刊物为专门刊载曲艺研究学术成果的不定期集刊，由市曲艺家协会主席杨秀妹撰写的论文《“常州宣卷”论略》发表在第一辑。

【《常州曲艺通讯》第一期出刊】12月20日，协会电子会刊《常州曲艺通讯》第一期出刊。该刊物登载各类与曲艺相关的活动信息、作品文稿、研究论文、人物报道等，每季度一期，是协会建设发展的窗口、会员展示风采的舞台。

【“常州曲艺史”专题讲座】12月25日，言禹墨在喜马拉雅“青果电台”录制专题讲座“常州曲艺史”，介绍了道情、宣卷、唱春、小热昏等常州本土曲艺。

文艺惠民

【“2021常州市戏曲名作进校园”巡演】6月起，常州市曲艺团参加由常州市委宣传部、常州市教育局主办的“2021常州市戏曲名作进校园”巡演，携中篇苏州弹词《邓稼先》走进春江中心小学、河海实验小学、溧阳市昆仑小学等10所小学，5000余名师生观看了演出，近距离感受传统曲艺的魅力。

【“庆建党百年，忆红色初心”相声专场】9月15日，会员印冬晨、徐志国在西林街道邹傅村举办“庆建党百年，忆红色初心”相声专场，为村民送去“家门口的文化大餐”。

2021 年度常州市曲协优秀成果一览表

表 8

艺术门类	获奖作品名称	奖　项	获奖者
曲艺	中篇苏州弹词《邓稼先》	第五届江苏省文华奖优秀节目奖	市曲艺家协会
曲艺	中篇苏州弹词《邓稼先》	第九届江苏省文艺大奖·曲艺奖节目奖	市曲艺家协会
曲艺	中篇苏州弹词《邓稼先》	第九届江苏省文艺大奖·曲艺奖文学奖	言禹墨

常州市舞蹈家协会

综述

【**概况**】2021 年，常州市舞蹈家协会完善自身队伍建设，顺利召开 3 次重大会议；全年度共发展新会员 15 人；积极参与由文联主办的各项会议与活动，如“常州市第十一届文代会”、“师徒结对”活动、“第十七期文艺家读书班”等；选派优秀会员骨干参与江苏省舞协人才培训；时值中国共产党成立 100 周年，在主席闵建敏的带领下，市舞协骨干们在省、市各处围绕以中国共产党成立 100 周年为主题的文艺活动中发挥了积极作用，从“百年筑梦　壮丽航程”常州市庆祝中国共产党成立 100 周年歌咏文艺演出到“2021 年常州市秋白读书节”青果巷“唱支山歌给党听”快闪活动都有市舞协骨干的身影。市舞协广场舞分会也围绕中国共产党成立 100 周年主题为人民群众送出多台精彩的惠民展演，其中，“我心向党”庆祝中国共产党成立 100 周年优秀群众舞蹈首场展演吸引来自全市 20 多个群众舞蹈团队的 200 多名舞蹈爱好者参加；针对少年儿童，协会举办了“首届常州‘未来之星’少儿舞台艺术展演”，为国家未来接班人构建艺术展示平台；在作品创作和研讨方面，协联合常州市专业院团选送优秀作品参加全省比赛，其中原创作品《血染的花季》荣获“江苏省中小学生艺术展演舞蹈比赛”中学甲组特等奖，并选送多部作品参与江苏省文艺大奖·舞蹈奖评选。

【**思想建设**】2021 年常州市舞蹈家协会在常州市委宣传部的引导下、在常州市文联党组的引领下，常州舞协坚持以习近平新时代中国特色社会主义思想为指导，全面贯彻落实党的十九届六中全会和第十一次文代会精神，继续深入学习贯彻习近平总书记系列重要讲话指示精神，勉励文艺工作者增强文化自觉、坚定文化自信，展示中国文艺新气象，铸就中华文化新辉煌，为实现第二个百年奋斗目标、实现中华民族伟大复兴的中国梦提供强大的价值引导力、文化凝聚力、精神推动力。常州市舞协秉承着“以人民为中心，为人民而舞”的目标，积极贯彻常州市文联党组的部署，抓重点，围绕计划，较好地完成了 2021 年的各项工作任务。

【**队伍建设**】2021 年度共发展了 15 位市级会员。5 月 11 日，常州文艺人才“结对传承”行动暨常州文艺战略合作签约仪式在市行政中心星聚堂举行。常州市舞蹈家协会有 3 对师徒结对传承，分别是李源与黄茜茜、陈静与居洁、闵建敏与韩露。11 月 24 日—28 日，常州舞蹈家协会推荐优秀会员骨干贾妍、曾佟春晖参加在南京由江苏省文学艺术界联合会主办、江苏省舞蹈家协会承办的“2021 年江苏优秀舞蹈人才培训班”。12 月 23 日，常州市舞蹈家协会主席闵建敏、副主席谢庆、秘书长韩露、会员骨干贾妍参加由常州市文联主办的第十七期文艺家读书班暨第六期青年文艺家读书班。

重要会议

【七届七次理事会】9月13日，常州市舞蹈家协会在市文联召开第七届七次理事会，动员、部署换届工作，全体理事参加会议，市文联党组书记、主席舒文出席会议并讲话。理事会由市舞协秘书长韩露主持，共18名理事参加会议。

会上，协会主席闵建敏作换届工作动员，市文联秘书长、组联处处长蒋小萍解读了《关于进一步加强全市文艺家协会换届工作的指导意见》。全体审议并通过了《常州市舞蹈家协会第八届会员代表大会工作报告》等文件。

最后，舒文在讲话中充分肯定了市舞协七届理事会所做的工作，并要求全体理事进一步统一思想，提高认识，做好换届工作。同时希望广大舞蹈工作者能以此为新的起点，努力把舞协打造成温馨的“舞蹈家之家”，为推动常州市舞蹈事业繁荣发展创造良好条件、积蓄坚实力量。

【秘书处工作会议】12月21日，常州市舞蹈家协会在市青少年活动中心会议室召开常州市舞蹈家协会秘书处成立会议暨第八次会员代表大会会务统筹分工会。全体秘书处成员参加会议，市舞协主席闵建敏、副主席谢庆出席并讲话，秘书处会议由秘书长韩露主持，共15名成员参加会议。

会上，协会主席闵建敏宣布秘书处成员名单，部署秘书处工作内容并对即将召开的第八次会员代表大会作动员讲话，副主席谢庆就针对第八次会员代表大会策划内容、秩序安排等提出意见和要求。秘书长韩露对大会分工细节作深入解读，将分工细则通过点对点的方式与秘书处成员对接，确保大会顺利召开。

【八次会员代表大会】12月31日，常州市舞蹈家协会第八次会员代表大会在市文化艺术管理中心小剧场召开，市文联党组书记、主席舒文，副主席王蓉，市民政局社管处二级主任科员朱华南及来自全市近70名会员代表参加大会。市文联副主席、市音乐家协会主席熊祖鹏代表其他协会致贺辞。

大会回顾七届以来，常州市舞蹈家协会在市文联党组的领导下，团结带领全市广大舞蹈工作者和爱好者，高举习近平新时代中国特色社会主义思想伟大旗帜，切实履行协会职能，坚持以人民为中心的创作导向，围绕中心、服务大局，在文化惠民、志愿服务、精品创作、队伍建设等方面开展了大量卓有成效的工作，为促进常州市舞蹈事业的发展和精神文明建设作出了积极贡献。七届以来，会员在全国、全省各类比赛中屡获佳绩，创作的30余部作品在省级以上获奖；组织开展舞蹈创作培训、理论讲座、作品研讨、讲座及比赛、展示、展演活动近70场（次）；承办、协办了20余场重大赛事活动；发展国家级会员和省级会员近60人。2021年度，新发展会员15人。

大会审议通过了第七届舞蹈家协会工作报告、财务报告等，以无记名表决方式通过了协会章程，选举产生了新一届理事会理事、监事及领导班子。谢庆当选为新一届舞协主席，祝玉峰、韩露、王喻、虞柄、黄茜茜当选为副主席，秘书长由韩露兼任，郑晖当选为第八届监事。闵建敏被聘为舞协名誉主席，丁德惠、余晓军被聘为顾问。

重要活动

【“秋白读书节”演出】4月20日，2021年常州市“秋白读书节”在常州市青果巷启动。市委常委、宣传部部长、市全民阅读活动领导小组组长陈涛，副市长、市全民阅读活动领导小组组长陈正春出席活动。活动现场，以《唱支山歌给党听》快闪活动揭开序幕。情景表演《百年初心恰风华》诠释了瞿秋白、张太雷、恽代英读书、爱书的习惯。“常州三杰”的后人们传承先辈的良好读书习惯，并以视频的方式把美好祝福送给爱书的常州人。该次快闪活动由舞协主席闵建敏担任总导演。

【“百年筑梦　壮丽航程”文艺演出】6月30日，由舞协副主席祝玉峰担任总导演、舞协骨干共同参与的“百年筑梦　壮丽航程”常州市庆祝中国共产党成立100周年歌咏文艺演出在常州奥体中心体育馆举行。省文联党组成员、副主席、书记处书记刘旭东，市委书记陈金虎等领导与来自全市各行各业、各条战线的近6000人参加活动，共同讴歌中国共产党100年伟大历程和辉煌成就，表达528万名常州人民对党的深情祝福与无限热爱。市四套班子领导，“常州三杰”等革命先烈的后代，老战士、老党员，受表彰的全国、省、市优秀共产党员、优秀党务工作者、先进基层党组织代表和全市各行业先进代表、群众代表等到场观看演出。全国优秀党务工作者、全国五一劳动奖章获得者、全国劳动模范、全国脱贫攻坚先进个人、全国抗击新冠肺炎疫情先进个人、全国人民满意公务员集体代表、全国公安英模、全国精神文明建设“五个一工程”奖获奖代表、全国三八红旗手、全国最美城乡社区工作者、残奥会冠军等参与演出。

文艺创作

【《血染的花季》在“江苏省中小学生艺术展演舞蹈比赛”中荣获中学甲组特等奖】由舞协主席闵建敏、副秘书长黄茜茜与舞协骨干编创的作品《血染的花季》在“江苏省中小学生艺术展演舞蹈比赛”中荣获中学甲组特等奖。作品是由16名年龄在14~15岁的中国舞专业学生所演绎，作品讲述了在抗日战争时期，一群为中国共产党进行情报处理工作的女学生为保护真实情报，以身为诱饵，用自己的鲜血和生命引开敌人，使得情报得以安全转移的故事。6月起，由闵建敏与舞协骨干在常州文化艺术学校开展《血染的花季》原创作品研讨会，闵建敏在研讨会上表示作品要尊重历史、契合历史，通过舞蹈来演绎抗日战争题材的作品要具有时代性、思想性、艺术性。

【筹备“运河主题”的少儿舞蹈作品】4月起，市舞协骨干筹备“运河主题”少儿舞蹈作品，编创队形、动作、配乐、舞蹈服装等一系列的工作有序进行。市舞协为下一届“小荷风采·全国少儿舞蹈展演”取得佳绩作准备。

文艺交流

【参加第七届江苏省文艺大奖·舞蹈奖比赛】10月初，市舞协集合常州市专业院团——常州市歌剧舞剧院、常州市文艺学校、常州市恐龙园艺术团、常州大学音乐与影视学院，参加第七届江苏省文艺大奖·舞蹈奖的比赛，报送作品7个，最终4个作品入围。其中，群舞《繁针丹青》运用巧妙的编排，“以针为笔，丝为丹青”，展现出中国第五大名绣和江南女子之间的特殊情怀，在一双双芊芊素手中绣出常州运河文化带的全貌和风采，描绘出丹青色的江南，这种用舞蹈来反映非物质文化遗产的传承形式已成为常州的亮丽名片。双人舞《一粒纽扣》取材于红色情侣瞿秋白和杨之华的革命爱情故事。作品通过弘扬瞿秋白、杨之华胸怀救国救民大志，为真理甘洒青春热血，视信仰高于生命的革命爱情观与精神品格，激励和鞭策当代青少年学习、继承、弘扬红色传统，坚定共产主义理想信念，树立习近平新时代中国特色社会主义思想观、人生观和世界观。

文艺惠民

【举行“我心向党”——庆祝中国共产党成立100周年优秀群众舞蹈首场展演】3月27日，由常州市舞蹈家协会协同广场舞分会等单位主办的“我心向党”——庆祝中国共产党成立100周年优秀群众舞蹈展演举行，来自全市20多个群众舞蹈团队的200多名舞蹈爱好者参加展演。《唱支山歌给党听》《我和我的祖国》《映山红》《微山湖》等曲目通过舞蹈形式展现在观众面前。

【“童心向党　礼赞百年”少儿舞台艺术展演】10月，市舞协与市歌舞剧院主办了“童心向党　礼赞百年”庆祝中国共产党成立100周年——首届常州“未来之星”少儿舞台艺术展演。

2021年度常州市舞协优秀成果一览表

表9

艺术门类	获奖作品名称	奖　项	获奖者
舞蹈	《血染的花季》	江苏省第七届中小学生艺术展演活动舞蹈比赛特等奖（中学甲组）	常州市泰村实验学校（指导教师：黄茜茜、王子嘉、宋瑞琪）

常州市民间文艺家协会

综述

【概述】2021 年，常州市民间文艺家协会坚持以人民为中心的创作导向，强化理论武装和思想引领，切实履行职能，以传承弘扬中华优秀传统文化为己任，突出民间文艺的工作特色，带动协会各项工作有序发展。组织会员参加江苏省文艺大奖·第六届民间文艺奖的评选。发展常州市民间文艺家协会会员 15 名、江苏民间文艺家协会会员 41 名、中国民间文艺家协会会员 12 名。

重要会议

【八届二次主席团会】1 月 21 日，常州市民间文艺家协会八届二次主席团会议在线上召开，常州市民协主席马士勇，常州市民协副主席兼秘书长马燕，常州市民协副主席邓超、徐书翔、蒋凤姣、来雨风、张士斌出席会议。会议由马燕主持。

马士勇总结了2020年常州市民协工作与活动，部署了下半年的工作安排。重点强调了第十五届中国民间文艺山花奖优秀民间文艺学术著作奖和江苏省文艺大奖·第六届民间文艺奖优秀民间文艺学术著作奖、江苏省文艺大奖·第六届民间文艺奖优秀民间艺术表演奖的评奖事宜。推荐第十三届江苏（野马渡）民间文艺青年论坛人选。组织中国民协 2021 上半年国家级会员申报工作和江苏省民协上半年会员发展工作。

【八届二次理事会】7 月 26 日，常州市民协八届二次理事会在线上召开，常州市民协主席马士勇，常州市民协副主席兼秘书长马燕，常州市民协副主席邓超、徐书翔、蒋凤姣、来雨风、张士斌及全体理事出席会议。会议由马燕主持。

马燕传达并和与会人员学习习近平总书记在庆祝中国共产党成立 100 周年大会上的重要讲话精神、江苏省第十次文代会精神、中宣部部长黄坤明在中国民间文艺家协会第十次全国代表大会上的讲话精神。马士勇部署了 2021 年工作安排，传达第十五届中国民间文艺山花奖优秀民间工艺美术作品初评和市文联关于成立功能性党支部的具体要求。

会上溧阳、金坛民协负责人和各委员会负责人就各自 2020 年的工作情况和 2021 年工作计划进行了交流发言，在传统文化开发、保护与传承、民间文艺学术研讨、青年民间文艺人才培养、文化惠民等方面进行了积极探讨，纷纷表示 2021 年将会继续配合市民协和市文联，加强联络、沟通，结合各自的领域，继续做好民间文艺工作。

会上还通过了江苏省民协 2021 年上半年发展会员名单、中国民协 2021 年上半年发展会员名单。

【八届三次理事会】12月22日，常州市民协八届二次理事会在线上召开，常州市民协主席马士勇，常州市民协副主席兼秘书长马燕，常州市民协副主席邓超、徐书翔、蒋凤姣、来雨风、张士斌及全体理事出席会议。会议由马燕主持。

马燕传达并和与会人员学习贯彻习近平总书记在中国文联第十一次全国代表大会、中国作协第十次全国代表大会上的讲话精神。马士勇部署了组织市文联2021年度各文艺门类优秀成果申报工作。会议上还对江苏省民协2021年下半年发展会员、中国民协2021年下半年发展会员推荐工作进行了部署。

重要活动

【江苏省文艺大奖·第六届民间文艺奖优秀民间工艺美术奖】11月26日，江苏省文艺大奖·第六届民间文艺奖评奖结果揭晓，由市民协和市工艺美术家协会选送的沈华强的留青竹刻《凝芳》，李平秋设计、孙燕云制作的乱针绣《常州三杰》和邢粮设计、董玥彤制作的梳篦《盛世千象》3件作品获江苏省文艺大奖·第六届民间文艺奖优秀工艺美术奖。这三件作品从不同的视角讴歌祖国、怀念先烈，表达了对当今美好生活的热爱之情，充分展示了常州市工艺美术创作的实力和水平，江苏省文艺大奖·民间文艺奖由江苏省文联主办、江苏省民协承办，为江苏民间文艺最高奖，该评奖活动两年一届。该届评选全省共选出120件（套）作品入围终评，最后评出优秀民间工艺美术作品60件（套）。

【江苏省文艺大奖·第六届民间文艺奖优秀民间艺术表演奖】10月16日，江苏省文艺大奖·第六届民间文艺奖·优秀民间艺术表演奖决赛在苏州张家港市凤凰文化中心剧场举行，经过层层选拔，来自常州、南京、苏州、无锡、泰州、宿迁等7个城市的民间歌舞、山歌表演唱、皮影戏、苏北大鼓、扬州评话等9个民间文艺节目进入决赛。

由常州市民间文艺家协会选送的常州市非物质文化遗产南杨桥《调犟牛》亮相比赛现场，并获得了现场所有观众及评委的一致好评和肯定。

【中国民间文学大系·故事、传说江苏卷】2021年，《中国民间文学大系·故事、传说江苏卷》采集工作启动，市民协共收集常州地区民间故事、民间传说近100万字，在全省各市中率先完成采集、分类、打印及校对工作。

文艺创作

【溧阳市民协】溧阳市民间文艺家协会成立工艺美术分会，团结民间手工艺骨干，为他们提供服务平台，展示才华。成立孙建平工作室，展示陶瓷艺术作品，为民间艺术交流增添了平台。主席邓超、副主席胡星、副秘书长葛亚东参与了央视科教频道《百家讲坛·今古话溧阳》的录制，作为鉴古部分的特邀嘉宾，分别讲述淳化阁帖、史贞女、焦尾琴的故事。组织协会骨干实地考察、调研苏州、镇江、广德等地民俗文化，赴湖北恩施自治州考察民间文学和民俗文化等。

【金坛区民协】积极做好非物质文化遗产的保护和传承活动，携手金坛区文化馆举办非遗日专题展览，对金坛区非遗项目做专题介绍；多次组织金坛抬阁、舞龙舞狮、刻纸、蛋雕、面塑等特色非遗项目参加市、区举办的专项民间团队展演。巨村龙灯队每年春节前后开展“乡村过大年”舞龙活动。金坛刻纸、金坛抬阁、金坛面塑、金坛蛋雕等特色非遗项目在仙姑村“乡村过大年”“长荡湖美食节”

等活动中进行展示。金坛乾元观结合各类重大活动，积极展示“乾元观道教音乐”。金坛区民协协办多场“金坛区文体惠民进基层巡回演出”。区民协与区作家协会共同承办“我们的节日·端午诗会”、中秋诗会、重阳诗会等多场诗会活动。国家级非遗项目金坛抬阁在尧塘谢桥村参加文化和旅游部举办的非遗过大年录像展演。

杨兆群创作的刻纸作品《大运河》终评入围中国民间文艺家协会第十五届山花奖，目前正等待最终的评奖结果。

【楹联委员会】为迎接中国共产党100周年华诞，常州市楹联学会于5月初组织了“百联颂英烈”楹联创作活动。活动共收到53位作者来稿，共计247副作品。经筛选后选录114副入选。应征作品比较全面地反映了中国共产党成立以来各个革命历史时期常州地区涌现出来的英雄与前贤。7月10日，《常州日报》在A3版刊发了部分作品，受到各方好评。刘源春、马士勇、来雨风、孙和章等分别至常州二附小，新北区新华小学、安家小学，武进区戴溪小学、寨桥小学等校开办楹联学习班。经过培训，学习班的老师、同学们均能独立创作符合联律的楹联作品。7月13日，江苏省楹联研究会发专刊报道常州联教工作，并选登了部分学生原创楹联作品。中国楹联学会会刊《楹联博览》2021年第6期头条刊发《常州市楹联学会联教成绩斐然》一文，在全国楹联界引起较大反响。

【民俗委员会】民俗委员会顺利完成第三届理事会换届工作。民俗委员会协同天宁区红梅街道，在常州火车站北广场举行大型非物质文化遗产展示活动。会员宰小玲自筹资金，亲自缝制香囊，在活动现场免费赠送抗疫香囊200多个，为抗疫活动出钱出力。

民俗委员会会长余忠良与浙江衢州83岁教授陈慧君合作，由红旗杂志出版社出版新书《元末天下第一臣——余阙》。余忠良在所在小区自费办书院，进行民俗文化和常州地方文化的传播。

【故事委员会】叶林生创作的故事《五千大洋》获2021中国故事节•野马渡红色故事大赛第一批“中国好故事”（一等奖），大型儿童剧剧本《茅山小兵》获2021年常州市戏剧文学奖评选二等奖；陈立仁创作的《绝味红烧猪肘子》获安徽黟县“五黑故事”征文三等奖，“道德经”传奇获鹿邑县“话说老子”民间故事征文优秀奖，故事《艾灸徐》获河南省“我与中医的故事”短小说征文优秀奖；蒋凤姣创作的故事《狮王相见》获“野马渡杯”周市非遗全国故事大赛三等奖。

【灯谜委员会】灯谜委员会多次在钟楼区、新北区等地开展灯谜讲座，普及灯谜文化知识，吸纳广大爱好者入会，学会队伍不断壮大，会员素质不断提高。

学会多次组团参加各地举办的灯谜大赛，并屡获民间文艺家协会灯谜学术委员会举办“学党史庆百年”江苏省首届灯谜文化节大奖，由张士斌、王晓波、周斌组成的常州代表队荣获团体赛银奖，张士斌荣获个人赛金奖，张士斌、王晓波的作品还荣获江苏省首届灯谜文化节佳谜奖。

10月15日，第二届长三角地区暨运河城市灯谜邀请赛在无锡举办，由张士斌、王晓波、蒋建清组成的常州代表队荣获团体赛银奖，张士斌的作品荣获佳谜奖。

【青年委员会】严波描写焦溪古镇建筑艺术和民俗文化的著作《圈门更生》获得第十二届江苏省优

秀科普作品评选三等奖。10月，严波受聘为常州市文物保护发展研究院首批特聘专家。张军的民俗论文《南运河两岸的民间信仰》入选江苏省炎黄文化研究会组织的新时期历史文化名城保护与发展研讨会，并入选《人文常州》第五辑。孙晓峰创作《运河奔牛故事·文物古迹》一书，共计25篇民间故事约5万字。

【常州市民间文艺家协会汉服社】5月，常州市民间文艺家协会汉服社举办“汉服嘉年华”。9月，市民协汉服社举办“灯映夜色月舞霓裳”等活动，在传统节日开展汉服沉浸式体验活动，传承弘扬地方文化和中国传统文化，进一步让市民感受传统文化魅力。

2021年度常州市民间文艺家协会优秀成果一览表

表10

艺术门类	获奖作品名称	奖项
民间工艺	《凝芳》	江苏省文艺大奖·第六届民间文艺奖
民间工艺	《常州三杰》	江苏省文艺大奖·第六届民间文艺奖
民间工艺	《盛世千象》	江苏省文艺大奖·第六届民间文艺奖
民间故事	《五千大洋》	中国故事节野马渡红色故事大赛第一批中国好故事
民间文艺	灯谜	“学党史　庆百年”江苏省首届灯谜文化节·团体赛银奖
民间文艺	灯谜	“学党史　庆百年”江苏省首届灯谜文化节·个人赛金奖
民间文艺	“楼台两岸水相连，江北江南镜里天（党史地名）”夹金山	“学党史　庆百年”江苏省首届灯谜文化节·佳谜奖
民间文艺	“秋日要败火，白露要补水（灌南景点）”香泉	“学党史　庆百年”江苏省首届灯谜文化节·佳谜奖
民间文艺	《圈门更声》（焦溪古镇丛书）	江苏省第十二届优秀科普作品科普图书类三等奖
刻纸	剪刻纸作品《大运河》《祈福牛年》	入围“山花奖”终评
刻纸	剪刻纸作品《我们的节日》《祈福牛年》	参加“春和景明——2021年江苏省文联系统迎春联展”
刻纸	剪刻纸作品《三兔飞天藻井图》	入展“大美民间　苏作百工——江苏民间工艺精品晋京展”
刻纸	剪刻纸作品《华夏一家亲、同为圆梦人》	入选“百年百艺　薪火相传”中国传统工艺邀请展

常州影视家协会

综述

【概况】2021 年是常州市影视家协会全面发展、创新开拓的一年，协会举办大师讲座活动，推动常州影视创作的发展，普及影视文化，走进百姓中间。市委宣传部招募各文艺家协会文艺志愿者，以与社区结对服务的方式为主，为基层进行讲座授课。协会精心组织各类影视作品参赛，参与创作的电影类作品《莫问春熙》获得由第二十届上海国际电影节组委会举办的第二十届上海国际电影节“金爵奖”单元入围奖。常州广播电视台、武进融媒体中心、金坛融媒体中心、溧阳融媒体中心分别获得国家级、中视协、省级奖项。

【协会建设】每年一度的理事会在春节前召开，因为疫情的特殊情况，协会采用走访慰问的方式。1 月 28 日，市影视家协会走访了常州广播电视台、常州大剧院、亚细亚影视城、中影莱蒙影院、奥博文化传媒有限公司、江苏美利隆文化传媒有限公司、武进融媒体中心，和各单位的领导进行交流。1 月 29 日，协会到金坛融媒体中心、金坛影剧公司、溧阳融媒体中心走访、慰问，听取各单位领导的情况汇报。

重要活动

【第三届“江苏文艺大奖·电影奖”颁奖典礼】12 月 29 日，由江苏省电影局指导，江苏省文联、江苏省电影家协会主办，由常州广播电视台、常州市文联承办，江苏影视频道、常州市影视家协会、江苏亚细亚影视制作有限公司协办的第三届“江苏文艺大奖·电影奖”颁奖典礼在常州现代传媒中心隆重举行。中共常州市委常委、宣传部部长、市委秘书长杭勇，省文联二级巡视员王建分别致辞，省文联副主席、省影协主席侯勇宣读获奖影片名单。作为与中国电影“金鸡奖”相衔接的江苏专业性、权威性的电影最高奖项，“江苏文艺大奖·电影奖”每两年举办一次，旨在打造江苏电影艺术和学术品牌，引导广大电影艺术工作者牢记使命、守正创新，从而进一步推动江苏电影创作生产的健康发展。该届“江苏省文艺大奖·电影奖”评选活动共收到 2019—2020 年度公开发行放映的 20 部参赛作品，其中符合参赛条件作品 19 部。经组织申报、资格审查、开展评审、公示等环节，最终共有 10 部作品获奖。常州市创作的本土电影《桂香街》荣获二等奖。

【“看红色电影，学百年党史”——纪念中国共产党成立 100 周年党史电影讲座】为庆祝中国共产党成立 100 周年，讴歌百年光辉历程，铭记光辉历史，传承红色基因，7 月 8 日，由常州市委宣传部、常州国家高新区党工委（新北区委）主办，常州国家高新区党工委（新北区委）宣传统战部、常州市影视家协会承办的“看红色电影，学百年党史”——

纪念中国共产党成立100周年党史电影讲座在现代传媒中心报告大厅举办。协会邀请了中影集团副总经理兼艺委会主任、导演江平授课，跟随江平的讲解，现场观众身临其境地重温了伟大的中国共产党从救亡图存到实现中华腾飞的奋斗历程。讲座一方面帮助党员干部更加直观地了解党史，使党的优良传统和革命精神更加入眼入耳、入脑入心；另一方面也为督促常州影视工作者勇于承担记录新时代、书写新时代、讴歌新时代的使命，真正做到“为时代画像、为时代立传、为时代明德”，起到了积极的推动作用。

【“不忘初心、牢记使命”教育活动】10月，常州市影视家协会在沈爱华主席带队下，一行16人到湖南长沙、韶山开展“不忘初心、牢记使命”教育活动。在橘子洲，参观了毛泽东青年艺术雕塑、问天台等，在现场朗诵了《沁园春·长沙》，参观人员从毛泽东昂扬炽烈的革命情怀中，汲取了奋发前进的信心和力量。

文艺创作

【《常州三杰》】4月，由常州市委宣传部主抓，市文广旅局主办，常州新北区、常州市影视家协会等单位联合制作的4集纪录片《常州三杰》在中央电视总台国际频道《国家记忆》栏目播出。这是一部向中国共产党成立100周年的献礼之作，也是常州解放72周年的纪念之作。该片详细讲述了“常州三杰”各自独特的成长经历、艰辛的革命历程和可歌可泣的光辉事迹，充分展现了他们初心不改、勇立潮头，将年轻的生命和无悔的青春全部献给共产主义事业的高尚情怀。在创作手法上，该片充分利用拍摄素材和挖掘而来的大量珍贵历史影像、文物、档案，将实景拍摄、动画设计、人物采访有机融合，带领广大观众跟随革命先烈的脚步，重返历史现场，触碰红色记忆，重新认识和感受19世纪他们的青春热血、理想信念和责任担当。

【《莫问春曦》】市影视家协会创作的电影类作品《莫问春曦》入围第二十四届上海国际电影节“金爵奖”。该片把镜头对准了近年来一直探讨的话题——“东方式关爱”。电影讲述了青春期的孩子如何理解以及接受长辈的关心，消除彼此之间的隔阂。影片启用的均是溧阳场景、溧阳演员、溧阳方言。

【《美丽乡村　预见未来》】由中国电视艺术家协会主办，中国文联电视艺术中心、中国教育电视台承办的“筑梦小康”——第十四届小康电视节目工程推选活动荣誉揭晓仪式以线上线下相结合、5G云端直播的方式举行。武进融媒体中心创作的《美丽乡村　预见未来》荣获美丽乡村宣传片称号。该片记录了伟大背后的平凡，展现了乡村振兴的画卷，吹响了小康路上的文艺号角。

2021 年度常州市影协优秀成果一览表

表 11

艺术门类	获奖作品名称	奖　项	获奖者
影视	《莫问春曦》	入围第二十四届上海国际电影节“金爵奖”	蒋逸霄
影视	《美丽乡村遇见未来》	第十四届小康电视节目工程推选活动美丽乡村宣传片	丁正伟、尤幸来
影视	纪录片《水西百忆》	庆祝建党百年融媒体精品案例“十佳案例”	溧阳市融媒体中心
影视	纪录片《水西百忆》	庆祝建党 100 周年融媒体宣传优秀案例奖	溧阳市融媒体中心
影视	《我和我的剧团》	2020 年度江苏彩虹奖对外电视专题三等奖	浦映、张晓军、周越、朱顺
影视	公益广告类《精神永驻世代相传》	2019 年中国广电公益广告大会“白兰杯”征集活动影视类优秀奖	陈早春、汪甫洪、蒋戟、郁赵熙
影视	原创歌曲《欠你一个婚礼》	2020—2021 年度江苏电视文艺奖	许燕平、倪绥英、王鑫
影视	音乐节目《“经典咏传　百年留芳”——常州·教我如何不想她》	2020—2021 年度江苏电视文艺奖音乐节目二等奖	黄江、陈晶、陈萍、杨慧
影视	文艺晚会《2021 常州市第六届龙城少儿春节联欢晚会》	2020—2021 年度江苏电视文艺奖综艺节目三等奖	张晶、姜琳、方有林、姬晓莉、何宇飞、毛辰
影视	电视诗歌《不朽的灵魂》	2020—2021 年度江苏电视文艺奖文学节目三等奖	陈云子、姚利、潘一丹、王鑫
影视	广播连续剧《雷神山：十天十夜》	2020 年度江苏广播剧奖连续剧三等奖	陈涛、谢春林、汪忠泽、黄和明、李萍、李永莉、钱彬、梅亚存
影视	戏曲节目《志“存初”心谱芳华——纪念史良先生诞辰 120 周年》	2020 年度江苏广播文艺奖戏曲·曲艺节目二等奖	何冰姿、葛峰、张宁
影视	综艺节目《经典咏传　百年流芳——常州·教我如何不想她》	2020 年度江苏广播文艺奖综艺节目二等奖	黄江、陈晶、殷玉强、陈萍、董莉君、钟剑
影视	音乐节目《常州·教我如何不想她》	2020 年度江苏广播文艺奖音乐节目三等奖	黄江、董莉君、邹智媛、瞿舜
影视	《和诗以歌，传承中华传统文化》	2020 年度江苏彩虹奖对外广播文艺节目二等奖	葛峰、黄文峰、孙新武、何冰姿
影视	《罗溪　谁都渴望遇见你》	2020 年度江苏彩虹奖对外电视文艺节目二等奖	徐尧、伊宏辉、孙学凯、唐宁

常州工艺美术家协会

【概述】 2021 年，常州市工艺美术家协会坚持“二为”方向和“双百”方针，多出精品、多出人才，为繁荣常州工艺美术事业、推进常州“532”战略作出新的贡献。为庆祝中国共产党建党 100 周年，在江苏省现代美术馆举办了“寸草心声”——常州工艺美术精品展。

重要会议

【常州市工艺美术家协会第四届第三次理事会】 1 月 1 日，常州市工艺美术家协会第四届第三次理事会在安基村运河一号召开，会议总结了市工美协会 2020 年取得的成绩，计划和安排 2021 年的主要工作。现场理事们进行了各自的新作展示，并开展了深入而热烈的交流。

主席沈华强在会上传达了江苏省文代会精神，并对创作中要注重作品的思想性，艺术性提出了要求，特别在创作庆祝中国共产党建党 100 周年作品、创作伟人像时要注意的事项、作品题材切入点等方面讲了自己的观点。会议通过了陈俊等 25 人的入会申请。

【常州市工艺美术家协会第四届第三次主席团会议】 3 月 5 日，常州市工艺美术家协会主席团与常州市工艺美术行业协会主要负责人，在希白艺术空间召开常州市工艺美术家协会第四届第三次主席团会议。会上推荐陈桂方和孙燕云为“江苏工匠”参评人员。

【常州市工艺美术家协会第四届第四次理事会议】 12 月 3 日，常州市工艺美术家协会第四届第四次理事会在武进万达中心召开，常州市文联副主席胡军生参加了会议。会议通过了陈文鉴等 15 人的入会申请，通过了新增狄维为副秘书长的决议，成立了常州市工艺美术家协会秘书处，主席沈华强为狄维颁发了聘书，秘书长王明盛给各副秘书长进行了分工。会上，主席沈华强宣布了关于“寸草心声”——常州市工艺美术精品巡回展苏州站活动进行了全面启动工作。

重要活动

【“寸草心声”——常州市工艺美术精品展】 6 月 2 日上午，由中共常州市委宣传部、常州市文联、常州市文广旅局主办的“寸草心声”——常州市工艺美术精品展在江苏省现代美术馆开幕。开幕式由市文联副主席胡军生主持。

【“红颂百年”——武进艺术作品展】 6 月 28 日，由武进区委宣传部和武进区文联共同主办的“红颂百年”——武进艺术作品展在常州环太湖艺术城开幕。工美协会共组织 100 件作品参加展览。

【“建党百年　传承匠心”常州乱针绣精品展】 6月8日，“建党百年　传承匠心”——《杨守玉评传》发行仪式暨常州乱针绣精品展在常州市美术馆开幕。展览共分3个部分。第一部分主要展示杨守玉的早期作品及相关用品，第二部分主要展示传承人的精品力作及新生代的衍生品，第三部分主要展示在中国共产党成立百年之际，乱针绣主题创作新作。孙燕云、狄静、单银娣等乱针绣大师的80件作品参加展览。

【“风雅牛塘·匠心之韵”庆祝中国共产党成立100周年工艺美术和书画作品展】 6月12日，“风雅牛塘·匠心之韵”庆祝中国共产党成立100周年工艺美术和书画作品展在武进博物馆开展。协会组织25名会员的60件作品参加展览。

【“寸草心声”——常州市工艺美术精品展巡回展】 “寸草心声”——常州市工艺美术精品展巡回展12月在苏州会展中心如期举办，30位会员的100件作品参加了展览。

文艺创作

【第十七届中国杜鹃花展】 狄静的乱针绣《花好月圆》、狄维的乱针绣《姹紫嫣红》、冷文丹的金属工艺《清净无染》等作品入选2021年4月第十七届中国杜鹃花展。

【“百牛开春”2021年全国剪纸精品展】 刘国红、何雅雯剪刻纸作品《金牛闹春》和《春江水暖》入选“百牛开春”2021年全国剪纸精品展，刘国红作品获得二等奖。

【10人入围江苏省文艺大奖】 常州市工艺美术家协会10人入围2021年12月江苏省文艺大奖评选，其中沈华强的留青竹刻《凝芳》、孙燕云的乱针绣《常州三杰》、邢粮的梳篦《盛世千象》获奖。

【第三届中国当代陶瓷艺术大展】 10月，姜国平的陶艺作品《鱼跃碧波》入选由中国美术家协会、陶瓷艺术委员会主办的“第三届中国当代陶瓷艺术大展”。

【第五届“苏艺杯”工艺美术精品展】 12月，第五届“苏艺杯”工艺美术精品展评奖，沈华强的留青竹刻《无暇》、张国良的烙画《秋山明靓》等13件作品获金奖，郁毅的留青竹刻《疏影》等9件作品获银奖。

【江苏省乡土人才大师工作室】 4月，王明盛的澄怀阁、徐文博的徐文博留青竹刻艺术馆获江苏省乡土人才大师工作室称号。

【职称评审】 8月，王明盛、徐文博、高杜平、张宽、朱波、祝英娟、沈华强获得正高级乡村振兴技艺师职称和正高级工艺美术师职称。周权、邹建华、肖红波等获得高级乡村振兴技艺师、高级工艺美术师职称。12月，常州市人社局与常州市工艺美术家协会进行了工艺美术初中级职称评审工作，徐雪草等24人通过了工艺美术师职称评定，郭畅旭等14人通过了助理工艺美术师职称评定。

展示交流

【“大美民间·苏作百年”——江苏工艺美术大师精品展】 5月，萧剑波的猛犸牙刻作品《松风琴音溪山烟》参加在中国美术馆举办的“大美民间·苏作百年”——江苏工艺美术大师精品展。

【猛犸牙刻作品《春天的故事》入选】6月，萧剑波的猛犸牙刻作品《春天的故事》入选庆祝中国共产党成立100周年——百名中国工艺美术大师创新作品巡展。

【“春和景明”——2021年江苏省文联系统迎春联展】2月，杨兆群剪刻纸作品《我们的节日》《祈福牛年》，沈华强竹刻作品《知足》，参加“春和景明”——2021年江苏省文联系统迎春联展。

【“刀尖上的艺术”——走进留青竹刻】4月，林媛英在常州市图书馆为民进常州市委开设“刀尖上的艺术——走进留青竹刻”讲座。

【狄静个人精品展】4月，狄静在美克美家家居生活馆举办“狄静个人精品展”。

【青氧艺术节】9月，王明盛、冷文丹、郭畅旭、谭文如等人参加柒号美术馆青氧艺术节活动。

【江苏省大运河城市非遗展】市工美会员张国良参加江苏省大运河城市非遗展活动，其作品常州烙画摆件入选2021年“江苏好礼舒心相伴”江苏特色伴手礼名录。

【“2021中国大运河非遗旅游大会”】10月，江苏省工艺美术大师邢粮受邀参加在无锡清明河景区举办的“2021中国大运河非遗旅游大会”。

【江苏省乡土人才高级研修班】10月，沈华强、王明盛、徐文博、高杜平、吴澄、顾建花、陈婷等参加江苏省乡土人才高级研修班学习，在南京、溧阳、常州、宜兴、苏州进行了为期4天的学习与交流。

【文艺惠民】华娟萍经常在常州儿童福利院和雕庄中学开展非遗社团公益教学活动。周明敏在常州市刘国钧高等职业技术学校教学，在南大街街道东头村社区开设“非遗传承匠心情怀”乱针绣团扇体验课。邵风丰在金坛东城实验小学做留青竹刻讲座。白坚仁长期在常州刘国钧高等职业技术学校、常州礼花中学、中吴实验学校等学校作留青竹刻教学。

常州市花鸟画研究会

综述

【概况】2021 年，常州市花鸟画研究会以服务人民为中心，团结广大会员，在队伍建设、阵地建设、精品创作等方面取得了新成绩，促进了常州市花鸟画艺术的繁荣发展，为助力常州文化建设作出了积极贡献。为做好协会工作，成立功能型党支部，建立主席团、理事、秘书处、会员及各分会微信工作群，旨在加大花鸟画艺术的宣传、推广力度，提高花鸟画艺术的影响力，加强协会与会员间的沟通与交流，及时为会员提供活动、展览、交流等信息。

【人才培养】协会注重加强团队建设，培育艺术后备人才。5 月 11 日，常州文艺人才“结对传承”行动暨常州文艺战略合作签约仪式在市行政中心星聚堂举行，协会 3 位会员姚利、叶当当、徐怡结对名师。2021 年，协会共发展新会员 56 人，青少年分会发展新会员 30 人。

重要会议

【三届三次主席团及理事会议】3 月 12 日，常州市花鸟画研究会三届三次主席团及理事会议在市文联 3 楼召开。市文联副主席胡军生出席并讲话，市花鸟画研究会会长李啸东，副会长兼秘书长何钰，副会长周平、陆迅、李东波、徐思齐，协会艺委会主任杨旦等参加会议。会议学习了市文联主席舒文在市文联十一次代表大会上的工作报告（今后五年的工作思路）；审议通过了 2020 年常州市花鸟画研究会工作报告及协会 2021 年工作部署、2020 年发展的新会员情况说明、增补理事的说明及候选理事相关事项、文联师徒结对情况说明及发放结对扶持资金等情况；讨论了成立青年分会和志愿者分会相关筹备事宜。

【青少年分会二届三次理事会议】4 月 8 日，青少年分会二届三次理事会议在市文联召开。会长李晓东、副会长兼秘书长何钰等参加会议。会议由分会会长朱建新主持，审议通过了青少年分会 2020 年工作总结、2021 年工作思路及关于 2020 年发展分会新会员情况说明。

【功能型党支部第一次会议】7 月 5 日，市花鸟画研究会功能型党支部在荷花池街道玉隆花园社区活动室成立，并组织党支部第一次活动。成立大会明确了支部分工并建支部微信群，统筹协调布置工作，制定协会功能型党支部组织活动制度。市花鸟画协会主席李啸东、周平、姚利参加该次活动，传达了由市文联举办的常州文艺界党史学习教育报告会相关实况和会议精神，带领协会党员们不断挖掘和汲取党史中的智慧、力量，弘扬、传承与“常州三杰”革命精神，以高度的政治责任感和严肃认真的态度做好协会工作。

【三届四次主席团会议】11月25日，三届四次主席团会议在新区培艺堂美术馆召开。会议上学习党史、党的十九届六中全会精神，总结了花鸟画研究会2021年协会工作并协商2022年工作计划，要求秘书长联席工作组起草总结及计划。协会主席团成员李啸东、何钰、周平、陆迅、李东坡、徐恩齐，监事陈瑜和常州市花鸟画协会艺术专委会主任杨旦与培艺堂美术馆馆长孙曙光作了工作交流。李啸东与孙曙光一起为常州市花鸟画研究会创作基地揭牌。

【三届四次理事会】12月7日，三届四次理事会召开。会议学习百年党史，坚持以习近平新时代中国特色社会主义思想为指导，持续深入学习党的十九届六中全会精神，坚定历史自信，汇聚时代力量，激励协会成员满怀信心奋进新征程、建功新时代，讲好常州故事，推动常州文艺事业高质量发展。会中报告2021年协会工作成绩及花鸟画研究会2021年工作总结及2022年工作思路。

【功能型党支部第三次会议】12月8日，市花鸟画研究会开展功能型党支部第三次活动，李啸东、周平、姚利参加活动。党支部围绕吴政隆在江苏省第十四次党代会的报告、中共常州市委十三届会议精神、《中共中央关于党的百年奋斗重大成就和历史经验的决议》展开学习。学史明理，学史增信，学史崇德，学史力行，不断提升政治觉悟，用党史中的智慧和力量引领自身言行；在协会中承担党员应有的责任和先锋作用，在艺术领域进行创新发展，守正为先，开新为要。

【三届六次主席团会议】12月30日，三届六次主席团会议召开。会议传达了市文联关于“2021年度全市文艺家协会考核办法”的考核评比文件，主席团对秘书长联席工作组提出要求：要认真总结2021年协会工作；整理收集协会会议、活动等资料并成册；2022年协会日常工作要做到及时、全面。协会响应市文联“爱心倡议”提议，经主席团商议并统一思想，在理事范围内发起倡议，并由协会秘书长联席工作组组织开展。

重要活动

【“墨染春色”常州市花鸟画研究会理事作品展】为抓好常态化疫情防控，加强春节期间举办文艺活动的统筹协调和从严把关。第六届“文化点亮生活”之“墨染春色”常州市花鸟画研究会理事作品展于1月29日在线上展出，作品均为协会理事新作，风格各异，从中可以感受到画家在创作中对传统花鸟画的传承与创新。

【“不忘初心，劳动光荣”书画作品展】4月3日，由市总工会主办、市花鸟画研究会协办的“不忘初心，劳动光荣”书画作品展在刘海粟美术馆举办。作品展旨在认真贯彻落实习近平新时代中国特色社会主义思想，大力弘扬劳模精神、劳动精神、工匠精神，繁荣兴旺职工文化，协会会员共96件作品入选。

【“锦绣年华”常州市花鸟画研究会作品展】6月24日，庆祝中国共产党成立100周年“锦绣年华”常州市花鸟画研究会作品展在西太湖美术馆开幕。常州市委常委原宣传部部长、市花鸟画研究会顾问张晓霞，常州市政协原副主席、市政协书画社主任朱剑伟，江苏省花鸟画研究会会长、江苏省美术馆原副馆长赵治平，市文联党组书记、主席舒文，市文联副主席胡军生，市政协文教卫体委副主任、市书协副主席张泽江，市美协副主席、秘书长张冬桥，市美协副主席、市花鸟画研究会会长李啸东，市弘扬燃气报警安防有限公司董事长、市花鸟画研究会名誉会长孙苏宏出席开幕式。展览集中展出了协会会员 138 幅精品力作。

【“启航”庆祝中国共产党成立一百周年书画展】7 月 18 日，由邹区镇政府主办、市花鸟画研究会协办的“启航”庆祝中国共产党成立一百周年书画展在邹区镇光盈睦邻中心展出。展览紧紧围绕庆祝中国共产党成立 100 周年这一主题，百幅作品各展所长、各具特色，涵盖了书法、山水、花鸟、人物，共展出协会会员作品 97 幅。

【“启航”常州市花鸟画研究会青少年分会会员作品展】8 月 26 日，由市花鸟画研究会主办的“启航”常州市花鸟画研究会青少年分会会员作品展在吴青霞艺术院举行，共 325 件作品参展。

【“笔染芳华”常州市花鸟画研究会青年会员作品展】9 月 4 日，“笔染芳华”常州市花鸟画研究会青年会员作品展在吴青霞艺术院举行，入选作品 58 件。展画聚焦中国共产党成立 100 周年主题，坚持以人民为中心的创作导向，展出具有时代特征、追求真善美、传递正能量的花鸟画作品。4 日上午，协会组织开展了青年会员作品研讨会，协会艺委会对青年会员的参展作品进行评讲，研讨花鸟画的传承、发展和创新。

文艺创作

【张棠花鸟画作品展】7 月 18 日，会员张棠在和平假日酒店举办“张棠花鸟画作品展”，80 岁高龄，80 件作品，展现了张棠个人的艺术魅力。

【《国画技法·写意花鸟草虫卷》出版】8 月，会员陆迅出版《国画技法·写意花鸟草虫卷》。图书介绍了写意画的基础知识，介绍了写意画中常见花卉、禽鸟、草虫的画法，还有花鸟画中常见的幅式及多种构图方式。

2021 年度常州市花鸟画研究会优秀成果一览表

表 12

艺术门类	获奖作品名称	奖　项	获奖者
美术	《春和景明》	入选“百花向阳”2021 全国花鸟画作品展	刘琴芳
美术	《生生不息》	2021“万年浦江”全国中国画展收藏作品	刘琴芳
美术	《高竹清韵》	入选“伯年国艺”全国中国画（手卷）展	刘琴芳
美术	《我和我的小红伞》	入选“第二届全国动漫美术作品展”	夏瑜卿
美术	《如也》	2021 江苏省青年美术家协会新人展新人奖	徐怡

常州市诗词协会

综述

【概况】2021年是中国共产党的百年华诞，常州市诗词协会在中共常州市委宣传部和市文联党组的领导下，在江苏省诗协的关心、支持下，认真学习贯彻习近平总书记系列重要讲话和关于文艺工作的论述以及党的十九届六中全会精神，强化思想引领，切实履行职能，以传承弘扬中华优秀传统文化为己任，带动协会各项工作有序发展。

【理论学习】常州诗词协会在2021年共举办社课3次，分别由杨煜、陆平、偰帆3位诗词创作骨干主讲。同时各诗词小组也定期举行诗词交流活动，分别以作业、同题创作、作品相互点评等方式，促进提高创作水平。另外，还充分利用网络的便捷功能，通过微信群，不定期转发网络学习课件。

重要会议

【省诗词协会五届三次理事会】3月29日，江苏省诗词协会六届三次、毛泽东诗词研究会五届三次理事会暨省市诗词协会会长联席会议在南京召开。江苏省诗词协会会长蒋定之出席会议，并代表理事会报告了2020年主要工作及2021年主要任务。常州市诗词协会主席李沛然及部分理事参会。会议由常务副会长盛克勤主持，副会长江建平、丁捷、徐崇先、子川和秘书长刘中等省诗协领导参加会议。江苏省委常委、宣传部部长张爱军对会议作出批示，指出，省诗词协会换届以来，深刻领会、切实把握习近平新时代文化思想，紧紧围绕党委、政府中心工作，聚焦服务经济社会发展大局，创新平台载体发展有为，推进诗教、诗研、诗会活动有序，支持市县诗协工作有力，协会内部的制度化建设与规范化管理有效，成绩有目共睹。2021年是中国共产党成立100周年，是“十四五”规划开局之年，希望省诗词协会深入学习贯彻习近平总书记关于文化文艺工作的重要论述，始终坚定政治方向，提高政治站位，以更高的政治标准、更鲜明的人民立场、更高雅的艺术品位，抓好创作、搞好传播、带好队伍，为巩固江苏省诗词大省地位，服务“强富美高”新江苏建设继续作出新的更大贡献。

重要活动

【西江月·建源填词大赛】诗词创作当与鲜活的社会生活相结合。2021年4月5日，常州市诗词协会与建源房产公司联合举办了“西江月·建源填词大赛”，共收到投稿127首，其中84首入围。比赛评选出刘毅、施国鸣、吴宏伟等一、二、三等奖。常州词派在文化史上有着重要的地位，该次以填词（西江月词牌）为切入点，壮写西太湖之美，以人与自然为主题，讴歌常州市民的幸福生活。大赛也是对常州诗词原创队伍的一次检阅。

【“百人百诗颂”书法展】6月19日上午，近三百名诗词家、书法家齐聚常州市画院美术馆，参加由常州市诗词协会和常州市公务员书法家协会主办的“百人百诗颂”书法展开幕式。

出席活动的领导有常州市政协主席、常州市公务员书协名誉主席白云萍，市公务员书协主席居丽琴，市公务员书协名誉主席张力航、朱剑伟等。

【“诗书联袂　百年讴歌”庆祝中国共产党成立100周年江苏诗词书法展巡展】由江苏省党建学会、江苏省诗词协会、江苏省书法家协会联合主办的“诗书联袂　百年讴歌”庆祝中国共产党成立100周年江苏诗词书法展巡展（常州站）于2021年5月19日上午在江苏省美术馆隆重开展。活动全省共收到庆祝党的百年诞辰格律诗词作品近万首，经过层层评选后，共推荐作品100余首（其中常州市李沛然等人的6首作品入选），由书法家精心创作，写成书法作品入展。“七一”期间，“诗书联袂　百年讴歌”活动还分别在常州、南通等地举办了巡展。

【“不忘初心、牢记使命”喜迎建党日庆祝活动】5月30日，常州诗词协会在市文联3楼会议厅举办“不忘初心、牢记使命”喜迎建党日庆祝活动，通过古典诗词吟诵、现代诗朗诵及歌舞表演等形式，喜迎建党日。参加活动的皆为常州市诗协会员，常州市诗协主席李沛然以一曲《我的中国心》拉开活动序幕，会员们分别以纪念瞿秋白、讴歌新时代、诵读毛泽东主席诗词等节目，回顾百年风云，展望美好未来。

诗词创作

【《江海诗词》刊登优秀作品】5月，在省诗词协会主办的刊物《江海诗词》2021年第3期“地方吟坛”栏目上，刊登了协会会员歌颂常州的优秀作品60首。

【省诗词协会公众号上刊发诗词作品】10月29日，在省诗词协会的“江海诗词”公众号上刊登《百年风华·诗映初心——常州市诗词协会庆祝建党百年诗词选辑》，共收录82首歌颂建党伟业的诗词作品。

【创作抗疫作品】11月，常州疫情防控期间，诗社网络组创作40余首抗疫作品。

【“中华诗词”网站发表诗作】2021年初，“中华诗词”网站复站后，常州“舣舟诗社”栏目恢复网上交流平台，共发诗词作品747首，其中28首被列入精品推荐。

【出版《舣舟诗荟》增刊等书籍】2021年，按计划出版了《舣舟诗荟》增刊第85~88期，《舣舟诗荟》年刊第36辑。相继出版的还有武进南风词社的《诗韵雪堰》、天目湖诗社的《寸草春晖满金濑》、横林镇诗词协会的《槐苑诗稿》第24辑。协会会员姚树元的《散逸余音》（己亥卷上下集、庚子卷上下集）、翟建刚的《诗林足音》、狄平康的《燕山诗韵》等个人诗集也先后出版。

常州市文艺评论家协会

综述

【概况】2021年，常州市文艺评论家协会在常州市文联党组的坚强领导和大力支持下，紧紧围绕全市中心工作，全面贯彻、落实常州市第十一次文代会精神和市评协二届二次理事会所确定的各项重点工作；在市文联的统一部署下，积极组织全体会员开展党史学习教育活动，以文艺为武器积极参与抗击新冠肺炎疫情的斗争，采用线上线下相结合的形式组织会员学习习近平总书记在庆祝中国共产党成立100周年大会上的重要讲话和中共十九届六中全会精神，以及习近平总书记在中国文联第十一次、中国作协第十次全国代表大会上的重要讲话；积极开拓新思路，努力构建新格局，组织会员开展了一系列有特色、有成效、有影响的工作，在理论研究、文艺评论、以理论指导文艺创作实践以及人才培养、协会建设、文化惠民等方面均取得了可喜的成绩，有力地推动了常州文艺评论事业和文艺创作的繁荣与发展。

【会员发展】2020—2021年度，经市评协推荐，谢燕红等13人被批准加入江苏省文艺评论家协会。市评协中省级会员达到了27名，较原先增加了将近一倍。2021年度，市评协发展新会员27名。

【健全协会档案】分别建立了会员花名册、会员通信联系簿、协会大事记、会员学术成果统计册、协会荣誉册、活动照片图录等，不断规范和完善协会档案资料。

【筹建评协专业委员会】根据评协的特点和实际状况，从实际出发计划筹建文学、美术和舞台艺术3个专委会。同时筹划加强协会功能性党支部建设和建立评协青年分会、评协志愿者分会的章程与组织架构。

【人才培养】2021年11月2日—5日，市评协副秘书长、青年评论骨干吴彦颐应邀参加在安徽合肥举行的“首届长三角暨安徽省第六届中青年文艺评论家高级研修班”活动，与苏皖两省青年文艺评论家进行了广泛学习交流。

重要会议

【二届三次理事会】2021年5月10日，常州市评协二届三次理事会在常州环太湖艺术城召开，评协主席团全体成员和部分理事与会，市文联党组书记、主席舒文参加会议。主席团审议并批准了周佳怡等27人加入市评协的申请，理事会表决增补刘兴尧、吴彦颐为市评协理事，并聘吴彦颐为市评协副秘书长。会议还就建立评协专业委员会、设立常州市青果文艺评论奖等事项进行了商讨。市文联主席舒文对评协工作提了三点希望：要进一步加强协会建设，主席团和理事会要带领全体会员积极开展活动，让协会生动活泼起来，加强凝聚力、向心力和战斗力；要壮大评协队伍，发现并培养青年人才，让文艺评论事业实现可持续发展；要积极参与各文艺家协会的重要活动，当好常州文艺创作的理论指导和引领者，积极参与并冲刺全国和全省重大文艺评论奖项，为推动常州文艺事业的繁荣发展贡献力量。市评协主席盛克俭作了总结讲话，要求全体理事在文联党组的领导与指导下，不断加强协会的各项建设，使协会工作更上一层楼。市评协副主席兼秘书长蒋和鸣主持了会议。

【二届四次理事会】2021 年 12 月 18 日，在常州米码头文化创意街区召开了市评协二届四次理事会，评协主席团全体成员和部分理事参加了会议。会议首先学习了习近平总书记在中国文联第十一次、中国作协第十次全国代表大会上的重要讲话和习近平总书记有关文艺评论工作的系列讲话，进一步领会讲话的精神实质，明确评协工作的方向和宗旨。会议审议并通过了市评协《2021 年度工作总结和 2022 年度工作打算》，通报了市评协送报《中国评协“啄木鸟杯”2021 年度推优活动》和“紫金杯”“首届江苏文艺大奖·文艺评论奖”的情况，并对市文联 2021 年度协会考核工作安排以及所涉及的项目进行了商议与布置。市评协主席盛克俭作了总结讲话，副主席兼秘书长蒋和鸣主持会议。

重要活动

【市文联第十一次代表大会召开】1 月 9 日，常州市文学艺术界联合会第十一次代表大会在市行政中心龙城大厅举行。市评协代表盛克俭、蒋和鸣、陆克寒、倪露江、杨东建、吴彦颐、谢燕红参加了大会。经大会选举，陆克寒当选为副主席，盛克俭、蒋和鸣当选为全委会委员。

【省文艺评论家协会四届二次理事（扩大）会暨江苏文艺评论骨干高级研修班召开】5 月 7 日—8 日，江苏省文艺评论家协会四届二次理事（扩大）会暨江苏文艺评论骨干高级研修班在徐州召开，省评协理事蒋和鸣、陆克寒和市评协骨干窦修林、万叶参加了研修班。

【文艺人才“结对传承”行动】5 月 11 日，“常州文艺人才‘结对传承’行动暨常州文艺战略合作签约仪式”在市行政中心星聚堂举行。市评协青年骨干吴彦颐、杨东建分别成功结对国家级名师叶培贵和省级名师叶康宁。

【首届文艺评论家学术提名展】5 月 30 日，《文墨·写心——常州市首届文艺评论家学术提名展（中国画、书法）》在市文联文艺家之家展厅开幕。展览以文艺评论家学术提名的方式，以文艺评论引领文艺创作多元探索、健康发展的高标准，在全市范围遴选提名了 8 位与改革开放同龄的“80 后”青年书画家，按中国画、书法篆刻等不同艺术门类，以群体亮相的形式呈现和检阅常州新生代书画创作中坚的艺术风貌、观看视角、精神旨趣与学术态度。

【第十七期文艺家读书班】12 月 23 日，由常州市文联主办的第十七期文艺家读书班暨第六期青年文艺家读书班在市委党校举办。蒋和鸣、倪露江、吴彦颐作为评协代表参加了读书班活动。

文艺创作成果

【获奖情况】2021 年 5 月起，市评协在江苏省评协的指导下开始精心组织会员申报由中国文联、中国文艺评论家协会主办的“啄木鸟杯”中国文艺评论年度推优活动。市评协一方面鼓励骨干会员积极申报，另一方面与有关方面主动沟通，为顺利申报尽最大努力。2021年12月评优最终揭晓，市评协副秘书长、常州大学教师吴彦颐撰写的《中国当代美术批评的理念更新与理性重建》获得第六届“啄木鸟杯”中国文艺评论年度推优长篇评论奖。这也是市评协会员第二次获得全国文艺评论最高奖项。

2021年9月，市评协积极响应江苏省文联、江苏省评协的通知精神，广泛发动并积极组织广大会员申报“首届江苏省文艺大奖·文艺评论奖”，并根据省评协的要求成立了送审初评小组，对送报的各类评论作品进行了严格的初评，共有11篇作品送省参评。最终，市评协副秘书长吴彦颐的《中国当代美术批评的理念更新与理性重建》获得了“江苏省文艺大奖·首届文艺评论奖（文章类）”。

【著作出版、论文发表】12月28日，由蒋和鸣著、上海书画出版社出版的人物史学研究专著《龙城女史——吴青霞》首发式在常州吴青霞艺术院举行。市政协原副主席朱剑伟，市社科联主席蒋顺青，市文广旅局副局长石小东，市档案馆副馆长张步东及来自常州工学院、常州大学、江苏理工学院、常州博物馆、常州图书馆、刘海粟美术馆、武进图书馆、武进书画院、常州画院的领导嘉宾、书画家、艺术收藏家、爱好者50多人参加了首发式及赠书仪式。市美协主席、常州画院院长吴鸣主持活动，市文广旅局副局长石小东致贺词，常州画院副院长严卫众介绍了该书的编辑出版经过。最后，作者蒋和鸣作了题为“从名门闺秀到丹青大家——吴青霞艺术人生的启示”的学术讲座。

2021年度，市评协会员出版专著6部，其中周俊炜的《恽南田》（中国美术学院出版社出版）、张乃英的《一路芬芬》（团结出版社出版）、蒋和鸣的《龙城女史——吴青霞》（上海书画出版社出版）分别举行了首发式。

2021年度，市评协会员在省级以上刊物发表各类学术论文、文艺评论作品51篇，其中朱亮亮的论文《常州大运河文虎创意街区创建构想与实践研究》《国际标准与大众传播——30年来中国艺术节美术展览综述与思考》分别获江苏省哲学社会科学界第十四届学术大会优秀论文一等奖、2021年度江苏省高校哲学社会科学成果三等奖。

文艺交流

【“生命的华章——蒲国昌巨幅新作展”学术研讨会】3月5日下午，应金陵美术馆邀请，评协副主席兼秘书长蒋和鸣赴南京参加“生命的华章——蒲国昌巨幅新作展”学术研讨会。来自北京、江苏、贵州和德国的20多位中外美术理论家与会。

【“当下中国画创作现状与常州中国画创作”学术讲座】3月11日，应武进书画院邀请，市评协副主席兼秘书长蒋和鸣为武进区书画创作骨干作了题为“当下中国画创作现状与常州中国画创作”的学术讲座。

【“常州中国画传统与当下常州中国画创作”的专题讲座】5月30日下午，应江苏环太湖艺术大讲堂的邀请，市评协副主席兼秘书长蒋和鸣在环太湖文化艺术城展览馆二层本π艺术空间作了题为“常州中国画传统与当下常州中国画创作”的专题讲座，文化艺术界朋友200余人分别采取现场聆听或视频观看的形式听取了讲座。

【“百年辉煌　行走江南”——新吴门美术作品走四方特展（常州站）活动举行】6月10日，应苏州市文联、苏州市美协的邀请，市评协副主席兼秘书长蒋和鸣出席了在常州美术馆举办的“百年辉煌 行走江南”——新吴门美术作品走四方特展（常州站）活动，并主持了“传承有序 守正创新”艺术研讨会。参加研讨会的苏州、常州两市30余位美术家、美术理论家在近3个小时的时间里进行了广泛而深入的研讨。

文艺惠民

【举办文艺讲座、常州人文及红色英模事迹讲座】 2021年度，市评协克服新冠疫情的影响，先后有近20名会员在街道社区、大中小学校、社会文化机构、图书馆、美术馆等场所举行了近30场次的文学艺术、常州人文及红色英模事迹讲座。其中，纪玲妹、陆克寒、蒋和鸣、赵贤德、张乃英、周俊炜、朱亮亮、刘德龙、何卫平、窦修林等骨干会员的讲座深受社会各界的好评。

【为社区群众和企业员工书写春联】 12月，薛金炜、芮新丰、刘德龙等会员为社区群众和企业员工义务书写春联300余副。

2021年度常州市文艺评论家协会优秀成果一览表

表13

艺术门类	获奖作品名称	奖 项	获奖者
文艺评论	《中国当代美术批评的理念更新与理性重建》	第六届“啄木鸟杯”中国文艺评论年度推优长篇评论奖	吴彦颐
文艺评论	《中国当代美术批评的理念更新与理性重建》	首届江苏省文艺大奖·文艺评论奖	吴彦颐

辖市区文联

溧阳市文学艺术界联合会

综述

【概况】2021 年，溧阳市广大文艺工作者深入生活、扎根人民，自觉承担起推动溧阳文艺发展的历史使命，主题活动不断创新，优秀作品不断涌现，文艺队伍不断壮大，人文环境不断优化，有力地推进了溧阳全市文艺事业的繁荣发展。

【自身建设】2021 年，溧阳市文联接受政治监督，配合巡视巡察。在巡视组反馈巡视问题清单后，查漏补缺、制定整改措施，进行全面深入的整改。通过巡察整改，有助于溧阳市文联更加准确理解党中央关于党要管党、从严治党新要求，把巡察工作的成效体现在文联机关工作成效上，有助于正视和改进工作中存在的问题和不足。切实加强自身建设，及时组织传达学习贯彻习近平新时代中国特色社会主义思想和习近平总书记在庆祝中国共产党成立 100 周年大会上的重要讲话精神，深入开展党史学习教育、“我为群众办实事”、作风建设“三效三提”专项行动，依托“学习强国”学习平台，营造全体党员干部比学赶超的浓厚氛围。落实中央八项规定和省委、市委十项规定及“一学习两整治”要求，继续深化“不忘初心、牢记使命”主题教育学习，进一步增强责任意识、服务意识。牢牢把握意识形态主阵地，加强意识形态领导、筑牢思想防线阵地，切实做好各协会的思想政治工作。通过经常性地走访、调研、座谈等，加强与下属协会的联系，深入了解文艺界的思想动态和信息。利用代表大会、理事会、赛事活动等场合，及时传达上级关于意识形态工作的决策部署及指示要求，组织丰富多样的正面宣传。

【协会交流】为宣传城市形象、扩大对外交流，溧阳市文联与兄弟文联积极为下属协会搭建平台，开展工作互访与交流，通过共建共享、优势互补，推进两地的群众文化建设与发展。溧阳市书法家协会刻字分会到宜兴、仪征等地举办了书法刻字巡回展。溧阳市摄影家协会和宜兴以及浙江的安吉、长兴，安徽的广德、郎溪联合办展并缔结长三角一地六县友好协会。溧阳市音乐家协会邀请江苏省音乐文学学会到溧阳，在新四军江南指挥部纪念馆进行“红色之旅”采风创作。溧阳市民间文艺家协会组织会员赴湖北恩施、苏州、镇江、广德等地考察调研民俗文化。

重要会议

【党史学习教育宣讲会】为深入推进党史学习教育，紧紧围绕“学史明理、学史增信、学史崇德、学史力行”的目标要求，溧阳市文联于 5 月 20 日召开了文联系统党史学习教育宣讲大会。宣讲会由溧阳市文联主席芮振华主讲，九大协会 100 余人参与学习。

【主席团会议】11月12日，溧阳市文联主席团会议在溧城镇八字桥读书台召开。会议由溧阳市文联主席沈佳宾主持，各协会主席从开展活动、精品创作、组织建设等方面，对2022年协会工作打算作交流发言。

重要活动

【摄影发现中国·溧阳生态摄影大展暨创建“中国摄影之乡”】为提升溧阳城市文化内涵，扩大溧阳的影响力，吸引全国各地摄影爱好者到溧阳采风，中国摄影家协会和溧阳市政府联合举办了摄影发现中国·溧阳生态摄影大展暨创建“中国摄影之乡”活动。大赛得到了中国摄影家协会领导和专家的高度重视，同时也得到全国摄影爱好者的广泛关注和参与。《中国摄影报》、中国摄影家协会网站等20家国家级媒体对活动进行了宣传报道。最终选取佳作110幅结集出版了画册《你的样子》，从不同的立意视角和艺术取镜，生动反映了溧阳生态立市、生态创新的先进理念，反映了经济社会发展过程中生态优先的工作实践，反映了城乡面貌的沧桑巨变和江南福地的秀山丽水。

【庆祝中国共产党成立100周年系列文艺活动】为庆祝中国共产党成立100周年，溧阳市文联组织下属各文艺家协会开展了丰富多彩的文艺活动。作家协会开展了“我心永向党　奋斗新征程”征文暨朗诵会活动；书法家协会开展了“书伟人诗词　颂初心力量”庆祝中国共产党百年华诞书法小品邀请展、“峥嵘岁月　辉煌百年”——溧阳市百件书法作品献礼展、庆祝中国共产党成立100周年——溧阳市少儿书法作品展等活动；溧阳市音乐家协会举办了“唱支山歌给党听”庆祝中国共产党建党100周年音乐会；溧阳市舞蹈家协会举办了气势磅礴、极具震撼力的“红船·摇篮——庆祝建党100周年”大型原创舞剧展演、建党100周年第三届青少年艺术节等；溧阳市戏剧家协会开展了“永远跟党走”建党100周年梨园筑梦专场演出等活动。

【“国庆七天·美音相伴”溧阳精品文艺会演活动】为进一步贯彻落实市委党史学习教育有关精神，推动“我为群众办实事”走深走实，由溧阳市委宣传部主办、溧阳市文联等单位承办了“国庆七天•美音相伴”溧阳精品文艺会演活动。演出分戏曲、舞蹈、歌唱表演等7个专场，许多节目是常州市当地艺术家近两年来原创的优秀作品，既有地方特色、又具时代特征，许多作品曾获省和国家级奖项，体现了较高的艺术水准。通过歌舞、戏曲等文艺的形式宣传党史知识、传递红色文化、赓续革命精神，唱响爱党爱国爱社会主义的主旋律，既让广大市民朋友在“家门口”免费观赏高品质的视觉盛宴，又把党史学习送到广大百姓身边。

文艺创作

【文学创作成果】溧阳市作家协会徐云峰出版了《梅岭玉的传说》。该书是一部传奇小说，以梅岭和梅岭玉为背景，讲述了远古时期一位部落少年历经磨难最终成王的故事。同时，蒋保林还出版了散文集《岁月有痕》等作品。

【书法创作成果】溧阳市书法家协会饶金龙作品入展中国书法年展行草展、篆隶展；彭衷作品入展中国书法年展正书展；张丽萍作品入展江苏省第七届刻字艺术展（优秀奖）、江苏省第三届妇女书法篆刻作品展（优秀奖）、常州市主题创作书法展（金奖）、上海市第十届书法篆刻作品展；黄晖作品入展常州市主题创作书法展（金奖）；匡鹏作品入展常州市主题创作书法展（金奖提名奖）；杨涵之、杨博淼、朱选、姜进富入展江苏省第七届刻字艺术展。

【美术创作成果】溧阳市美术家协会程安中作品入选由中国美协主办的“重温经典”第五届娄东（太仓）全国山水画作品双年展；刘琴芳作品分别入选由中国美协举办的“百花向阳——2021 全国花鸟画作品展”、2021“万年浦江”全国中国画（册页）、“伯年国艺”全国中国画（手卷）写意作品展；史姣靓作品入选由中国美协主办的第三届“泾上丹青”——全国中国画作品展；卢忠免作品入选由中国美协主办的“第十届全国（大芬）中青年油画展”；刘琴芳作品获第二届常州“恽南田”美术奖，程安中、潘宏光、史姣靓入选第二届常州“恽南田”美术奖。

【音乐创作成果】溧阳市音乐家协会刘锋在“2021 江苏企业职工歌曲舞蹈展演大赛”中获演唱一等奖；潘振新作曲、冯小琴演唱的《把梦串起来》，以及潘振新作曲、胡昊丞等人演唱的《一号公路旅行曲》，分获“2021 江苏企业职工歌曲舞蹈展演大赛”演唱一、二等奖；潘振新创作的歌曲《最美是你》《幸福不会延期》在国家一级刊物《歌曲》杂志发表。

【舞蹈创作成果】溧阳市舞蹈家协会选送的作品参加江苏省电视台“百花向阳　童心向党”——“六一”少儿才艺大赛，多个原创舞剧分获特等奖、一等奖和二等奖。

【摄影创作成果】溧阳市摄影家协会王晓云、车保华、蒋爱珍等 24 人，在中国摄影家协会主办的“摄影发现中国·溧阳生态摄影大展”中共有 39 幅作品入选；王晓云、车保华的作品入选“百年光影　红色记忆”庆祝建党 100 周年江苏摄影作品展；韩福珍的作品《传统制伞》获“一带一路大联盟”国际金奖。

【民间文艺创作成果】2021 年，溧阳市民间文艺家协会成立了市民间文艺家协会工艺美术分会、孙建平工作室。

【《百家讲坛·今古话溧阳》】邓超、胡星、葛亚东等人参加央视科教频道《百家讲坛·今古话溧阳》的录制，从 4 月 7 日—9 日，该节目在央视科教频道中午 12 点连续播出。《今古话溧阳》系列节目以“传统文化、核心价值观的当代价值”为主题，打造“古与今、艺与理、知与行、雅与俗”相统一的创新模式。系列节目每集 40 分钟，分为 4 个板块——说古、鉴古、说今、论今。其中说古、鉴古分别通过讲述历史故事、古老器物诠释城市精神；说今体现了古老文化与城市精神在当代的延续；论今则将溧阳的城市精神放大到全国的视野，点染主题，达到可看性和思想性的统一。

【江苏省群众文化“百千万”工程优秀文艺骨干葛亚东】为加强群众文化工作，推动乡村文化振兴，江苏省委宣传部、省文明办、省文化和旅游厅、省文联组织群众文化“百千万”工程推选认定工作，意在选拔培育一批优秀群文活动品牌、优秀群文团队、优秀群文骨干。葛亚东获江苏省群众文化“百千万”工程优秀文艺骨干荣誉称号。

【影视创作成果】10 月，溧阳市影视家协会创编的《小小国家队》获常州市优秀精神文化产品创作扶持项目。该广播剧取材于溧阳市马垫小学外来务工人员子弟组成篮球队的故事。

金坛区文学艺术界联合会

综述

【**概况**】金坛区文学艺术界联合会（以下简称“区文联”）现有8个文艺家协会、协会会员1600多名。金坛区文联围绕区委、区政府的中心工作，结合庆祝建党100周年，组织各文艺家协会开展主题文艺活动，并举办文化惠民实践30余场次，各类文艺培训讲座20余次，被评为2021年常州市文化科技卫生“三下乡”活动先进集体。全区作家、书法、美术、摄影家等协会共有百余件作品在国家级、省级、市级展出或获奖。

【**人才培养**】截至2021年，区文联现有国家级会员51人、省级203人。金坛区作协新增加国家级会员1名：李永兵，省级会员4名：王群、褚婷、王京、顾锁英，市级会员3名：谢丽霞、盛杰、徐锁平。区作协中国作家协会会员共计6名，江苏省作协会员共计35人，常州市作协会员共计70人。区书协新增加国家级会员1名：李建勋，省级会员3名：陆小斌、胡珊、陈吟秋。区美协新增加国家级会员1名：王爱俊，省级会员2名：蔡群、耿慧红。区摄协新加入省级会员1名：许缘。区音协新增省级会员2人：冯俊翔、李沁培。区民间文艺家协会新增国家级会员3名：徐书翔、姚汝明、刘国红，共有国家级会员8人，省级会员17人。

重要会议

【**文艺家协会主席培训班**】4月，在金坛区委党校举办“学党史、强信念、跟党走”文艺家协会主席培训班，区文联八大协会主席、文艺骨干和文艺干部70多人参加培训。

【**区文联主席团（扩大）会议**】12月27日下午，区文联召开主席团（扩大）会议。区文联全体主席，各协会主席，教育局和文广体旅局相关科室负责人，文联机关工作人员参加会议。会议传达学习习近平总书记在中国文联十一大、中国作协十大开幕式上的重要讲话，并研究谋划2022年区文联重点工作。

重要活动

【**全国文学内刊联盟会议**】5月12日，由中国作家出版集团、中国作协社联部主办的全国文学内刊联盟会议在北京召开。金坛区文联《洮湖》杂志被聘任为19家理事单位之一，是江苏唯一的一家。作为文联机关文学内刊，《洮湖》杂志是江苏省二十强文学内刊之一，主编葛安荣是江苏省十佳优秀编辑。葛安荣撰写的办刊经验《内外融合求生存，坚守品位找位置》在大会交流。

【**葛安荣小说创作研讨会**】5月14日—16日，由江苏省作家协会、金坛区委宣传部主办的“葛安荣小说创作研讨会”在金坛园林大酒店举行，汪国真、贾梦玮、范小青、储福金等 40 多名省内外作家参加研讨交流。会上，来自全国各地的 20 多位小说作家及文学期刊编辑，围绕葛安荣近 40 年小说创作的语言风格、人物塑造、故事情节等方面各抒己见。

【佛教界“庆祝建党 100 周年书画展”】6 月 3 日上午，金坛区佛教界“庆祝建党 100 周年书画展”作品评选暨展览工作筹备会在弥陀寺召开，活动由区佛教协会、区书协、区美协共同主办。此次书画作品征集活动共收到 150 幅书法作品、80 幅绘画作品。最终评出入选书法作品 133 幅，入选绘画作品 60 幅，其中，入展书法作品 105 幅，入展绘画作品 39 幅。7 月 10 日，金坛区佛教协会庆祝中国共产党成立100周年书画展开幕式在区博物馆隆重举行，书画展以“翰墨柔情　感念党恩”为主题。开幕式由区佛教协会会长光超主持，省佛教协会副会长、常州市佛教协会会长廓尘为活动开示，金坛区副区长朱霞为开幕式致辞。

【“6·5”环境日专场文艺晚会】2021 年“6·5”环境日主题为“人与自然和谐共生”，旨在进一步唤醒全社会生物多样性保护的意识，牢固树立尊重自然、顺应自然、保护自然的理念，建设人与自然和谐共生的美丽家园。6 月 4 日晚，为营造全社会关注、支持和参与生态环境保护的良好氛围，坚定深入打好污染防治攻坚战的信心和决心，凝聚建设人与自然和谐共生美丽家园的共识和力量，一台形式多样、寓意深刻的“绿水青山和谐家园”“6·5”环境日专场文艺晚会在金坛金沙广场举行。常州市生态环境局党组副书记、副局长周忠华出席活动，常州市金坛区副区长周文俊致辞。

【“百年担当　光耀金坛”美术、书法主题创作展】9 月 16 日，区文联组织书画家精心创作出了 100 余幅书画精品，以书画展的形式来描绘中国共产党的光辉历程，礼赞中国共产党的丰功伟绩，充分反映了金坛区书画家以党史感悟初心、以笔墨渲染时代的家国情怀。

【文学主题创作培训班】10 月 26 日，由金坛区作家协会、《洮湖》编辑部联合举办的主题创作培训班在《洮湖》编辑部开班，区作协主席韩献忠主持开班仪式。创作培训班特邀请江苏省作家协会联络部主任、江苏省网络作家协会副主席吴正峻和《江苏作家》杂志副主编、作家、第七届省紫金山文学奖获得者胡竞舟授课。《洮湖》杂志主编葛安荣做开班动员，区作家协会理事、《洮湖》杂志部分骨干作者和采编人员参加活动。其间，大家就各自文学创作中遇到的问题进行了提问。

【“名家聚金沙　翰墨颂党恩”当代中国画名家作品邀请展】通过江苏中国画“十三太保”名家走进金坛，让江苏中国画名家用手中的画笔描绘金坛绿色生态环境和自然美景，讲好金坛新时代的人文故事。10 月 29 日上午，在区博物馆展出书画作品 100 多幅，它们或写实、或写意，工笔、花鸟、人物、山水各有奇趣，创作形式丰富，立意高远。既有根据金坛区重要事件、重要人物，充分挖掘提炼的精品力作，也有建党百年重要历史时刻的形象呈现，祖国壮美河山的宏伟展示，展览时间为期 1 个月。

文艺创作

【《金坛红色名片》编辑出版】4 月 10 日，区作协首次联手政协文史委，组织 20 多位骨干会员，共同开展“走访红色土地，赓续红色基因”采写活动，采写整理地方红色故事60多篇，编印出版《金坛红色名片》一书。

【文学创作成果】葛安荣中篇小说《红鱼歌》在《钟山》杂志发表，引起反响。李永兵、于建新等人佳作不断，十多篇作品在省级以上文学大刊发表。小会员王宁靖创作的《山远成云》获江苏省赛区一等奖。邓云华、韩献忠、陆盛、顾裕铭发表在《洮湖》杂志的文章获江苏省作协内刊联盟建党百年征文二、三等奖。葛安荣、韩献忠、李永兵创作的报告文学《一支特殊的水电部队》和《大喇叭抗疫纪事》入选江苏省作协主编的《遍地英雄下夕烟——江苏省抗疫作品集》。4月24日，区作协会员褚婷新作《井蛙》分享会暨签售会在常州市半山书局举行。8月8日，第七届北大培文杯全国青少年创意写作大赛总决赛落下帷幕，区作协会员王宁婧《槛外人》获得第七届北大培文杯全国青少年创意写作大赛总决赛特等奖，为江苏省唯一特等奖获得者。

【美术创作成果】9月28日，区美协会员佘云祥个人美术作品展在金沙美术馆开幕。11月，区美协有多名会员参加“荣耀百年”——2021新常州画派学术双年展（中国画）和“辉煌历程　华彩百年——常州市庆祝建党百年主题美术创作展”两个重要展览，贺莉、刘栋、徐新华获评提名奖。

【江苏省基层作家道德建设先进个人】韩献忠获省作协2021年“江苏省基层作家道德建设先进个人”，全省首次5人，为常州市唯一。三十多年来，韩献忠先后创作300多万字、数十部作品。其中，10多部作品获国家、省、市级多类奖项。“人民是文艺创作的源头活水”，韩献忠坚持为时代歌唱，为人民发声，做到接通天线不掉线，接好地气补元气，在农村精神文明建设、促进乡村文化振兴、乡村文学事业繁荣等平凡岗位上，做出了显著成绩。

【杨兆群大师刻纸作品邀请展】12月，由金坛民协、丹阳民协共同主办的“杨兆群大师刻纸作品邀请展”在南京师范大学中北学院美术系举行。中国剪纸（金坛刻纸）是人类非物质文化遗产代表作，具有浓郁的江南地方特色和独特的艺术魅力。杨兆群是非物质文化遗产项目剪纸（金坛刻纸）国家级代表性传承人、江苏省工艺美术大师。其刻纸刀法娴熟细腻，线条内柔外刚，其作品扎根传统，同时注重将民间技艺与当代生活相结合。现场展出了百余幅丹阳和金坛两地剪刻纸艺术家的精品之作，其中展出杨兆群的刻纸作品38件（套），细腻的刻工、流畅的线条，扎根传统，锐意创新，大气磅礴，将刻纸艺术表现得淋漓尽致。

【国家级非遗项目“金坛抬阁”】“金坛抬阁”入选国务院批准公布的第二批国家级非物质文化遗产名录（2008年6月）。“金坛抬阁”是一种由若干童男童女扮演成古装戏剧人物，造型悬立于若干层四方形阁架上，在庙会出会时由众人抬着并配之于吹打器乐浩荡出行，集杂技娱乐、戏曲展演、艺术造型于一体的大型民俗活动。2021年，国家级非遗项目“金坛抬阁”在金坛区尧塘街道谢桥村参加文化和旅游部举办的非遗过大年展演录制。

武进区文学艺术界联合会

综述

【概况】2021年，武进区文联举办庆祝中国共产党成立100周年系列文艺演出活动、“红颂百年”艺术作品展、“日出阳湖”征文大赛、“笔墨芳华”——女子七人书法雅集等主题性文艺活动20场次，2万人参与。区戏剧曲艺家协会组织文化惠民、送戏下乡演出200余场，覆盖13个镇（街道）、30多个村（社区），观众20万人次。武进区文联全年编印《武进文艺》2期，作协吴亚频小说《冬日暖阳》、书协徐勇书法作品、摄协黄孝亚摄影作品等文艺作品47件获得省级及以上奖项。

重要活动

【庆祝中国共产党成立100周年“红颂百年”系列主题文艺活动】2021年，武进区文联开展庆祝中国共产党成立100周年“红颂百年”系列主题文艺活动。5月28日—30日，在新天地北广场举办“百年风华正青春”——“学党史·诵党恩·跟党走”音乐诗文朗诵会、“唱支赞歌给党听”歌舞专场演出、“梨园春色别样红”戏曲专场演出，通过朗诵、歌舞、戏曲等形式，礼赞党的生日，讲好武进故事，展现武进发展成果，汇聚起奋进新征程的磅礴力量，累计现场观众1万余人次，直播观众10余万人次。6月29日至7月7日，在常州环太湖艺术城举办“红颂百年”艺术作品展，展出175位文艺工作者作品282件，包括描绘革命圣地画作、书写领袖经典语录书法作品、记录社会发展摄影作品以及工艺美术作品，体现“红色精神”和“阳湖精神”。

【武进区第十五期文艺家读书班】为加强人才队伍建设，将读书班与实地学习相结合，5月7日—8日区文联组织文艺家100余人在理想汽车常州基地、中以常州创新园采风，参观新四军江南指挥部纪念馆，在新四军江南指挥部旧址等地开展实境学习。江苏省文联主席章剑华、原副主席徐昕分别开展“文化高原与文艺高峰”“党百年自我革命的理论与实践”专题讲座。评选出优秀文艺创作成果42件、优秀文艺工作者22人，调动全区文艺家协会和全体会员积极性、创造性。

文艺惠民

【送春联活动】2月，区文联组织开展“春天的问候”文艺惠民系列活动。2月2日上午，由武进区文联，前黄镇党委、政府联合组织的“千年杨桥　汉墨飘香”新春送春联活动在杨桥村委新书场举行。活动现场，区文联、区书协的书法家们激情挥毫，为杨桥村村民、前黄镇困难家庭以及参观前黄文体中心的群众书写春联、福字数百件，免费为群众定制新春祝福。2月6日—28日，由区文联主办，区书协、武进博物馆承办的“笔歌盛世　墨舞春风”春联展暨送春联活动在武进博物馆举办，展出武进书坛诸多优秀书法家创作的春联作品60余幅，并于2月6日上午举行送春联活动，由武进书协10余位优秀书法家现场书写新春祝福。展览作品主题突出，书体丰富，传递着和谐、共享、欢乐、家国的理念和情怀。

【“南田遗韵·阳湖情怀”迎春书画线上展】庆祝中国共产党成立100周年“南田遗韵·阳湖情怀”迎春书画线上展由武进区文联主办，恽南田书画会承办，共展出30余位作者的书画作品。参展作品题材丰富、形式多样、风格鲜明、各有情趣，笔法自然清新，立意独特鲜明，集思想性、艺术性、观赏性于一体，体现了作者对艺术孜孜不倦的追求。

【朗诵艺术公益实训班】2021年1月，在区文联、常州市吟诵艺术协会的指导下，开展“深化先锋行动，助力文明创建”新时代文明实践党员志愿服务。由区朗诵艺术协会、湖塘综合文化服务中心主办的朗诵艺术公益实训班面向全社会开始招生。3—9月，邀请赵树建、马美婷等朗诵名师为朗诵爱好者100余人开展10期朗诵培训，在咬字归音、作品解读、气息控制、情感表达等方面进行全方位辅导。12月12日，该朗诵艺术公益实训课程汇报演出在凤凰谷举行，为地方朗诵艺术繁荣发展增色添彩。

【文艺惠民基地授牌】3月12日下午，武进区文联“文艺惠民基地”在熹平美术馆授牌，区文联主席夏征征出席授牌仪式并致辞。熹平美术馆自2020年7月开馆以来，坚持“文化惠民、文化利民、文化为民”的服务宗旨，创新服务理念，完善服务格局，举办丰富的文化活动，为广大群众提供了较高质量的文化服务，不断满足人民群众的精神文化需求。

【防疫短视频作品】11月，影视家协会《夜拍御城——一起坚守，赢得胜利》防疫短视频等10余件作品点击量超10万次。

【江苏省乡土人才大师工作室】2021年7月7日，区工艺美术家协会徐文博、王明盛2个工作室入围江苏省人社厅公布的省级乡土人才大师工作室名单。徐文博为江苏省工艺美术大师、常州市留青竹刻非遗传承人、常州市工艺美术家协会副主席、武进区工艺美术家协会主席，于2018年创办徐文博留青竹刻艺术馆。王明盛为国家级非遗保护项目常州牙刻市级代表性传承人、江苏省工艺美术大师、常州市工艺美术家协会副主席兼秘书长，于2019年创办澄怀阁王明盛浅刻艺术工作室。

新北区文学艺术界联合会

综述

【概况】2021 年恰逢中国共产党百年华诞，也是“十四五”规划的开局之年。新北区文联在新北区委区政府和常州市文联的正确领导下，高扬习近平新时代中国特色社会主义思想的伟大旗帜，坚持“以人民为中心”的工作导向，狠抓“育人才、出精品”的主责主业，聚焦党的百年历史，扎根红色文化资源，关注新北区发展建设的现场，回应群众对美好生活的关切，积极开展党史学习教育、主题文艺创作、品牌文艺活动和文艺志愿服务等活动，克服新冠疫情带来的不利因素，完成有关协会重组和换届工作，组织机构进一步完善，队伍战斗力不断增强。

【思想建设】新北区文联组织各协会认真学习习近平总书记关于文艺的系列讲话精神，深刻理解新时代文艺工作者要肩负的使命担当，传承中国共产党成立 100 周年精神，从红色文化中汲取力量，不断提升个人觉悟，坚定理想信念，自觉把思想和实际行动相结合，创作出人民群众喜闻乐见的文艺作品，用作品说话，用文艺发声，响应群众呼声，交出人民满意的答卷。

【队伍建设】新北区文联始终聚焦人才培养，围绕区委、区政府的中心工作，坚持把“做人的工作”作为核心任务，最广泛地团结凝聚广大文艺工作者，为新北区文艺事业攀登新高峰提供有力的人才支撑。

新北区摄影家协会春季班为张霆“观念摄影”培训，课时 16 节，参加人次 360 余人次；秋季班为方南祺“新闻摄影中的人物与肖像”培训，课时 16 节，参加人次 320 余人次。新北区音乐舞蹈协会开展系列培训进基层活动，开展音乐、舞蹈、器乐等培训共计 60 场，1000 多名文艺爱好者参加此次培训。4 月 6 日，开展“合”聚新北“唱”响春天——文艺专家进校园活动，特别邀请中国合唱协会童声合唱委员会副主任、上海春天少年合唱团指挥徐亮亮为全区近 300 名文艺工作者授课，提升了大家的音乐专业水平和艺术修养。

新北区文联高度重视骨干成员的培养，促进队伍发展。2021 年，新北区作协杨琼、芮锦锋加入江苏省作协，许华章加入常州市作协。区戏剧曲艺协会寻找和挖掘相声、唱春等曲艺方面的人才，并以此为突破口，落实创作和演出任务，肖向阳、阵炜创作的红色题材相声《中国时尚范儿》《谁是大英雄》等作品在“常州相声会”、奔牛史陈家村等场所进行了演出，展示了新北区相声曲艺人才的魅力，拓展了协会的艺术平台和工作领域。

重要会议

【新北区音乐舞蹈协会换届改选大会】9 月 17 日，

新北区音乐舞蹈协会第二次会员代表大会在三井实验小学隆重举行。常州市音乐家协会主席沙滩、常州市音乐家协会副主席、市青少年活动中心副主任黄晨，新北区教育局副局长、区文化体育和旅游局局长杨杰，新北区文联主席卞优文，新北区音乐舞蹈协会会长熊祖鹏，新北区宣传统战综合保障中心副主任陈丽鹰，新北区文联副主席包琳霞出席会议。会议审议并通过了区音乐舞蹈协会工作报告、章程修改报告等文件。同日，召开了常州市新北区音乐舞蹈协会二届一次理事会会议，会议选举戚宇凡为会长，蔡敏为常务副会长，吴洁、叶茹、陈达、徐英、潘贵涛、陈宽红、恽曙、李振、龚磊当为副会长，袁玲为秘书长，周文雅、万洁、黄超、杨长威为副秘书长。新一届理事会还聘任熊祖鹏为名誉主席，聘任黄晨为顾问。

【新北区书协、美协成立大会】10月31日，召开了常州市新北区书法家协会、美术家协会成立大会，在原新北区书画协会基础上新组建成立了区书法家协会、美术家协会。常州市书法家协会主席陈清、常州市美术家协会主席吴鸣、常州市书法家协会副秘书长芮新丰、常州市美术家协会副主席兼秘书长张冬桥、常州市美术家协会副主席温巍山、新北区委宣传统战部副部长朱焱、新北区文化体育和旅游局局长杨杰、新北区文联主席卞优文、新北区文联副主席包琳霞、新北区文联副主席赵可恒、新北区民政局民政处处长叶晶莹、新北区新桥高级中学校长裴志军、新北区书画协会主席宣玉兴、常州市书法家协会原副主席王英杰、常州市美术家协会理事马国新、常州市新北区书画协会原常务副主席於立新，常州市新北区书画协会原常务副主席杨建锋等领导受邀出席会议。会议由新北区文联副主席包琳霞主持，审议通过了《常州市新北区美术家协会章程（草案）》等文件。会议分别选举出书协美协主席团成员，并对书协、美协成立之后的发展做了相关讨论。宣玉兴当选为书法家协会名誉主席，於立新当选为书法家协会主席，杨建锋当选为美术家协会主席。

重要活动

【《行吟图》创作研讨会】2021年，新北区文联主席卞优文创作的长篇小说《行吟图》正式出版，6月5日，江苏省作协、常州市作协召开了《行吟图》创作研讨会，省作协书记处书记、副主席、《钟山》主编贾梦玮，《扬子江文学评论》副主编何同彬，《钟山》副主编员淑红，市文联副主席、作协名誉主席胡军生、市作协主席李怀中等出席研讨会，对作品均给予了很高评价。10月30日，在薛家镇文化站，卞优文与新北区文学协会会员及文学爱好者就长篇小说《行吟图》的创作进行了深入交流和互动，现场气氛热烈，学术氛围浓厚。

文艺创作

【文学出版】文学创作方面，在市党史办、市文联举办的“红色记忆·常州百年党史寻迹”征文大赛中，江天舒的《“邮”寻三杰足迹》、周二中的《共产党员靠干不靠说》均获一等奖。卞优文的长篇小说《行吟图》2018年发表于《钟山》长篇小说专号，2021年3月由江苏凤凰文艺出版社正式出版；7、8月，卞优文深入新疆尼勒克采风，10月底完成了长篇小说《尼勒克之恋》的创作，描写了六十年来支边援疆的常州人的感人事迹。任小霞出版儿童文学作品4部，另发表故事、儿童诗等作品100余篇。江天舒在《新民晚报》等报刊发表《碧螺春之念》《红邮伴我行》等多篇文章。杨琼参与编写青少年读本《红色基因代代传》，8月出版。周二中合著作品《永不褪色——老梅书记传》《院士的足迹常州卷：飞鸾翔凤耀龙城》年内出版。

【原创红色锡剧《刘胡兰》】区戏剧曲艺协会原创红色锡剧《刘胡兰》，将红色文化与中华优秀传统文化有机结合，该剧的创作成功为新北区开展党史教育、庆祝中国共产党成立 100 周年提供了形象鲜活的活动内容，也在耳染目濡、润物细无声中传承了中华优秀传统文化。该剧亮相演出后赢得了区委宣统部、区教育局、区文联有关领导和学校师生的一致好评。

【《向幸福出发》获常州市首届公共文化“青果奖”】新北区音乐舞蹈协会始终认真坚持抓活动、出精品、促繁荣的工作思路，较好地发挥了音乐、舞蹈艺术界的桥梁和纽带作用。协会组织会员深入生活、深入群众，创作了舞蹈《拍拍乐》、舞蹈《我听见了，这是爱的旋律》、歌曲《小江豚，小朋友都爱你》、歌曲《向幸福出发》、快板剧《远方的歌》，其中歌曲《向幸福出发》获得常州市首届公共文化“青果奖”。协会重点打造的三井世贸九九艺术团获评省 2021 年度优秀群众文化团队。

【杨建锋在各领域取得佳绩】区美协主席杨建锋课题《私立美术馆在提高社会艺术水平中的责任》获国家教育科研一等奖；作品《燎原》入选“辉煌历程　华彩百年”——常州市庆祝建党百年主题美术创作展，作品《返璞归真》入选绘梦青春常州市青年美术作品展，作品《毗邻遗风》入选首届常州市公共文化“青果奖”美术类优秀作品展，作品《窗外暖阳》入选艺路同行常州市第三届油画双年展。

【组织会员参加市级展览】新北区摄影协会积极组织会员参加常州市“新锐”摄影展、常州市“镜头里的双拥”摄影比赛等活动，取得了较好成绩，作品《新秋好时节》被“学习强国”学习平台录用。

文艺交流

【“恰是百年风华，奋斗正当其时”主题书画作品展】5 月，新北区书画协会成功举办了“恰是百年风华，奋斗正当其时”——庆祝中国共产党成立 100 周年主题书画作品展，充分展示了新北区书画家爱党爱国的情怀。积极组织会员参加“庆祝中国共产党百年华诞暨喜迎区政协成立 20 周年书画笔会”“学习百年党史续赓精神谱系”书画作品展等一系列活动，得到了各界的广泛认可。

【“丹青飘香　大美新北”美术展】9 月 30 日—10 月 15 日，新北区书画协会成功举办了“丹青飘香　大美新北”美术展。展览展出作品 40 余幅，得到了全区广大美术爱好者的积极响应，为全区美术爱好者搭建了一个交流展示的平台。

【开展多场摄影作品展】摄影协会举办“初心传百年　高新永争先”庆祝建党 100 周年主题作品征集活动暨作品展，共评出一、二、三等奖及优秀奖共计 60 幅，7 月在区政府连廊内展出。为全区百名“常州好人”进行拍摄，举办了“常州好人”专题展览。举办奔牛大运河摄影活动及作品展。举办史陈家村美丽乡村和西夏墅东南村、梅林村美丽乡村摄影展。

【红色锡剧《刘胡兰》并巡回演出】新北区戏剧曲艺协会为深入开展学习党史教育，弘扬红色文化，传承红色基因，赓续红色血脉，创作了红色锡剧《刘胡兰》。该剧于 6 月 18 日在新北区河海实验小学进行首场演出，赢得学校师生的一致好评后，在全区20多所中小学和多个村（社区）开展了巡回演出。

文艺惠民

2021年，新北区文联按照上级工作要求，始终坚持走近百姓、走进基层的服务理念，挖掘潜力，努力组织文艺团队、文艺志愿者开展各项文化惠民活动，真正做到“从群众中来，到群众中去”，用文艺之美来提升人民群众获得感和幸福感，提高群众满意度。

区音乐舞蹈协会严格按照“文化点亮生活”的品牌标准，积极开展形式丰富的文艺活动。9月15、16日，开展精品文艺节目送学校活动，特邀江苏省儿童艺术剧团在4所学校表演儿童音乐剧《青铜葵花》，该次表演近10场，惠及近11000多名教师和学生。全面发动和组织文艺团队、文艺志愿者，参与“社区天天乐”“市文化100”“市文化点亮生活”等重要常规文化活动。

由区戏剧曲艺协会骨干会员组成的市玉海戏曲艺术团、市芬芳越剧团2支团队，倾注精力、财力，精心排练了《孔雀东南飞》《何文秀》《幸福龙城是我家》和《碧玉簪》等剧目，先后在凤凰谷大剧院、常州文化馆、迪诺水镇、奔牛公园广场、横山桥等地开展专场惠民演出。开展“送戏下乡”演出活动，2021年已达500多场，为常州市的“文化100”大型惠民活动作出了应有的贡献。把各镇、街道最基层的业余戏曲团队紧密团结在一起，鼓励和激发业余戏曲团队在家门口开展“大家唱”“戏曲欢乐汇”等惠民演出和艺术交流活动，做到村村都有、周周不缺。

区美术家协会主席杨建锋长期开设柒号公益学堂，讲授中西方艺术史，普及推广文化艺术，让更多人品味世界绘画大师的名作。区美协定期举办各类艺术展览、艺术沙龙，让艺术走进人民群众的生活。

区书画协会举办了“喜庆小康社会”迎新年主题书法作品展暨“文化点亮生活”写春联送福字活动，展览得到了全区书法爱好者的积极响应，经遴选展出优秀作品120幅，得到市、区领导的赞赏和前来观摩的书法专业人士与广大群众的好评。

区摄影家协会开展全区百名“常州好人”拍摄活动，弘扬身边的正能量。组织会员为留常过年的企业员工们拍摄笑脸，传递人间真情。

天宁区文学艺术界联合会

综述

【概况】2021 年天宁区文联在区委、区政府的正确领导下，在市文联的关心支持下，认真贯彻落实习近平总书记关于推动文艺事业发展的系列重要讲话和批示指示精神，深入推进庆祝中国共产党成立 100 周年主题文艺活动和重大题材文艺精品创作，积极组织广大文艺工作者及志愿者团队，立足时代需求，紧贴时代脉搏，不断加快创新步伐，唱响主旋律。2021 年，天宁区文联共有下属协会、社团组织 10 个，全区 6 个街道、1 个经开区、1 个乡镇成立基层文联组织 8 个，实现了城乡基层文联全覆盖。

【思想建设】为进一步学习贯彻落实习近平总书记在中国文联第十一次全国代表大会、中国作协第十次全国代表大会开幕式上的重要讲话精神，天宁区文联组织协会代表、文艺骨干以多种形式开展学习，统一思想，提高认识，守正创新，不负人民，并鼓励广大文艺工作者为推动文化事业和文化产业高质量发展贡献力量。

重要活动

【举办“丝竹流芳共百年”艺术交流会演】常州市天宁区文联与太仓市文联进行交流学习，实施结对共建行动，为繁荣主题文艺创作、加强文艺人才交流，两地共同组织举办“丝竹流芳共百年”艺术交流会演。

【举办“百年华诞绘党恩、锦绣天宁绽新姿”——常州市天宁区首届美术大展】为庆祝中国共产党成立 100 周年，牢记党的宗旨，坚守初心使命，反映天宁经济社会发展成效，推动天宁区美术创作事业健康发展，举办“百年华诞绘党恩、锦绣天宁绽新姿”——常州市天宁区首届美术大展，共征收到美术作品 260 余件；与常州市工人文化宫联合主办“风华正茂”——书法美术作品展，共展出 118 件作品。

【举办“锦绣天宁”摄影采风及照片征集】举办“锦绣天宁”摄影采风及照片征集活动，组织摄影爱好者到青果巷历史文化街区、南港片区、竟园、中华纺织博览园、杜鹃花小镇、焦溪遗风、美丽乡村等多地采风，征集摄影图片一百多张。

【为“初心映山红　同庆一百年”第十七届中国杜鹃花展览会提供志愿服务】2021 年 4 月 16 日上午，“初心映山红　同庆一百年”第十七届中国杜鹃花展览会在江苏省常州市天宁区凤凰公园盛大开幕。协会在每一个展示区参与组织了丰富多彩的情景表演节目，为杜鹃花节增添了别样的色彩。

文艺创作

【精品生产】天宁区委宣传部组织创作歌曲《红绸如诉》，表达出在新的百年征程上，初心不改，向梦而行的美好心声，歌曲在江苏广播电视总台及地方台播出，并在全市各大活动中演唱，产生广泛影响。天宁区委宣传部组织创作长篇报告文学《好风过郑陆》，同时举办了作品研讨会，会议采取线上视频和线下会议相结合的形式进行。研讨会邀请江苏省作协副主席、省评协主席汪政，江苏省作协创研室副主任韩松刚，南京师范大学文学院教授、博士生导师王晖，常州市工学院人文学院教授、市文联副主席陆克寒，江理工人文学院教授李刚分享了作品感悟。

【《好风过郑陆》出版】5月13日，《好风过郑陆》纪实文学作品研讨会在天宁区郑陆镇召开，会议采取线上视频和线下会议相结合的形式进行。《好风过郑陆》由作家刘猛创作，已通过江苏人民出版社正式出版，是一部描述高晓声家乡天宁区郑陆镇的纪实文学作品。《好风过郑陆》讲述了郑陆镇查家湾、牟家村、黄天荡、丰北、焦溪等地乡村振兴的故事，展现基层党组织和党员按照“产业兴旺、生态宜居、乡风文明、治理有效、生活富裕”二十字方针，把乡村真正打造成看得见山、望得见水、记得住乡愁的宜居之地，让老百姓走上共同富裕的道路的生动实践。与会专家表示，《好风过郑陆》对苏南精神进行挖掘，通过郑陆特有的文化表现了当地的独特性。市委宣传部副部长、新闻出版局（版权局）局长谢春林，天宁区委常委、区委宣传部部长陈海元，天宁区委宣传部副部长、区文明办主任、区文联主席刘益等参加会议。年内，《好风过郑陆》由江苏人民出版社正式出版。

文艺惠民

积极组织文艺志愿者开展活动，文艺轻骑兵队伍、服务网络向社区、学校、工矿企业延伸，点对点、面对面与边远村委开展结对活动，推动志愿服务规范化、常态化。龙城交响乐团与凤凰民族乐团把高雅艺术送到百姓家门口；天宁区国风剧社举办了35场“致敬红色情感”情景朗诵会；爱乐合唱团《我就是你》《娄山关》参加江苏省紫金合唱节获中老年组优秀奖、常州市第四届合唱大赛金奖。天宁书法家协会与天宁美术家协会积极利用新春佳节开展送春联活动。新冠肺炎疫情防控期间，区各界文艺爱好者创作《共享阳光灿烂》《不负时代》《极目楚天》《待到春暖花开》《你在我身旁》等多首原创歌曲。全年各协会共开展活动328场次，受众人数40000人，天宁区文联“打造新时代文艺志愿者‘轻骑兵’”获常州市文联2021年度工作创新成果奖。

钟楼区文学艺术界联合会

综述

【概况】2021 年，钟楼区文联在区委领导和市文联的具体指导下，坚持以习近平新时代中国特色社会主义思想为指导，认真贯彻落实党的文艺路线和方针政策，依托庆祝中国共产党成立 100 周年的工作主线，大力繁荣文艺创作，深入推进文艺惠民，积极培育文艺新人，为建设长三角一流现代化城区提供强有力的文化支撑。全区各协会有获市级以上奖项（入展）作品 30 余件；加强文艺活动品牌建设，不断提升“幸福钟楼”群文品牌影响力，共开展文艺院团演出 16 场、送戏 99 场、公益性文化活动 143 场；加强文艺人才培养，文艺新军得到进一步壮大。全年发展全国会员 2 人、省级会员 10 人、市级会员 53 人；加强文艺组织自身建设，团队战斗力得到进一步提升。

【队伍建设】钟楼区文联坚持把人才培育工作当作重心来抓，努力做好各协会和文艺家的组织、联络、协调、服务等工作，培养扶持的重点是优秀的青年文艺人才。区文学协会组织会员参加市作协纪念建党 100 周年征文活动，青年作家获得了 3 个奖项。区音舞协会开展“圆梦小康，幸福钟楼”原创剧本大赛，创编小戏、小品、曲艺类原创文艺作品，有 10 多名会员荣获各类奖项。区书画协会携手常州市美协 12 位书画艺术家，举办“彩墨传情歌伟业、丹霞达意颂党恩”2021 年常州市名家书画作品百场惠民巡展活动。

重要会议

【钟楼区文联工作研讨会】钟楼区文联于 10 月 15 日在邹区镇召开工作研讨会。区委宣传部、区文联以及区文联下辖各文艺家协会主席、秘书长参加了会议。会上，区文学协会、音舞协会、书画协会、摄影协会分别汇报了协会工作，有针对性地提出了下阶段工作的设想。区文联负责人提出要求：一是坚持正确的文艺方向，为建党百年增光添彩；二是挖掘重大题材，提高艺术家队伍创作能力；三是繁荣钟楼文艺，为经济社会发展提供不竭动力。钟楼区文联自 2015 年 12 月成立以后，深入学习贯彻习近平新时代中国特色社会主义思想和中共十九大精神，全面贯彻党的基本路线，坚持“文艺为人民服务、为社会主义服务”的方向和“百花齐放、百家争鸣”的方针，致力繁荣发展钟楼文学艺术事业，为促进改革开放、建设“强富美高”新钟楼而努力奋斗。钟楼区文联现有文学、音舞、绘画、摄影、书法 5 个文艺家协会，下辖邹区镇、永红街道 2 个乡镇（街道）文联。协会会员总数 538 人。

重要活动

【建党 100 周年庆祝活动】为了庆祝中国共产党成立 100 周年，区文联组织各协会开展了形式多样、丰富多彩的文艺活动。区文学协会组织会员参加市作协的红色寻迹活动、征文活动。区音舞协会用音乐讲述百年党史，线下开展音乐党课进基层活动，“乐之秋白”宣讲团深入学校、村、社区、企业开展百场巡讲；线上举办“弘扬伟大建党精神　凝聚磅礴奋进力量”音乐会，累计观看人数超30万人次；区书画协会举办“颂党恩”百场惠民巡展活动；区摄影协会高质量完成中国共产党成立100周年主题拍摄活动。各协会带领本会员和广大市民追寻红色记忆，致敬百年党史，并通过各种宣传渠道和平台传递正能量，得到了上级领导和广大市民的广泛认同。

【钟楼区书法家协会成立】12月22日，常州市钟楼区书法家协会举行成立大会。大会审议通过了《常州市钟楼区书法家协会第一次会员大会选举办法（草案）》《常州市钟楼区书法家协会章程（草案）》《常州市钟楼区书法家协会经费管理办法（草案）》，选举产生吕建青等21名首届理事会理事。在随后召开的一届一次理事会上，选举张军佳为主席，贾韬、冯香权、张凯、杨旭、陶洁、李先凤为副主席，秘书长由副主席贾韬兼任。全区广大书法家和书法爱好者将借此次协会成立契机，围绕中心大局，坚持作品为王，加强协会建设，为推动钟楼文艺事业大发展大繁荣作出积极贡献。

【《钟楼文学作品集》编纂】为宣传、挖掘钟楼区厚重的历史文化底蕴，讲好钟楼故事，钟楼区文学协会在钟楼区委宣传部、区文联的支持下，启动《钟楼文学作品集》一书的征稿、编辑工作。《钟楼文学作品集》的主题聚焦于钟楼区范围的大运河、青果巷和老城厢建设；体裁以小说、散文、诗歌和报告文学为主；字数要求每篇2000~5000字，诗歌在100行以内。在区文学协会会员的共同努力下，经过3个月的创作期，共收到征稿44篇，合计约15万字。

文艺创作

区文联和各协会把繁荣文艺创作，打造文艺精品作品作为工作重点，组织和发动各门类文艺家推出一批文艺精品，用优秀作品讲述钟楼故事、展现“攻坚克难、勠力争先”的钟楼实践。区音舞协会积极参与青果原创作品大赛，《那年那桥》等3件作品获得常州市公共文化“青果奖”；打造全市首部小剧场模式沉浸式原创话剧《织梦运河》，做靓大运河文化的钟楼文旅名片。歌曲《你的背影》入选2021年度常州市优秀精神文化产品创作扶持项目。区文学协会创作出版散文集《一路芬芳》、诗集《六如》、纪实文学《考试战争》。区摄影协会组织会员参加建党100周年“为楷模造像”拍摄，并组织参加全国、省、市摄影比赛，取得优异成绩。

文艺惠民

区文联发动协会和文艺骨干，深入基层，扎根人民，开展各类惠民活动。积极参与“文明社区天天乐”“文化100”“文化点亮生活”等重大活动。开展摄影展、“文化力量·笔墨生活”美术大赛、春节为居民群众送春联等活动。持续打造“运河文化艺术讲堂”、“运河文化原创剧目”展演、“幸福钟楼”文化巡演、“艺美文化客厅”等，做好元宵、端午民俗节庆活动，创设非遗集市，拓展文化品牌内容，打造文艺发展新载体。区文联骨干积极参与“新闸荷花节”“西林戏曲节”“邹区大舞台”等文化惠民活动。通过各类惠民服务的开展，让社区居民享受到精彩生动的视听盛宴，丰富了群众的精神文化生活，促进了钟楼区文艺事业的繁荣与发展。区摄影协会高质量完成中国共产党成立100周年“为楷模造像”的拍摄任务，积极拍摄社会各界抗击疫情的珍贵镜头，留下了一幅幅新时代“最美逆行者”的感人画面。各协会根据自身特点，举办了学习培训班、创作辅导班、微电影论坛、考察采风等活动，为优秀青年文艺人才的脱颖而出、才华施展搭建平台。

常州市文学艺术界联合会年鉴 2022

人物

常州市文联第十一届委员会主席、副主席简历

主席

舒文，男，汉族，1967 年 10 月生，江苏常州人，1987 年 11 月参加工作，1993 年 8 月加入中国共产党，江苏省委党校科学社会主义与国际共产主义运动专业毕业，省委党校研究生。

现任常州市文联党组书记、主席。

副主席

胡军生，男，汉族，1969 年 7 月生，河南南乐人，1992 年 8 月参加工作，1997 年 5 月加入中国共产党，苏州大学马克思主义基本原理专业毕业，研究生（法学博士学位）。

现任常州市文联党组成员、副主席、三级调研员。

周勇刚，男，汉族，1967 年 6 生，江苏常州人，1986 年 10 月参加工作，1988 年 10 月加入中国共产党，1997 年 7 月空军电讯工程学院通信工程专业毕业，大学本科学历。

现任常州市文联党组成员、专职委员、三级调研员。

王　蓉，女，汉族，1971 年 12 生，四川彭州人，1993 年 10 月参加工作，2001 年 10 月加入中国共产党，2003 年 12 月中央党校函授学院法律专业毕业，党校大学本科学历。

现任常州市文联党组成员、副主席。

吴　鸣，男，汉族，1969 年 11 月生，上海人，1992 年 8 月参加工作，1992 年 6 月加入中国共产党，1992 年 7 月南京师范大学美术系美术专业毕业，大学本科学历。

现任常州画院（吴青霞艺术院）党支部书记、院长。

陆克寒，男，汉族，1964 年 12 月生，江苏溧阳人，1985 年 8 月参加工作，民盟盟员，1985 年 7 月南京师范大学中文专业毕业，大学本科学历。

现任常州工学院江南文史与文化传播研究院院长。

熊祖鹏，男，汉族，1969 年 3 月生，安徽六安人，1994 年 7 月参加工作，1999 年 8 月加入中国共产党，1994 年 7 月安徽师范大学音乐教育专业毕业，大学本科学历。

现任常州大学音乐与影视学院院长。

孙　薇，女，汉族，1971 年 5 月生，江苏无锡人，1989 年 10 月参加工作，2001 年 12 月加入中国共产党，2015 年 5 月中央广播电视大学行政管理专业毕业，大学本科学历。

现任常州市锡剧院党支部书记、院长。

年度人物

孙　薇，江苏常州市锡剧院书记、院长，国家一级演员，常州市文联副主席，常州市戏剧家协会主席，中国戏剧家协会会员，曾任常州市第八、九届政协委员，主工刀马旦、花旦，师承著名戏剧表演艺术家白淑贤、锡剧梅派传人表演艺术家居亦琴。她扮相亮丽，唱功扎实，文武兼备，表演深沉、细腻。主要作品有《宝莲灯》《杨门女将》《血色杜鹃》《春江月》《哑女告状》《七步桥》《唐僧与香贞》《观音前传》《红楼夜审》《荆钗记》《卿卿如晤》《烛光在前》等几十部大戏。曾5次荣获江苏省戏剧节、锡剧节优秀表演奖；2次获得江苏省“红梅杯”戏曲演唱大赛金奖。2002年，在《老铳》中主演“山妹子”获江苏省“五个一工程”奖；在《烟村三月》主演小雨获2005—2006年度江苏省舞台艺术精品工程奖；因《秋宫怨》中主演冯香罗一角，获2009年江苏省首届新剧目展演优秀表演奖；参演的大型原创锡剧《卿卿如晤》分别获2017年江苏省第十届精神文明建设“五个一工程”优秀作品奖、2018年常州市第八届精神文明建设“五个一工程”荣誉奖、2019年江苏省第四届文华大奖和优秀表演奖和第29届上海“白玉兰戏剧表演艺术奖”主角提名奖；2021年参演《烛光在前》，荣获第五届“江苏省文华大奖”表演奖；2021年参演《烛光在前》，荣获紫金文化艺术节优秀表演奖；2022年参演的《烛光在前》参加第十三届中国艺术节荣获第十七届全国“文华大奖”。

1993年、1996年、2004年，被常州市评为“新长征突击手”；2007年，被评为常州市“五一巾帼标兵”、常州市宣传文化系统首批“六个一批”人才培养对象；2012年，成功举办“蔷薇常开香飘江南”锡剧个人演唱会；2014年，被评为常州市“文化十大英才”；2016年，成为江苏省第十三次党代会代表；2017年，被授予“第三届常州市中青年德艺双馨文艺工作者”称号；2018年，获常州市十佳女文化新闻工作者、常州市突出贡献人才、常州市文广新系统“优秀党务工作者”称号；2020年，获江苏省乡土人才“三带”名人、常州市文广新系统优秀党务工作者称号。因2017—2019连续3个年度工作表现突出，2020年8月给予记功；2021年获常州市推进“五大明星城”建设（文旅休闲）先进个人称号。

吴彦颐，1982年生，江苏南通人，艺术学博士，中国文艺评论家协会会员，中国书法家协会会员，沙孟海书学院研究员，常州大学教授、硕士研究生导师。2017年，论文《从“以书取士”看唐代明书科与书学教育的亲缘性》入选由中国高等教育学会、

中国书法家协会学术委员会主办的第二届全国陆维钊书学研讨会优秀论文。参与江苏省高校哲学社会科学重点研究基地重大项目“中国艺术学经典理论文献研究”（项目编号：2010JDXM002），负责其中子课题“中国古代艺术功能论”的撰写，合计 30 万字。参与《艺术导论》第十三章“艺术欣赏与批评”内容的撰写，该著作由高等教育出版社 2017 年 10 月出版，被评为“十三五”江苏省高等学校重点教材。2020 年，论文《视野、立场与方法：书法学学科建设的三个维度》入选纪念沙孟海诞辰 120 周年——全国“书法学”学科建设与发展学术研讨会优秀论文（排名第一）。2021 年，论文《中国当代美术批评的理念更新与理性重建》荣获由中国文联、中国文艺评论家协会主办的第六届“啄木鸟杯”中国文艺评论奖•长篇评论奖，同时荣获首届江苏省文艺大奖•文艺评论奖。

张　霆，1975 年生，江苏常州人，中国摄影家协会会员、江苏省摄影家协会会员、常州市数字影像技术研究会会长。2017 年国家艺术基金传播交流推广资助项目《当代优秀摄影作品革命老区巡展暨扶贫开发》发起人、策展人。2020 年，被评为江苏紫金文化英才。曾获《大众摄影》2021 年度影像十杰称号。

张霆在创作中始终秉持文化自信的理念，传播传统文化，关注现实人生。摄影作品《神话》《静夜思》《期会东坡》《江南旧曾谙》等都将优秀传统文化元素融入摄影创作，在题材选择上与时俱进。第 27 届国展入选作品《童话》表现了人与自然的和谐共处；在疫情防控期间创作的《假若明天来临》体现了人类个体的自我反思。其系列作品色调雅致，注重细节，格调宁静自然，主题积极向上。近年来其作品连续荣获第 27 届、第 28 届国展等国内外摄影比赛佳绩，系列图文分别在中国摄影家协会网、中国摄影家协会微信公众号、中国摄影家协会今日头条号、《中国摄影》、《人民摄影》报、《中国摄影报》、《大众摄影》等媒体发表并得到推广宣传。

言禹墨，1983 年生，江苏常州人。二级编剧，南京大学硕士，常州市文化艺术研究所创作部主任，常州市青年曲艺家协会主席，文艺评论家协会副秘书长，常州市政协委员、青联常委，从事戏剧、曲艺类的剧本创作和研究评论。

创作即上演大型话剧 9 部、中篇苏州评弹 11 部，其中包括话剧《秋之白华》《较量》《中国商父》，评弹《江南第一燕》《剑胆琴心》《龙城谍恋》《冒官记》《大律师史良》《良药济世》《邓稼先》《东方红一号》等。作品获第八届中国曲艺牡丹奖特别节目奖，2 次获牡丹奖文学奖提名；获 3 次江苏省文华奖、3 次江苏省文艺大奖、5 次江苏戏剧文学奖、7 次江苏曲艺芦花奖；另获老舍青年戏剧文学奖、全国优秀曲艺作品奖、常州市“五个一工程”奖等奖项。言禹墨作品还入选了国家艺术基金、江苏艺术基金、上海文化发展基金、江苏省舞台艺术精品工程等资助项目。剧本发表在《新剧本》《曲艺》《艺海》《剧影月报》等期刊。共计发表文艺评论 12 篇，其中论文《历史剧创作三题》发表在 CSSCI 来源期刊《南大戏剧论丛》，获江苏紫金文艺评论奖一等奖。出版专著《常州曲艺史》，获江苏省哲学社会科学优秀成果奖。入选文化和旅游部戏曲艺术人才培养“千人计划”，为江苏省“333工程”培养对象，被评为江苏省紫金文化艺术优青、常州市突出贡献人才，获常州市五一劳动奖章。

沈华强，1966年生，江苏武进人。1991年毕业于大连海事大学。江苏省民协会员，民盟盟员，江苏省工艺美术大师，常州市留青竹刻非遗项目传承人，常州市职业艺术高等职业学校特聘教授，常州市高职产业教授，常州市工艺美术家协会主席，“江苏省乡土人才三带名人”，“江苏省乡土人才大师工作室”领班人，江苏省工艺美术学会教育工作委员会专家委员。

长期从事留青竹刻的研究与创作，作品为海内外爱好者青睐。其中，留青竹刻《秋声秋色》被中国美术馆收藏；留青竹刻《溯》《清风徐来》《无瑕》《江南》等获“苏艺杯”金奖；2014年，留青竹刻《向日葵》获“百花杯”金奖；2014年，留青竹刻《烟波峡谷》获深圳“文博会”金奖；2016年，留青竹刻《知足》获“艺博杯”金奖；2016年，留青竹刻《干沟小池》获江苏省“迎春花”奖；留青竹刻作品《凝芳》入选2018年首届全国工艺美术作品展、2019年第十三届全国美展、获2021年江苏省“迎春花”奖。平时举办各种竹刻培训学习班，开展长期免费对社会教学活动，积极培养艺术人才，弘扬竹刻文化。

孙燕云，1959年生，江苏常州人，乱针绣第三代传人、中国刺绣艺术大师、中国工艺美行业艺术大师、研究员级高级工艺美术师、国家级非遗项目（乱针绣）省级传承人、常州市乱针绣行业协会会长。

自幼师承母亲陈亚先（第三届中国工艺美术大师），1979年考入常州市工艺美术研究所专攻乱针绣。从艺四十余年，执着追求，弘扬工匠精神，在题材、技法、选料、表达形式等方面，形成自己独特风格，使传统乱针绣焕发新光彩。作品曾多次荣获国家级最高奖项，并多次作为国礼赠送外国领导人和友人。

2000年成立陈亚先大师乱针绣工作室，2003年创办常州市孙燕云乱针绣艺术创作中心，2010年自筹资金创立了常州乱针绣博物馆，2015年携第四代传人——女儿吴澄创立“承無”衍生品品牌。努力培养乱针绣传承人，与多所高校合作，培养乱针绣接班人；积极参与社会公益事业，将作品拍卖所得悉数捐给慈善机构；响应政府“非遗助力精准扶贫”，远赴新疆维吾尔自治区考察，接收十余名乌恰县学员到常州学艺。

邢　粮，1960年生于常州，从事梳篦行业46年。江苏省工艺美术大师、江苏工匠、江苏省首席技师、国家级非遗常州梳篦省级代表性传承人、江苏省省级产业教授、江苏轻工十大工匠、研究员级高级工艺美术师、正高级乡村振兴技艺师、全国消防形象大使。2015年，拜入常州梳篦第八代传人卜仲宽门下成为第九代传人。2016年，“邢粮木艺”商标被评为常

州市知名商标。2018 年，“邢粮梳篦”被评为常州市名牌产品。2017 年，被评为“江苏省乡土人才三带名人”。2018 年，邢粮梳篦工作室被评为“江苏省乡土人才技能大师工作室”。2021 年，邢粮梳篦工作室被评为“邢粮乡土人才大师示范工作室”。2022 年，邢粮梳篦工作室被省文旅厅评为“江苏省非物质文化遗产创意基地”。

董玥彤，1981 年生，常州梳篦市级传承人，工艺美术师，乡村振兴技艺师，天宁区“五一”创业明星。2003 年拜常州梳篦省级代表性传承人邢粮为师，到 2021 年已有 17 个年头。先后参与了邢粮设计的《青花瓷》系列工艺梳篦、《印象青果巷》系列工艺梳篦、《七彩人生》系列工艺梳篦、抗疫作品《瓶安归来》系列等作品，并多次在全国非遗联展上荣获金、银质奖。2013 年参加了苏州美院的高级研修班，并以优异的成绩毕业。2017 年 12 月董玥彤被认定为“江苏省乡土人才三带”新秀，为工艺美术行业增光添彩，成为常州梳篦的后起之秀。

邹文飚，1966 年生，江苏宜兴人，国家一级作曲、中国戏曲音乐学会理事、江苏省大提琴学会理事。2016 年文化部、中国戏曲学院作曲系“千人计划”高级研修班首届高级人才，现于常州市锡剧院专职作曲。从事戏曲作曲、音乐配器工作三十余年，先后独立创作过大型现代锡剧《一代医宗》《烛光在前》，大型古装锡剧《荊钗记》《十八双绣花鞋》等二十余部舞台剧；曾为央视拍摄过六集戏曲（锡剧）电视剧《陶朱公》，为国家一级演员居亦琴、孙微等多名演员的个人专辑及个人大型演唱会作曲、配器。创作过锡剧小戏《斩驸马》《半条红军被》《好人老马》等七十余部作品，创作过锡剧音乐剧《天女散花》《永远的华罗庚》，评弹音乐剧《茉莉花开》等多部音乐剧，创作过大型民族器乐曲《弓舞》《军嫂》《醉美太华》等多首乐曲。作品多次荣获国家及省级个人音乐奖、优秀作曲奖，其中《烛光在前》获第五届江苏省“文华音乐奖”、第十三届中国戏剧节“文华大奖”。多件作品入选“国家艺术基金”及“省级艺术基金”资助项目。

逝世艺术家

唐锡勇，男，1929年生，1952年12月参加工作，1952年9月加入中国共产党，2021年11月15日逝世，享年92周岁。中国摄影家协会会员，曾任江苏省摄影家协会理事、常州市摄影家协会副主席兼秘书长、常州市艺术指导委员会委员，常州市摄影家协会顾问。从事摄影工作多年，作品曾获新人新事全国摄影二等奖，迎国庆全国摄影大赛三等奖、“跨世纪杯”海峡两岸摄影艺术大展赛金奖，入选第二届全国摄影展、香港中华摄影学会第二十三届国际影展、全国新闻影展、匈牙利摄影家代表团交流展，入编《中国摄影艺术选集》，唐锡勇还曾在意大利摄影杂志发表。1989年，获中国摄影家协会颁发的“从事摄影工作30年”证书、纪念章。2009年，获中国文联、中国作协颁发的从事文艺工作和文联工作60周年证书、纪念章，获中国摄影家协会授予的“从事摄影工作50年中国摄影家协会会员”称号。2021年，获中央组织部颁发的“光荣在党50年”纪念章。

王　京，女，1960年生，中国摄影家协会会员、曾任江苏省摄影家协会副主席、江苏省公安摄影协会主席、常州市摄影家协会主席，常州公安局副处级调研员、国家一级摄影师。2021年5月19日逝世。摄影作品曾获第三届大众摄影“越新杯”全国女子摄影比赛铜牌、“竹辉杯”国际旅游摄影大赛优秀奖、省反腐倡廉书画摄影作品二等奖、全国公安新闻摄影（艺术类）一等奖、省首届妇女摄影大赛一等奖、常州市第四届精神文明建设“五个一工程”奖、第三届全国公安系统“卫士之光”摄影展优秀奖、全省公安机关老干部“平安颂”摄影作品一等奖、第十七届省运会摄影比赛二等奖等。

常州市文学艺术界联合会年鉴

年度荣誉

荣誉

【市文联荣获2021年全省文联工作创新提名奖】 5月26日，江苏省文联十届三次全委会在南京召开，会上表彰了全省文联工作创新奖和创新提名奖获得者。常州市文联报送的“以X+文艺”为抓手，全面推进常州文艺事业繁荣发展项目荣获2021年全省文联工作创新提名奖。

【常州市书协获“五一劳动奖状”】 4月26日上午，在常州市庆祝“五一”国际劳动节大会上，常州市书法家协会荣获“常州市五一劳动奖状”。这是市文艺家协会首次获此殊荣。书协带领广大书法工作者和书法爱好者，以人民为中心，积极开展精品创作、主题展示、人才培养、文化惠民、协会建设等工作和活动。先后荣获中国书协“同心同书·祖国新春好”书法文化惠民先进集体、常州市“文化科技卫生三下乡”先进单位、常州抗疫“龙城先锋”先进典型、常州市文艺家协会先进集体、常州市“AAA级社团组织”、钟楼区“文明单位”等称号。

2021 年度文艺家协会表彰名单

2021 年，市各文艺家协会带领广大文艺工作者，坚持以习近平新时代中国特色社会主义思想为指导，认真贯彻落实中央、省委、市委各项重大决策部署，紧紧围绕全市发展大局，求真务实、守正创新、团结进取，为繁荣常州文艺事业作出了应有的贡献。通过综合考核评定，常州市文艺评论家协会等 6 个协会被评为先进协会，常州市民间文艺家协会等 8 个协会为优胜协会。

先进协会

常州市文艺评论家协会

常州市作家协会

常州市书法家协会

常州市摄影家协会

常州市美术家协会

常州市音乐家协会

优胜协会

常州市民间文艺家协会

常州市工艺美术家协会

常州市戏剧家协会

常州市花鸟画研究会

常州市电影电视家协会

常州市曲艺家协会

常州市舞蹈家协会

常州市诗词协会

2021 年度常州市文联工作创新成果

2021 年，全市文联系统深入学习贯彻习近平新时代中国特色社会主义思想和习近平总书记关于文艺工作的重要论述，全面落实省、市文代会工作部署和要求，聚焦“532”战略，强化使命担当，积极主动作为，开展了一系列卓有成效的工作，形成了一批有特色有影响的创新工作成果。为总结经验和鼓励先进，促进全市文联工作创新发展，经综合评定，决定对武进区文联《实施“青蓝相继”培养计划 打造高质量文艺人才队伍》等 5 项成果予以表彰。

实施“青蓝相继”培养计划 打造高质量文艺人才队伍

——武进区文联

打造新时代文艺志愿者“轻骑兵”

——天宁区文联

“美音相伴”溧阳精品文艺系列演出

——溧阳市文联

百场“致敬红色情感”原创情景朗诵剧巡演

——常州市吟诵朗诵艺术协会

“童真里的色彩”第三届儿童画创作大赛

——常州市青少年艺术协会

2021 年度重大文艺成果表彰名单

2021 年度，全市广大文艺工作者坚持以习近平新时代中国特色社会主义思想为指导，深入学习贯彻中共十九大和十九届历次全会精神，全面落实省、市文代会精神，坚持以人民为中心的创作导向，围绕中心，服务大局，创作了一批思想性、艺术性、观赏性相统一的优秀作品，在全国全省相关文艺平台崭露头角，为常州赢得了荣誉。为充分调动广大文艺工作者的积极性和创造性，经研究，决定对 2021 年度常州市文联所属文艺家协会会员担当主创并荣获全省重大奖项，入选中国文联及所属协会重大展览展演的重大成果予以表彰。

特别成就奖

文艺评论《中国当代美术批评的理念更新与理性重建》

获第六届“啄木鸟杯”中国文艺评论年度推优长篇评论奖

江苏省文艺大奖·首届文艺评论奖

——吴彦颐

重大成就奖

摄影《江南旧曾谙》

入选第 28 届全国摄影艺术展

——张　霆

成就奖

中篇评弹《邓稼先》

第九届江苏省文艺大奖·曲艺奖文学奖

——言禹墨

中篇评弹《邓稼先》

第九届江苏省文艺大奖·曲艺奖节目奖

——常州市文广旅局、常州市文联出品，常州市曲艺团、常州市曲协制作

留青竹刻《凝芳》

江苏省文艺大奖·第六届民间文艺奖优秀民间工艺美术作品

——沈华强

刺绣《常州三杰》

江苏省文艺大奖·第六届民间文艺奖优秀民间工艺美术作品

——李平秋　孙燕云

梳篦《盛世千象》

江苏省文艺大奖·第六届民间文艺奖优秀民间工艺美术作品

——邢　粮　董玥彤

电影《桂香街》

第三届江苏省文艺大奖·电影奖二等奖

——常州广播电视台、中国电影股份有限公司等联合出品，中共常州市委宣传部、江苏省文联、常州市文联、江苏省电影家协会、常州市影视家协会等联合拍摄

荣誉成就奖

锡剧《烛光在前》

第五届江苏省文华奖表演奖

——孙　薇

锡剧《烛光在前》

第五届江苏省文华奖音乐奖

——邹文飚

附录

坚持与时代同步伐

在常州市文学艺术界联合会第十一次代表大会上的讲话

（2021年1月9日）

江苏省文联党组书记、常务副主席、书记处第一书记　水家跃

在全省上下深入学习贯彻习近平总书记视察江苏重要讲话指示精神、全面落实省委十三届九次全会部署要求的重要时刻，常州市文联第十一次代表大会今天隆重开幕了！这是常州市文艺界的一件大事，也是常州文艺工作者共商文艺发展繁荣大计的一次盛会。在此，我谨代表江苏省文联向大会的召开表示热烈的祝贺！向为常州文艺事业的欣欣向荣作出不懈努力、付出辛勤劳动的文艺工作者们致以崇高的敬意！也借这个机会，向多年来高度重视和大力支持文艺工作、文联工作的常州市委、市人大、市政府、市政协表示衷心的感谢！

常州是吴文化的重要发源地之一，这里钟灵毓秀、人文荟萃，历史上曾经诞生了恽寿平、黄仲则、赵翼、李宝嘉、赵元任、瞿秋白、刘海粟等一大批名家大师，孕育了常州词派、阳湖文派、常州画派等享有盛誉的文化流派和人才群体，留下了一大批彪炳史册的名篇佳作，谱写了常州地域文化的辉煌篇章。

常州市文联第十次代表大会以来，在市委、市政府的正确领导和亲切关怀下，围绕中心，服务大局，认真履行联络、协调、服务职能，在弘扬先进文化、繁荣文艺事业、服务人民群众的实践中取得了丰硕成果。常州各个艺术门类争奇斗艳、全面发展，入选全国“五个一工程”奖作品数量位于全省领先水平，一大批常州中青年文艺家活跃于中国文坛，在各类全国文艺展览展示中屡屡摘金夺银，为常州乃至全省文艺事业繁荣发展做出了重要贡献。特别是在抗击新冠疫情的斗争中，常州广大文艺工作者积极投身以艺战“疫”行动，用文艺的方式记录抗疫中的感人故事、英雄壮举、大爱精神，用实际行动致敬白衣勇士，彰显了文学艺术界的爱国主义情怀和高尚的道德情操。

各位代表、同志们，我们正在奋力开启全面建设社会主义现代化新征程。在现代化新征程中，文艺不该缺席，也不会缺席。在不久前召开的省委十三届九次全会上，省委赋予常州“勇争一流，争创更多第一唯一，成为我省现代化建设走在前列的一面旗帜”的重望和嘱托，在这面“旗帜”上，常州文艺一定会展现出最动人、最绚丽的色彩。在刚刚胜利闭幕的省文联第十次代表大会上，省委书记娄勤俭亲临大会并发表了重要讲话，强调指出江苏文艺“有高原也有高峰”“有素材也有人才”，文艺创作“有个性也有规律”“有责任也有义务”，号召文艺界“以更加强烈的责任担当，

主动顺应时代召唤和人民期待，努力创作出更多名篇佳作，推动新时代江苏文艺‘高处再攀高’。”我们要深入贯彻中央和省委的决策部署，全面落实省文代会特别是娄书记重要讲话精神，把握时代前进和事业发展的新要求，统一思想、凝聚力量，围绕中心、服务大局，繁荣创作、服务人民，奋力在新时代的新征程上展现文艺工作的新作为新气象。

这里，我提几点希望和要求，与大家共勉。

一、坚持与时代同步伐，着力汇聚开启现代化新征程的磅礴力量

文艺最能代表一个时代的风貌，最能引领一个时代的风气。历史和实践证明，任何进步的文艺都不能游离于时代，任何有理想、有作为的文艺家都不能脱离时代的洪流，任何传得开、留得下的文艺作品都留下了深深的时代烙印。娄勤俭书记在文代会讲话中，就提到了著名常州籍作家高晓声，在改革开放初期创作的两部小说《李顺大造屋》《陈奂生上城》，这两部小说的一举成功，根本原因就在于作家敏锐把握了时代脉搏，做到了与时代同频共振。当前，我们正处于“两个一百年”奋斗目标的历史交汇期，伟大征程上各个领域都在发生着历史性变革，伟大时代中每天都在演绎着生动鲜活的故事。衷心希望常州文艺界坚定不移用习近平新时代中国特色社会主义思想武装头脑、引领航向，立足新时代的历史坐标，继承老一辈的精神品质，植根时代沃土、紧扣时代脉搏，为人民塑像、为时代放歌，描绘时代精神图谱。紧紧围绕娄书记在文代会讲话中亲自点题的“五个方面的故事”（抗疫故事、创新故事、转型故事、开放故事、奋斗故事），去发现、去提炼、去表达，用文艺热情讴歌党、讴歌祖国、讴歌人民、讴歌英雄，创作更多属于我们这个时代的精品力作，在现代化新征程上汇聚起“争当表率、争做示范、走在前列”的强大精神力量。

二、坚持以人民为中心，努力创作更多有筋骨有道德有温度的优秀作品

习近平总书记指出：“以人民为中心，就是要把满足人民精神文化需求作为文艺和文艺工作的出发点和落脚点，把人民作为文艺表现的主体，把人民作为文艺审美的鉴赏家和评判者，把为人民服务作为文艺工作者的天职。”娄勤俭书记讲话中，特别提到常州滑稽戏《陈奂生的吃饭问题》为民演出的感人故事。这部戏到南通乡下演出时，一位93岁的老人拉着艺术家的手说“我一辈子在乡下，从来没有看过这样的好戏。”老人的评价是对艺术家的最高褒奖。希望常州广大文艺工作者继续弘扬“艺为人民”的精神，把作品作为立身之本，把创作作为中心任务，坚持贴近实际、贴近生活、贴近群众，从人民群众现代化建设的伟大实践中汲取素材，写百姓冷暖，演人间苦乐，为人民抒怀，为人民放歌。要坚持把人民群众满意作为最高标准，全面梳理常州优秀传统文化、革命文化和社会主义先进文化资源，增强艺术的表现力、吸引力、感染力，推出更多地域特色浓郁、能够传之久远的精品力作。要积极开展群众乐于参与、便于参与的文艺惠民活动，引导人民群众在文化建设中自我表现、自我教育、自我服务，让广大人民群众共享文化发展成果。

三、坚持以明德引领风尚，始终高扬崇德尚艺的艺术情怀

习近平总书记强调：“广大文艺工作者要把崇德尚艺作为一生的功课，把为人、做事、从艺统一起来，加强思想积累、知识储备、艺术训练，提高学养、涵养、修养，努力追求真才学、好德行、高品位，做到德艺双馨。”娄勤俭书记在讲话中寄语全省文艺工作者，要增强“深沉的家国情怀”“浓厚的人民情怀”“纯粹的艺术情怀”。常州有着深厚的红色文化积淀和爱国主义精神传统，“常州三杰”瞿秋白、张太雷、恽代英是我党早期的重要领导人，“爱国七君子”中就有李公朴、史良两位是常州人。希望常州的文艺工作者不断吸取地域文化的精神滋养，牢固树立高远的理想追求，积极践行社会主义核心价值观，自觉肩负起举旗帜、聚民心、育新人、兴文化、展形象的使命任务，把艺术理想融入党和人民的事业之中，做到胸中有大义、心中有人民、肩头有责任、笔下有乾坤。要坚守自我突破、创新创造、精益求精的艺术精神，追求卓越的艺术品格，展现富有个性、多姿多彩的艺术魅力。要把“爱国、为民、崇德、尚艺”作为一生的功课，讲品位、讲格调、讲责任，努力成为有信仰、有情怀、有担当的新时代文艺工作者。

四、坚持守正创新，不断推动常州文联工作迈上新台阶

文联组织是党委和政府联系广大文艺工作者的桥梁纽带，是繁荣发展社会主义先进文化的重要力量，担负着做好所联系服务的文艺界工作的重要职责使命。希望常州市文联深入探索文艺工作和文联工作的特点规律，立足文联“十六字”基本职能，深入思考娄勤俭书记在文代会讲话中提出的五个“方向性问题”（怎样实现“文艺苏军”青蓝相继薪火相传？怎样孕育更多具有史诗般品格、震撼心灵的时代力作？怎样破解文艺成果“墙内开花墙外香”的问题？怎样打造显示度高、彰显中国气派的文化标识？怎样更好满足人民群众的高品质精神文化需求？），不断开拓工作思路，创新工作方法，提升服务质效。要创新工作体制机制，努力在举办重大主题文艺活动、引导和服务文艺创作、加强文艺人才培养、满足人民群众精神文化需求等方面取得新成就。特别要关注新文艺组织和新文艺群体，关注不同领域、不同业态、不同体制文艺工作者的生存与发展，把他们更加紧密地团结起来，听党话、跟党走。强化文联自身建设，提高服务水平，坚持眼睛向下、重心下沉、端口前移，努力把文联建设成为团结服务广大文艺工作者的温馨和谐之家。

衷心希望在座的各位代表、同志们，团结一致，共同努力，把这次大会开成承前启后、继往开来的大会，统一思想、振奋精神的大会，团结鼓劲、开拓进取的大会。衷心希望大会即将产生的新一届领导班子，深入学习贯彻习近平新时代中国特色社会主义思想，增强“四个意识”、坚定“四个自信”、做到“两个维护”，齐心协力、奋发有为，继承传统、锐意创新。衷心希望广大文艺工作者激情拥抱新时代，勇攀文艺发展新高峰，不断开创常州文艺和常州文联工作更加辉煌灿烂的明天！

最后，预祝大会圆满成功！祝各位艺术家朋友和同志们身体健康、工作顺利、阖家幸福，艺术之树长青！

要培根铸魂，吹响“文艺号角”

在常州市文学艺术界联合会第十一次代表大会上的讲话

（2021 年 1 月 9 日）

中共常州市委书记　齐家滨

今天，全市文艺工作者代表济济一堂，隆重召开常州市文学艺术界联合会第十一次代表大会，这是全市文艺界的一次盛会，也是全市人民文化生活中的一件大事。首先，我代表市委、市人大、市政府、市政协，对大会的召开表示热烈的祝贺！向长期以来关心支持常州文艺工作的省文联和专程莅临指导的水家跃书记表示衷心的感谢！向全体与会代表并通过你们，向全市广大文艺工作者致以诚挚的问候和崇高的敬意！

刚刚过去的 2020 年是极不寻常、极不平凡的一年。极不寻常的是，面对百年不遇的疫情冲击，我们众志成城、共克时艰，用生命守护生命，用真情战胜疫情；极不寻常的是，面对前所未有的经济下行压力，我们主动作为、化危为机，统筹推进疫情防控和经济社会发展，主要经济指标增速均居全省第一方阵；极不寻常的是，面对错综复杂的宏观形势，我们大力推进高铁新城建设、老城厢复兴、长江大保护、“大板房”专项治理等大事要事难事，突破了一批具有历史意义的发展难题，高水平全面小康建设取得决定性成果。极不寻常的是，在全面建设社会主义现代化新征程开启之际，习近平总书记亲临江苏视察，并作出重要讲话指示。前不久，市委召开十二届十一次全会，对贯彻落实党的十九届五中全会精神和总书记视察江苏重要讲话指示精神、推动“十四五”乃至更长时期发展作出了全面部署。在这样的节点召开文代会，我们需要进一步思考和回答，在“勇争一流，争创更多第一唯一，成为全省现代化建设走在前列的一面旗帜”的新征程中，文艺战线如何担当使命、走在前列。

市第十次文代会以来，市委认真贯彻落实中央、省委关于文艺工作的部署要求，始终把文艺工作摆在重要位置，在打造文艺精品、培养文艺人才、塑造文化品牌、推动文化惠民等方面开展了许多卓有成效的工作。全市各级文联组织团结带领广大文艺工作者，紧紧围绕全市发展大局，积极开展重大主题文艺活动和文艺创作，弘扬常州精神、凝聚社会共识，我市文艺事业发展呈现出一派欣欣向荣的景象。一是文艺精品成果丰硕。推出一批兼具思想性、艺术性、观赏性的精品力作，电视剧《青果巷》和滑稽戏《陈奂生的吃饭问题》荣获全国精神文明建设“五个一工程”奖，锡剧《卿卿如晤》荣获江苏省文化大奖；各文艺门类屡创佳绩，先后摘得曲艺“牡丹奖”、书法“兰亭奖”、工艺美术“百花杯”、民间文艺“山花奖”等多项大奖，常州文艺大放异彩。二是文艺影响日益扩大。先后承办中日水墨画交流展、全国花鸟画展、中国音乐“小金钟”奖电子键盘展演比赛，持续开展“两岸情”常台摄影艺术交流活动，金坛华罗庚艺术团成功升格为江苏省儿童艺术剧院，常州文化影响力越来越强。三是文艺惠民成效显著。“焦溪古镇”申遗加快推进，文化广场、青果巷历史文化街区一期建成开放，成为网红打卡地；“文明社区天天乐”“文化100”和“文化点亮生活”三大惠民行动，被《人民日报》誉为文化民生的“常州现象”。实践证明，我市文艺队伍不愧为一支有担当、有作为、有实力、有情怀的队伍，各级文联组织不愧为党和政府靠得住、广大文艺工作者信得过的桥梁和纽带。

文艺是时代前进的号角，最能代表一个时代的风貌，最能引领一个时代的风气。党的十八大以来，习近平总书记先后在文艺工作座谈会、中国文联十大、中国作协九大上发表了一系列重要讲话，深刻揭示了社会主义文艺的基本规律，创造性地提出了“社会主义文艺本质上是人民的文艺”“中国精神是社会主义文艺的灵魂”等重大论断，为我们在新的历史条件下做好文艺工作提供了根本遵循。党的十九届五中全会提出了繁荣发展文化事业和文化产业，提高国家文化软实力的战略任务，这既是时代和人民的呼唤，更是文艺工作者的共同心愿。今年，是“十四五”开局之年，也是开启全面建设社会主义现代化新征程的起步之年。无论是着眼“争当表率、争做示范、走在前列”新要求，还是聚焦“国际化智造名城、长三角中轴枢纽”城市定位，文艺的作用不可替代，文艺工作者大有可为。广大文艺工作者要高举习近平新时代中国特色社会主义思想伟大旗帜，深入贯彻落实习近平总书记视察江苏重要讲话指示精神和关于文艺工作的重要论述精神，坚定文化自信、增强文化自觉，以文化人、以文惠民、以文兴业，推动我市文艺事业不断迈上新台阶、登上新高峰。借此机会，我再提几点希望：

一要培根铸魂，吹响“文艺号角”。

党的十八大以来，习近平总书记先后就繁荣发展文艺事业提出了一系列新思想新观点新论断，为我们在新的历史条件下做好文艺工作提供了根本遵循。胸中有大义，笔下方能有乾坤。广大文艺工作者要坚持社会主义先进文化前进方向，全面贯彻落实党的文艺方针政策，大力弘扬社会主义核心价值观，始终坚守真善美的艺术追求，自觉担负起举旗帜、聚民心、育新人、兴文化、展形象的职责使命，用文艺弘扬主旋律、传播正能量、引领文明新风尚。

人民是文艺创作的源头活水，经典佳作无一不是群众生活的真实写照。我曾经前往老城厢、青果巷、前后北岸、安基村、牟家村等地调研，参观汤德胜《运河》系列摄影作品展、美丽乡村书画摄影作品展等展览，亲身感受到文艺工作者扎根常州、服务人民的创作热情。高晓声用一生的心血去书写他所热爱的农民，塑造出了一个个生动鲜活的农民形象，“陈奂生系列”小说享誉文坛、深入人心。疫情期间，全市共创作诗歌、美术、书法、戏剧、音乐、民间文艺等抗疫作品近2000件，真实记录了我市疫情防控一线的人和事，极大鼓舞了人民群众抗击疫情的斗志。推动文艺繁荣发展，最根本的是要创作生产出无愧于我们这个伟大民族、伟大时代的优秀作品。只要有正能量、有感染力，能够温润心灵、启迪心智，传得开、留得下，为人民群众所喜爱，这就是优秀作品。广大文艺工作者要坚持以人民为中心的创作导向不动摇，把人民作为文艺表现的主体，把人民作为文艺审美的裁判，走出方寸天地、扎根人民生活，感受群众的喜怒哀乐，感知群众的所盼所愿，始终把人民冷暖放在心中、把万家忧乐倾注笔端，让文艺作品更接地气、更有底气、更显生气。

二要勇攀高峰，书写“时代精神”。

文艺工作者在新时代展现更大作为，关键是要创作出更多无愧于时代的大作品。站在“两个一百年”奋斗目标的历史交汇点上，我们身边既有轰轰烈烈的大事，也有生动美好的小事，这些都是文艺创作最鲜活的题材。比如，万众一心、驰援湖北、坚守龙城的抗疫故事；比如，民营企业披荆斩棘、聚“智”突围，打破国外技术垄断的创新故事；比如，绿色发展、生态优先，走出“两山”好风景的转型故事；比如矢志不移、坚韧不拔，用双手创造幸福生活的奋斗故事，等等。

这些生动的题材都召唤着我们的文艺工作者去发现、去提炼、去表达。要聚焦时代题材自觉创作，通过文艺家独特的思想洞察力、认知穿透力和艺术感悟力，为时代画像、为时代立传、为时代明德，把指标、数据上科学理性的进步，转化为对这个时代温情感性的认知，努力发时代之先声、开社会之先风、启智慧之先河。要保持最纯粹的艺术情怀，坚持自我突破、创新创造、精益求精，创作出更多有筋骨、有道德、有温度的文艺作品。今年是党的100周年华诞，广大文艺工作者要以此为契机，倾心聚力、深耕细作，用形神兼备、叫好叫座的原创文化精品，致敬伟大时代，讴歌伟大人民。

三要脚踏实地，讲好“常州故事”。

好的文艺作品，不仅要有当代生活的浸润，也要有文化传统的滋养。在绵延近三千年的历史长河中，常州钟灵毓秀、人文荟萃，崇文重教、儒风蔚然，既有“天下名士有部落，东南无与常匹俦”的历史佳话，也有“教我如何不想她”的美丽乡愁，更有“为衔春色上云梢”的壮志豪情。常州学派、常州词派、常州画派、阳湖文派等开宗立派、独树一帜，唐荆川、赵翼、庄存与、刘半农、赵元任、洪深、刘海粟等名家大师灿若星辰，《文心雕龙》《昭明文选》《官场现形记》与常州渊源深厚，描绘常州的名篇佳作和诗词书画脍炙人口。江山代有才人出，各领风骚数百年。如今，时代已将“接力棒”传到了我们手上，我们既要为先辈留下的无数文艺珍宝而倍感自豪，更要担负起传承和创新的历史责任。

广大文艺工作者处在文艺创作生产第一线，是文艺事业发展的主力军。要深入生活、扎根人民，不断增强脚力、眼力、脑力、笔力，自觉把艺术追求融入常州改革发展的大局之中，把文艺创作寓于时代前进的浪潮之中，充分挖掘历史文脉，传承“常州三杰”红色基因，更好地书写常州、描绘常州、歌唱常州，通过更多优秀文艺作品为常州抒情、为常州鼓劲、为常州助威。要积极传承弘扬好中华优秀传统文化，加强非物质文化遗产保护和传承，深入梳理吴文化、大运河文化、红色文化、名人文化、工商文化，丰富文化内涵，提升城市魅力。要推出一批有特色有影响的演艺节目、创作一批“旅游+文化”的文艺作品，高水平建设文旅休闲明星城。要广泛开展文化惠民活动，打响“秋白书苑”等惠民品牌，精心组织“文化100”“常州文化旅游节”等群众性文化活动，让全市人民共享文艺发展成果。

四要聚焦聚力，打造“人才高地”。

人才强，则文艺兴。我们要进一步拓宽人才培养和引进的渠道，创新人才管理机制，在打造名家大家、建强后备力量、优化人才服务上下功夫，为优秀人才特别是青年文艺人才脱颖而出、施展才华搭建平台，为他们拜名师、聘导师牵线搭桥，最大限度地激发文艺工作者的创造活力，把常州打造成为优秀文艺人才的聚集地和新高地。

文艺是铸造灵魂的工程，文艺工作者是灵魂的工程师。广大文艺工作者要传承弘扬老一辈文艺家的优良传统，恪守“爱国、为民、崇德、尚艺”的职业道德，坚守“语不惊人死不休”的执着追求，涵养“板凳坐得十年冷”的艺术定力，磨砺“十年磨一剑”的耐心韧劲，成为推动先进文化的践行者、社会风尚的引领者，努力以高尚的职业操守、良好的社会形象、优秀的文艺作品，赢得社会尊重、赢得人民赞誉。

五要解放思想，培育“文化沃土”。

文艺作品可以跨越时空、超越国度，但文艺战线必须坚持鲜明的政治方向和价值导向。加强和改进党对文艺工作的领导，推动文艺事业繁荣兴盛，各级党委政府责无旁贷、义不容辞。要全面贯彻党的文艺方针政策，加强对文艺工作的领导，把文艺事业纳入经济社会发展总体规划，深入研究事关文艺发展全局的重大问题，不断提高领导文艺工作的能力和水平，守护好文艺生态的“山清水秀”。要解放思想、与时俱进，对文艺界人民团体和广大文艺工作者政治上充分信任、创作上热情支持、生活上真诚关怀，勇于在体制机制上“松绑”“放活”，多开方便之门，最大限度减少不必要的行政干预。要积极推动文化“走出去”，借助互联网、微信、微博、微电影等新兴媒体，组织策划精品展示、名家推介、作品拍卖等活动平台，支持更多文艺家、更多文艺作品走向全国、走向世界，让龙城韵味、常州风尚闻名遐迩、声名远播。

文联是党领导的文艺界人民团体，是党和政府联系文艺界的桥梁纽带，在建设先进文化、繁荣文艺事业中发挥着重要作用。希望全市文联组织坚持围绕中心、服务大局，更好履行团结引导、联络协调、服务管理、自律维权的职能，努力探索适应社会主义市场经济体制、符合文艺发展规律和人民团体特点的管理体制、运行机制、服务机制和激励机制，密切联系文艺工作者，竭诚为他们服务，依法维护他们的合法权益，营造有利于繁荣文艺创作的宽松环境，真正把文联建设成为向心力强、创造力强、温馨和谐的文艺工作者之家。

同志们，文化盛，则人心聚、事业兴。让我们更加紧密地团结在以习近平同志为核心的党中央周围，坚定自信、守正创新，合力谱写常州文艺事业崭新篇章，以优异成绩迎接党的百年华诞！

最后，预祝本次大会圆满成功！春节即将来临，祝愿大家身体健康、工作顺利、阖家幸福！

高举精神旗帜　扛起职责使命

在常州市文学艺术界联合会第十一次代表大会上的讲话

（2021 年 1 月 9 日）

常州市委常委、宣传部部长　陈　涛

为期两天的常州市文学艺术界联合会第十一次代表大会顺利完成了各项议程，马上就要胜利闭幕了。市委、市政府对这次会议高度重视，齐家滨书记等市四套班子领导和省文联领导出席了开幕式。齐书记在开幕式上作了重要讲话，充分肯定了成绩，提出了希望和要求。会议期间，代表们集思广益、建言献策，共商常州文艺发展大计，会议开得热烈、简朴、务实、高效，对推动常州文艺事业繁荣发展具有重要和深远的意义。在此，我代表市委、市政府对会议的圆满成功表示热烈的祝贺！向新当选的文联主席团成员和各位委员表示衷心的祝贺！向各位代表并通过你们向全市文艺工作者表示诚挚的问候！

文艺事业是党和人民的重要事业，文艺战线是党和人民的重要战线。文联作为党和政府联系广大文艺工作者的桥梁和纽带，是繁荣发展社会主义先进文化的重要力量。十次文代会以来，市文联团结带领全市广大文艺工作者，围绕中心做贡献，服务大局有作为，在精品生产、人才培养、文化惠民、品牌打造、协会建设等方面做了大量工作，取得了丰硕的成果，全市文艺事业呈现出百花齐放、繁荣发展的可喜局面，主旋律更加响亮，正能量更加强劲，为人民提供了丰富的精神食粮，向外界展示了常州的文化魅力。

习近平总书记在中国文联十大、中国作协九大的开幕式讲话中指出，文运同国运相牵，文脉同国脉相连。实现中华民族伟大复兴，是一场震古烁今的伟大事业，需要坚忍不拔的伟大精神，也需要振奋人心的伟大作品。总书记的讲话从民族复兴的战略高度，深刻阐释文艺的地位和作用，为社会主义文艺繁荣发展指明前进方向。市文联要坚持以习近平新时代中国特色社会主义思想和习近平总书记关于文艺工作的重要论述为引领，团结带领全市文艺工作者坚持正确方向，深入生活，扎根人民，深植时代，推动常州文艺事业繁荣发展。在此，我提几点希望，与各位代表共勉。

一是高举精神旗帜，扛起职责使命。

文艺是时代前进的号角，最能代表一个时代的风貌，最能引领一个时代的风气。文艺的性质决定了它必须以反映时代精神为神圣使命。广大文艺工作者要把艺术理想融入党和人民事业之中，做到胸中有大义、心里有人民、肩头有责任、笔下有乾坤，推出更多反映时代呼声、展现人民奋斗、振奋民族精神、陶冶高尚情操的优秀作品。要坚持与发展大局同向同频，自觉将文艺创作融入实现中华民族伟大复兴中国梦的时代洪流，融入“强富美高”新常州和“五大明星城”建设的生动实践，不断满足人民群众对美好生活的需要，为实现“两争一前列”，推动高质量发展凝聚精神力量。

二是树立正确导向，始终服务人民。

一切优秀文艺工作者的艺术生命都源于人民，一切优秀文艺创作都为了人民。文联要坚持以人民为中心的工作导向，引导广大文艺工作者深入火热生活，扎根人民群众，投身建设实践，汲取新鲜素材，以饱满的热情、生动的笔触、优美的旋律、感人的形象，为广大人民群众创作出更多思想精深、艺术精湛、制作精良的精品力作。要用有筋骨有道德有温度、接地气传正气有朝气的作品，温暖人、鼓舞人、启迪人，引导人们提升思想认识、文化修养、审美水准、道德水平，激励人们永葆积极向上的乐观心态和进取精神。

三是坚持创新发展，勇攀文艺高峰。

伟大的作品反映伟大的时代，伟大的时代呼唤伟大的作品。广大文艺工作者既要有开放的胸襟、也要有坚守的定力，既要传承优秀传统文化、也要敢于创新创造。要把创作生产优秀作品作为中心环节，在创作理念、创作方法、表现方式等方面积极探索，注重常州文化资源的挖掘，加强文化内涵的提升，推进文化品牌的培育，用精湛的艺术推动文化创新发展。要不断提高文艺创作质量，用专注的态度、敬业的精神、踏实的努力创作出更多高质量、高品位的作品，不断攀登艺术高峰。

四是坚守精神家园，做到德艺双馨。

推动文艺事业繁荣发展，人才培养、队伍建设是关键。广大文艺工作者要在潜心艺术创作的同时，时刻不忘品格的锤炼，坚守精神家园，坚持艺术追求，积极践行社会主义核心价值观。要加强思想积累、知识储备、艺术训练，提高学养、涵养、修养，努力追求真才学、好德行、高品位，做到德艺双馨。要牢记文化责任和社会担当，正确把握艺术个性和社会道德的关系，始终把社会效益放在首位，以深厚的文化修养、高尚的人格魅力、文质兼美的作品赢得尊重，成为先进文化的践行者、社会风尚的引领者。

各位代表、同志们，市文联第十一次代表大会即将闭幕，新的征程已经开启。让我们坚持以习近平新时代中国特色社会主义思想为指引，齐心协力、奋发有为，继承传统、开拓创新，推动常州文艺事业大繁荣大发展，以优异成绩迎接党的百年华诞！

最后，祝各位代表和文艺家身体健康、阖家幸福、创作丰收！谢谢大家！

培根铸魂勇担当　守正创新争一流
奋力抒写新时代常州文艺高质量发展新篇章
在常州市文学艺术界联合会第十一次代表大会上的工作报告

(2021年1月9日)

常州市文联党组书记、主席　舒　文

常州市文学艺术界联合会第十一次代表大会是在我市决胜高水平全面建成小康社会、奋力开启全面建设现代化新征程的新形势下召开的一次文艺界盛会。来自常州市文联42个团体会员的288名文艺界代表欢聚一堂，共同回顾十次文代会以来的难忘历程，共商新时代文学艺术发展大计，必将对推动我市文艺事业开创新局面、铸造新辉煌产生重大而深远的影响。

本次大会的主题是：高举习近平新时代中国特色社会主义思想伟大旗帜，认真贯彻党的十九大和十九届二中、三中、四中、五中全会精神，深入学习习近平总书记关于文艺工作的重要论述，深刻领会习近平总书记视察江苏重要讲话指示精神，认真落实中央和省委关于繁荣发展社会主义文艺、加强和改进党的群团工作的部署要求，贯彻落实市委十二届十一次全会精神，总结市文联十次代表大会以来的工作，研究今后一个时期重点任务，修改市文联章程，选举产生新的一届文联领导机构，团结带领全市广大文艺工作者更加自觉承担起举旗帜、聚民心、育新人、兴文化、展形象的使命任务，以“争当表率、争做示范、走在前列”的责任担当，为常州现代化建设走在前列，推动常州文艺事业高质量发展，谱写文艺新华章。

市委对开好这次大会高度重视，专门研究换届工作。市委、市人大、市政府、市政协主要领导莅临开幕式。市委书记齐家滨在开幕式上发表重要讲话，充分肯定了市文联第十次代表大会以来文艺事业和文联工作取得的显著成绩，指明了新形势下我市文艺发展的方向，对全市文艺工作者提出了殷切希望和明确要求。江苏省文联党组书记、常务副主席、书记处第一书记水家跃亲临大会并作重要讲话，亲切关怀常州文艺的发展，给我们的工作以强有力的指导。对两位领导同志的重要讲话，我们一定要认真学习领会，抓好贯彻落实。

现在，我代表常州市文联十届委员会，向大会报告工作，请予审议。

十次文代会以来的主要工作

十次文代会以来，在市委、市政府的坚强领导和市委宣传部的有力指导下，常州市文联围绕中心、服务大局，不断增强“四个意识”，坚定“四个自信”，坚决做到“两个维护”，坚持“二为”方向、“双百”方针，坚持以人民为中心的工作导向，积极发挥党和政府联系文艺工作者的桥梁纽带作用，团结凝聚文艺界和广大文艺工作者为繁荣常州文艺事业作出了重要贡献，文艺影响力显著提升，常州文艺事业迈入了崭新的发展阶段。

一、始终坚持和加强党的全面领导，用党的最新思想理论武装文艺界

加强政治引领，强化理论武装。深入开展党的群众路线教育实践、“三严三实”专题教育、“两学一做”学习教育、“三大一实干”活动、解放思想大讨论，“四力”教育实践和“不忘初心、牢记使命”主题教育，坚定正确政治方向。通过学习座谈、专题辅导、读书交流等形式，组织全市文艺界学习贯彻习近平新时代中国特色社会主义思想和党的十九大精神，将习近平总书记关于文艺的系列重要讲话精神和省委、市委重大战略部署传达给广大文艺工作者，用党的最新思想指导文艺实践，牢牢把握文艺工作和实践活动的正确方向。

加强作风建设，全面从严治党。认真履行全面从严治党主体责任，坚持以上率下、从严管理，确保全面从严治党各项部署要求落地生根。深入开展“一学习两整治”专项行动，认真贯彻集中整治形式主义、官僚主义工作要求，积极开展党风廉政教育，把落实中央八项规定精神和省市实施意见贯穿于党员干部教育、管理、监督和服务的全过程。认真落实市委巡察反馈意见的整改，针对八大类问题，列出 25 个问题清单，制定 58 项整改措施，按时高效完成整改工作。

加强意识形态领导，筑牢思想防线。制定《常州市文联机关干部派驻协会联络员制度》《常州市文联领导班子成员联系服务基层工作制度》等制度，通过经常性的走访、调研、座谈等，加强与下属协会、社团的联系，深入了解文艺界的思想动态。按照巡察整改要求，制定《落实意识形态工作责任实施细则》等，与各文艺家协会、社团负责人签订责任书，利用代表大会、理事会、赛事活动等场合，及时传达上级关于意识形态工作的决策部署及指示要求，组织丰富多样的正面宣传，牢牢把握意识形态工作的领导权、主动权。

二、围绕市委市政府中心工作，组织重大主题文艺活动和文艺创作

紧抓主题节庆，积极开展活动。组织文艺演出、美术书法展览、征文征联、出版诗词专集等活动，迎接第八届中国花博会的举办。配合常州历史文化名城申报和大运河文化带建设，编撰出版《常州运河史话》《常州运河研究》《常州运河诗文》《常州运河楹联》《常州运河影像》《三千里路人和水》，创作出版《画中的常州历史古迹》《镜中的常州历史古迹》，举办“印象大运河”全国雕塑名家邀请展和“塑说大运河”全国雕塑艺术大赛等活动。去年抗疫期间，组织创作了近 2000 件“坚决打赢疫情防控阻击战”主题文艺作品，极大增强了广大人民群众抗击疫情的决心和信心。征集 130 件书画作品赠予奋战在疫情防控一线的先锋模范，以表达崇高敬意。围绕建党 95 周年、抗战胜利 75 周年、红军长征胜利 80 周年、中共十九大召开、改革开放 40 周年、新中国成立 70 周年等重大时间节点，积极开展形式丰富的文艺展示展演活动，提升了常州的影响力、知名度和美誉度，增强了全市人民的自信心、自豪感、归属感。

组织深扎实践，聚焦文艺惠民。组织全市文艺工作者开展“深入生活、扎根人民”主题实践活动，努力打造文艺精品和优质文艺惠民服务系列产品，以各文艺家协会为依托，成立文艺志愿者服务团和红色文艺轻骑兵小分队，大力开展文艺志愿服务。与市委宣传部、市文广旅局等单位联合实施“文明社区天天乐”“文化 100”“文化点亮生活”三大文化惠民行动，被《人民日报》誉为文化民生的“常州现象”，被省委宣传部评为“江苏省优秀文化活动品牌”。市文联重点组织策划的“文化点亮生活”已连续举办6届，共推出1476项雅俗共赏的文艺活动，惠及群众200万人次，为推进常州“五大明星城”建设提供强大精神动力。

开展对外交流，提升城市影响。为讲好常州故事、宣传城市形象、扩大对外交流，先后参与承办了全国青少年国标舞大赛、全国花鸟画展、中国音乐“小金钟”奖电子键盘展演比赛、中国作协“深入生活扎根人民”活动现场经验交流会、中国摄协和中国民协深入学习贯彻“习近平总书记文艺工作座谈会重要讲话精神专题研讨班”、中国摄协2019年全国摄影工作会议等重要赛事会议活动。举办了“中国•乌克兰油画雕塑展”、“中日水墨画交流展”、国际声乐大师班、“风雅常州”中美文化交流暨艺术作品展、淮安•常州书法作品联展、苏浙皖电影编剧研修班、影像扶贫——“南腔北调”当代优秀摄影家作品巡展、古筝国际邀请赛、常州二十人书画作品厦门展、常州•葫芦岛书法作品联展、长三角女书画家提名展等活动。

三、繁荣文艺创作，涌现出一大批有筋骨、有道德、有温度的优秀文艺精品

“五个一”工程成果丰硕。加大组织力度，强化题材规划，努力创作生产思想精深、艺术精湛、制作精良的优秀文艺作品。市影协参与拍摄的电视剧《青果巷》和市剧协参与演出的滑稽戏《陈奂生的吃饭问题》荣获全国精神文明建设“五个一工程”奖。市文联组织创作的图书《桂香街》《纸花》《最后的蚁王》《海魂》，歌曲《朋友请常来走走》，广播剧《红衣奶奶》，声乐组曲《霜红秋白》等获得江苏省“五个一工程”奖。

各文艺门类屡创佳绩。文学创作方面：3部作品获江苏省紫金山文学奖，3部作品分获莽原文学奖和冰心散文奖。美术创作方面：十大类32件作品分别入选第十二、十三届全国美展，入选数量和画种都取得历史性突破，高鸣的《渔舟唱晚》获十二届美展优秀奖。书法创作方面：朱国平获第五届中国书法“兰亭奖•佳作奖”，1件作品入选兰亭奖特邀作品，9人作品入展第十一届、十二届全国书法篆刻展。摄影创作方面：4件作品入展第25届、第27届全国摄影艺术展，其中耿建国的《虔诚》、江建文的《家在异乡》获优秀奖，张霆的《期会东坡》获评委会推荐奖。“南腔北调”当代优秀摄影家作品巡展暨革命老区扶贫项目被列为国家艺术基金传播交流推广资助项目。戏剧和曲艺创作方面：4人获“江苏戏剧奖•红梅奖”。中篇苏州弹词《江南第一燕》获中国曲艺牡丹奖“节目特别奖”。音乐创作方面：华声合唱团、清韵合唱团在第十四届中国国际合唱节分获成人混声组和童声组B级合唱团称号。舞蹈创作方面：《香脆萝卜干》获第十届中国艺术节群星奖，《快！快！快！》获第十届“小荷风采”全国少儿舞蹈展演2项荣誉称号，《铿锵阿嘎》获第十一届全国少数民族传统体育运动会综合类项目金奖。民间文艺创作方面：溧阳民间傩舞“跳幡神”获第十一届全国民间文艺“山花奖”。影视创作方面：电影《桂香街》获第32届中国电影金鸡奖最佳电影音乐提名奖和新西兰中国电影节华语电影金蕨叶奖优秀影片奖。电视剧《青果巷》获中国电视金鹰奖。广播剧《红衣奶奶》获中国广播剧研究会第十六届广播剧专家奖金奖。工艺美术创作方面：有8件作品获全国工艺美术最高奖“百花杯”金奖。文艺评论方面：孙慨的《辛亥革命时期摄影的媒介价值》获第八届中国文联文艺评论奖（文章类）一等奖，叶康宁的《风雅之好：明代嘉万年间的书画消费》先后获得中国书法“兰亭奖”理论奖和“啄木鸟杯”中国文艺评论（著作类）优秀文艺评论作品。3部作品获江苏省第二届紫金文艺评论一等奖，1部作品获第九届“长江杯”江苏文学评论奖一等奖，出版《常州文艺评论集》。

各文艺品牌百花齐放。继续开展“两岸情”常台摄影艺术交流活动，重点打造“两岸情”30周年系列活动。连续举办三届市民摄影节，为广大市民打造家门口的文艺盛宴。每三年轮流举办书法、摄影、美术界别展，每届评选书法、摄影、恽南田美术奖各10名，为发现培养人才提供舞台。连续三届举办常州合唱大赛，选送优秀团队参加省紫金合唱节，获3银1铜的优秀成绩，有力促进了全市合唱水平的提高。市诗词协会连续三届举办“舣舟杯”全国传统诗词大奖赛，对弘扬传统文化，提升城市形象起到了积极的推动作用。市吟诵协会的常州吟诵，作为江苏省非物质文化遗产俗曲及传统音乐研究课题，被南京师范大学音乐学院列入教学实践项目。

四、切实加强文艺队伍建设，为推进文艺繁荣发展不断注入新的活力

队伍建设稳扎稳打。市文联现有直属文艺家协会14个，市级协会会员8204人，国家级协会会员599人，省级协会会员2217人，文艺社团16个。在全面夯实队伍、提高素质基础上，市文联注重举荐条件成熟的会员特别是中青年文艺人才的成名成家，通过组织宣传、规划引导、包装推介等措施，为他们在选题、立项、创作、生产、评奖等环节搭平台设擂台建舞台，引导他们成为德艺双馨的文艺名家。在《文艺界》专栏宣传推广重点骨干文艺家，组织开展“中青年德艺双馨文艺工作者的评选活动”，为全市文艺工作者树立标杆。举办殷志扬《雪落古运河》长篇小说研讨会、江可群古常州作品展、吴中行摄影作品展、阿甲纪念座谈会，参与组织刘海粟艺术展，编辑出版《常州戏剧家》。

人才培养扎实推进。精心组织全市文艺家读书班、青年文艺家读书班，作家培训班、书法教师培训班等各文艺门类主题培训班。积极推进“书法百千万”工程，组织文艺家赴云南、贵州、浙江等地采风观摩。做好市“六个一批人才”的培养工作，积极为六个一批人才争取奖励和扶持，6位优秀中青年文艺家被评为宣传文化系统“六个一批”文艺人才，5人入选省“名师带徒”计划，17人加入中国作家协会，超过历届总和。2人分获紫金山文学新人奖和文学编辑奖。1人获网络文学金键盘奖，4人分获网络文学白金作家和大神作家称号。举办“新人美术作品展”和“书法新人新作展”，连续六年主办“翰墨新韵——常州市80后书坛精英展”，有力推动了重学养、重品格、重基础、重个性的青年书法美术人才培养工作。举办省青少年才艺大赛、青少年美文大赛、青少年“童诗·童谣·童话”大赛、儿童画大赛、青少年现场篆刻大赛、少儿声乐大赛等赛事活动，培养青少年文艺后备力量。

长效机制日臻完备。完善青年作家、特聘作家、词曲作者签约制度，建立文艺人才库，优化“六个一批”人才培养流程，开展结对传承行动。修订《常州市青年作家年度创作奖励办法》，开展每年一度的长篇文学作品征集活动，不断丰富和优化文学创作题材库，加强对青年文艺家的跟踪、服务和管理，通过新人美术作品展、书法新人新作展、名师结对等活动发现培养中青年文艺人才。建立健全文艺创作的激励机制，加大对精品生产的奖励力度，设置文艺成果“荣誉奖”“特别荣誉奖”，2015—2019年累计对全市各艺术门类省级以上奖项（入选）作品416项优秀成果进行表彰，形成了良好的创作氛围。

五、深入探索文联新定位新职能新机制，深化改革迈出坚实步伐

深化文联自身改革。根据文联深化改革方案要求，相继成立“常州市文联文艺志愿服务中心”“常州市文联文艺维权服务中心”“常州市文艺界职业道德建设委员会”“常州市文联文艺创作指导委员会”。举办版权保护培训班，进一步提高文艺家版权保护意识。全力推进基层文联建设，在原有3个县市文联的基础上，先后完成新北、天宁、钟楼三个城区文联组建工作，天宁文联率先在所有街道成立文联，实现首个城区文联组织全覆盖，有效延伸文联工作触角，打通了文艺服务群众的“最后一公里”。出版全省文联系统首部志书《常州文联志》。推进事业单位改革，组建常州市文学艺术研究院。先后成立评论家协会、企业家摄影协会、雕塑家协会、监狱系统文联、金融系统文联，为常州文艺大家庭增添了有生力量。

推进文艺阵地建设。积极探索《翠苑》杂志的转型升级，举办创刊35周年、40周年纪念活动，扩大杂志社会影响力。面向青少年推出《翠苑·艺》杂志，在省内率先使用AR技术，带给青少年读者全新阅读体验。打造文艺信息宣传新格局，精心改版《文艺界》，扩容常州文艺网，做好纸质媒体和“互联网+”融合发展，全方位展示常州文艺的发展动态和文艺家成就。2020年，在市委、市政府的高度重视下，全市文艺工作者期盼已久的“文艺家之家”已正式投入使用。为提升行业管理能力，市文联先后出台《文艺家协会换届工作指导意见》《文艺家协会工作考核评比办法》《加强所属文艺家协会规范化管理的意见》《所属文艺家协会财务管理办法》等文件，指导协会做好理事会、财务、台账、年审等日常工作，每年对优秀协会、社团予以表彰奖励，形成示范效应。创新开展服务提升年活动，通过“三亮”行动、领导接待日、协会党建等具体工作措施，推动各文艺家协会、文艺社团健康发展。市作协创办了江苏省第一家地市级作家通讯杂志。市书协成为全省文艺家协会第一个“文明单位”，在全市文艺家协会中第一个成立党支部、第一家被命名为常州市“AAA级社会组织”。建立《常州市文联领导班子成员与新社会阶层文艺工作者联系制度》，密切联系新文艺群体，以网络作家分会为突破，组织读者分享会，作家座谈会等活动，以点带面推动新文艺群体建设。先后成立了手机摄影协会、油画协会、数字影像技术研究会等。

各位代表、同志们，这些工作成绩的取得，是市委、市政府、江苏省文联亲切关怀、市委宣传部悉心指导的结果，也是全市文联系统和广大文艺工作者锐意创新、团结奋进的结果。在此，我代表市文联第十届委员会向所有关心支持文联工作的各级领导、社会各界表示衷心的感谢和崇高的敬意！

十次文代会以来，荆剑鹏、魏华邦、房师田、吴雅童、秦德祥、丁楼辰、孟济元、韦中权、刘秋农、羊汉、孟建强、周希明等著名文艺家相继离世，他们对繁荣常州文艺事业作出过重要贡献，他们高尚的艺术品格、深厚的艺术修养、丰富的艺术成就，永远值得我们铭记，并将激励我们继续前行。

在充分肯定成绩的同时，我们也要清醒地看到存在的不足：一是常州文艺地位和影响力还有很大的提升空间；二是艺术家队伍青黄不接现象需要高度重视和认真对待；三是制约文艺发展的体制机制问题需要务实破解；四是新文艺群体的健康发展需要进一步引领，发挥更大作用。这些问题需要我们在今后的工作中采取更加有力的措施，认真加以解决。

今后五年的工作思路

各位代表、同志们，刚刚闭幕的市委十二届

十一次全会对常州“十四五”发展描绘了宏伟的蓝图，号召全市上下切实担负起“争当表率、争做示范、走在前列”的重大使命，勇创一流，争创更多第一唯一，努力成为全省现代化建设走在前列的一面旗帜。围绕这一目标，今后五年文联工作的总体思路是：高举习近平新时代中国特色社会主义思想伟大旗帜，深入贯彻落实习近平总书记视察江苏重要讲话指示精神和关于文艺工作的重要论述精神，自觉承担起“举旗帜、聚民心、育新人、兴文化、展形象”的使命任务，紧紧围绕高质量发展的时代主题，服务中心、服务大局，牢牢把握社会主义先进文化的前进方向，坚持以人民为中心的工作导向，坚持文艺为人民服务、为社会主义服务，坚持百花齐放、百家争鸣的工作方针，坚定文化自信，切实履行“团结引导、联络协调、服务管理、自律维权”的基本职能，团结引导广大文艺工作者为繁荣常州文艺事业、实现常州“五大明星城”奋斗目标作出更大贡献。

一、完善党建引领机制，实施培根铸魂工程

全面加强党的领导，推动机关自身建设。深入领会习近平总书记在意识形态领域重要论述的重大意义，树牢“四个意识”、坚定“四个自信”、做到“两个维护”。深入推进文艺战线意识形态领域斗争，毫不动摇坚守“主阵地”、扎扎实实种好“责任田”，坚定不移推进全面从严治党，深化党风廉政建设和机关作风整顿，营造良好的政治生态。不断提高自身管理能力和服务水平，为推进文联各项事业不断发展提供坚强保障。

深入推进协会建设，创建星级协会社团。对各文艺家协会、社团在组织、活动、会员、财务、档案、考评等方面继续完善细化管理规定，优化管理考评，进一步建立长效机制，促使各协会、社团活动逐步走向规范化、制度化、科学化。以市书协党建模式为样板，指导各文艺家协会建立党支部，切实发挥基层党组织对文艺工作的政治引领作用，积极推进星级协会、社团创建。组织协会、社团、产行业文联共享共建，促进相互之间的合作交流，鼓励各行业优秀人才加入各协会、社团。

大力扶持基层文联，形成上下联动氛围。重点推进乡镇、街道文联建设，帮助乡镇、街道、文联健全机制、规范管理、提升素质，力争做到“六个有”，即有组织机构、有活动场地、有基本队伍、有文艺活动、有志愿服务、有保障支持。加大对辖市区文联深化改革的指导力度，引导辖市区文联延伸工作手臂，创新工作手段，自觉服务、有效融入经济社会发展大局。

二、完善联络协调机制，实施温馨家园工程

强化道德建设，引导文艺家崇德尚艺。充分发挥文艺家职业道德委员会的作用，开展德艺双馨文艺家评选，提升文艺家的荣誉地位，加大对先进典型的挖掘、推介、表彰力度，注重发挥文艺界公众人物的正面示范效应。探索建立行风监督的函询、通报、批评、惩戒等制度，针对文艺从业人员的违法失德行为，勇于发声、及时引导。建立健全协会会员退出机制，对造成不良社会影响的行为，依法依规进行严肃处理，推动文艺界形成风清气正、健康向上的良好氛围。

加强团结引导，凝聚新文艺群体力量。市文联将持续关注和重视有创作才华、有奉献意识和有一定社会影响力的民营、个体文艺人才，团结引导他们参加文艺志愿服务、采风创作、文艺大赛等活动，吸引和鼓励他们加入各文艺家协会、社团。在各文艺家协会中筹建新文艺二级分会和新文艺群体工作委员会。建立团结引导服务新文艺群体的长效机制，为新文艺群体创作、展示、推介、评论优秀作品创新服务渠道，提升眼界水平。

做好维权服务，切实保障文艺家权益。与省市有关部门形成上下联动机制，搭建文艺维权服务桥梁，积极借助社会上成熟的专业团体力量，聘请公益法律顾问，为各文艺家协会提供法律咨询等服务，不断增强维权业务的专业化、科学化和人性化水平。组织维权讲座，开展政策法规培训，提高文艺工作者自身法律素养和维权意识。加强行业自律，严厉打击侵权行为，净化创作环境，形成良好的文艺生态环境。

三、完善人才培养机制，实施群英荟萃工程

以久久为功、善做善成的态度将结对传承行动打造成为人才建设的品牌工程。大力开展名师带徒活动。帮助扶持各文艺家协会寻找名师大家，为人才培养提供深入生活、进修深造、创作研究的条件，努力造就一批青年英才、后起之秀。深化文艺人才库建设，做好文艺新人推介、推广。多层次开展文学剧本创作新人赛、书画摄影新人展、音乐舞蹈曲艺新人展演等活动，对优秀人才和优秀项目给予重点扶持，提升他们的创作实力，扩大成果影响，为青年文艺人才脱颖而出创造机会。

四、完善创作引领机制，实施文艺精品工程

完善长效机制，促进创作高水平发展。重点抓好常州“五大明星城”建设题材、中国现实题材、大运河题材、常州三杰红色题材、青果巷名士题材、本土工商题材等重大题材的规划，定期向社会更新公布创作题材库，设立招贤榜，吸引优秀文艺人才投身创作。完善文联签约制度，在重点作家、青年作家、词曲作者签约基础上，增加签约文艺种类，增加以网络作家为代表的新文艺群体的签约名额。推动设立以常州原创音乐为代表的本土原创文艺作品专项赛事，给本土文艺作品提供展示平台。建立经常性对外学习交流制度，每年定期组织重点文艺骨干进行文艺交流采风或观摩学习。加大宣传力度，营造浓厚的舆论氛围，对获得国家级奖励的作品，在全市范围进行一定场次和时间的汇报展览、展演、展播。

瞄准重点赛事，树立创作高标准导向。以“五个一”工程为引领，以国家级展赛为重点，深入推进文艺精品生产。各协会要对标对表，重点列出本艺术门类省级以上代表性奖项和比赛、展览、展演，认真组织参赛参展，确保取得优异成绩，力争我市文艺作品整体水平全面提升。

紧抓文艺评论，推动创作高质量发展。推动设立常州青果文艺评论奖，提升常州文艺评论整体水平。市评协和广大文艺评论家要围绕如何出优秀作品、出优秀人才做文章，积极吸收各协会、社团文艺评论骨干力量加入评协，努力营造良好的文艺环境，勇于对低俗、庸俗、媚俗等不良文艺现象进行批评，用高水准文艺评论来引领新文艺群体整体创作水平提高。

五、完善激励引导机制，实施文艺品牌工程

推进惠民实践工作，共享文艺发展新成果。积极融入“五大明星城”建设、大运河文化带建设、老城厢复兴、新文明实践中心、乡村振兴等市委、市政府中心工作，扎实开展“深入生活、扎根群众”实践活动。研究出台《常州市文艺志愿者管理办法》，开展常州最美文艺志愿者、最佳文艺志愿服务组织、最佳文艺志愿服务项目评选。5年内建立100个文艺志愿者村、社区服务基地，探索文艺志愿服务团与村、社区结对签约，坚持“送文化”与“种文化”相结合，努力提升文艺惠民志愿服务的质量与内涵。

争取各种平台资源，实现文艺事业新跨越。运用高晓声、恽南田、谢稚柳、赵元任、吴中行等常州文艺名人效应，积极争取国家级文艺协会和社会资本的支持合作，提升文艺工作的社会化程度，进一步扩大常州文艺的影响力。

开展一会一品创建，推进文艺精品生产。各辖市区文联、文艺家协会、文艺社团、产行业文联要着眼“立品牌、树形象、有影响”，立足自身实际，发挥自身优势，围绕市委、市政府中心工作，打造各具特色、影响深远、可持续发展的品牌活动，大力实施“一会一品”计划。市文联将定期开展优秀文艺品牌评比，推广宣传优秀文艺品牌，用项目化方式推进精品创作，形成常州文艺的品牌效应。

各位代表，推动常州文艺事业繁荣发展，是时代赋予我们的崇高责任。让我们更加紧密地团结在以习近平同志为核心的党中央周围，切实肩负起“争当表率、争做示范、走在前列”的重大使命，在市委、市政府的坚强领导下，不忘初心、开拓进取，在奋力开启全面建设社会主义现代化新征程中再立新功，以优异成绩迎接党的百年华诞！

体现党的领导　积极领航文艺工作健康发展

在常州文艺界党史学习教育报告会上的讲话

(2021 年 6 月 28 日)

常州市文联党组书记、主席　舒　文

再过两天就将迎来中国共产党的百年华诞，在举国欢庆的大喜日子里，我们在这里隆重集会，举行常州文艺界党史学习教育报告会，共同回顾党的光辉历程，以讲演的形式和文艺的力量庆祝党的生日。借此机会，我代表常州市文联党组、常州市文学艺术联合会，向你们，并通过你们，向全市文艺界共产党员致以节日的祝贺，向常州文艺人致以诚挚的问候!

百年征程波澜壮阔，百年初心历久弥新。中国共产党自诞生之日起，就自觉担负起求得民族独立和人民解放、实现国家富强和人民幸福的历史使命。从开天辟地的救国大业，到改天换地的兴国大业，从翻天覆地的富国伟业，到惊天动地的强国伟业，中国共产党带领中国人民站起来、富起来、强起来。尤其是百年前，涌现出了三位留着深深常州烙印的杰出青年：瞿秋白“总想为大家辟一条光明的路”，张太雷“愿化作震碎旧世界的惊雷”，恽代英“要把自己身上的磷燃烧起来，烧掉古老的中国，诞生一个新中国”。他们给后人留下的宝贵精神财富，形成了著名的“常州三杰”精神，他们身上所展现出的爱国情怀、革命信念、责任担当和奉献精神，激励着我们一代又一代人接续奋斗、砥砺奋进。

习近平总书记指出，我们党的一百年，是矢志践行初心使命的一百年，是筚路蓝缕、奠基立业的一百年，是创造辉煌、开辟未来的一百年。以史为鉴，继往开来，学习党史具有深刻的历史意义和重要的现实意义。我们要认真学习贯彻习近平总书记的重要讲话精神，坚持学史明理、学史增信、学史崇德、学史力行，不断提升政治觉悟，切实增强“四个意识”、坚定“四个自信”、做到“两个维护”，不断挖掘和汲取党史中的智慧和力量，弘扬传承好“常州三杰”革命精神，以高度的政治责任感和严肃认真的态度，切实抓紧抓好，抓出成效。

一、体现党的领导，积极领航文艺工作健康发展

文艺事业是党和人民的重要事业。文艺必须坚持正确的政治方向，与党中央保持高度一致，自觉承担起举旗帜、聚民心、育新人、兴文化、展形象的使命任务，为服务党和国家事业作出更大贡献。

二、坚持以人民为中心，创作更多更好的精品力作

要贴近时代，紧扣主题。弘扬主旋律，发挥正能量，牢固树立社会主义核心价值观，为人民群众奉献更多更好的精神食粮。

要尊重文艺创作规律。坚持“二为”方向和“双百”方针，引导动员文艺家深入生活，扎根人民，融入大局。

要爱惜人才，用好人才。特别是对青年文艺工作者，我们要更多爱护、更多包容，给他们松绑，为他们解忧，让他们心情舒畅，让他们甩开膀子，去发挥聪明才智。

前阵子省文联来调研，认为常州文化底蕴深厚，艺术内涵丰富，是全省为数不多的、能够有史诗般精品力作创作基础的城市。

我们每一位常州文艺人任重道远！

三、加强文联工作整体化建设，着力提高社会化程度

要加强规范化建设。全面成立协会功能型党组织，并以此为突破，全面创建 AAA 级社会组织，进而具备相应资格参与更多的社会事务。抓好协会的青年艺术家分会建设，把优秀青年人才最大限度地吸纳进来。进一步树立考核导向，奖勤罚懒，做大工作基本盘，彻底清除“僵尸”组织，让协会更加能动、更具活力。

要加强人才队伍建设。合理设置常州文艺大奖，充分运用高晓声、刘海粟、赵元任等名人效应，和常州投资集团、高铁新城公司等八家国企深度合作，开展各类高级别的展、赛、演，为人才脱颖而出创设舞台。继续扩充和跟进“名师带徒、结对传承”行动，为青年人才成长站台背书、搭建平台。举办研修班、读书班、研讨会、改稿会，进一步拓展人脉资源和专业渠道。

要加强文艺品牌建设。编撰常州文艺年鉴和常州文艺家评传，组建文艺志愿者联盟和文联艺术团，把《翠苑》杂志办成长三角地区有影响力的青年文学爱好者园地，《少年文艺家》成为具有核心 IP 的著名少儿综艺类杂志。

要加强社会资源建设。善于打造“文艺+”跨界融合模式，积极引进战略投资者，在艺术培训中心、实验剧场、文创园、私人艺术馆、特色艺术学校办学等方面密切合作，实现多赢。与政法机关和法律机构联手，进一步加强知识产权保护，加大文艺家维权服务力度。成立新文艺组织、新文艺群体联盟，在艺术培训、画廊展馆、舞美演艺、收藏拍卖、互联网文创运营、影视制作等方面主动整合泛文艺力量，发挥好他们在各个领域应有的作用。

十九大报告指出，当前我国的社会主要矛盾是人民日益增长的美好生活需要，和不平衡、不充分发展之间的矛盾。文艺作为精神食粮，其对美好生活的重要性不言而喻。

1953 年周恩来在全国第二次文艺工作会议上作报告，突然中断讲话，问有位叫魏巍的同志在不在，请站起来让大家认识一下，魏巍和各位代表一头雾水。周恩来说，我们都要感谢你，是你的《谁是最可爱的人》让大家知道了志愿军战士，知道了抗美援朝、保家卫国的伟大。现代文学史上因为有了《谁是最可爱的人》，而有了抗美援朝文学，才有了同仇敌忾的国民精神。

这，就是文学的力量。

今年，剧协为庆祝党的百年华诞专门排了现代京剧《红灯记》，一开始大家都没有重视，文联也没有列入今年的重点工作。万万没有想到，我们也会演得那么好。沈惠兰告诉我她是流着眼泪看完的，沙滩说他也是一直眼含热泪，我又何尝不是呢？和小时候看的感觉完全不一样。那种视死如归的革命英雄主义，让人荡气回肠、唏嘘不已。主要演职人员平均年龄 60 多岁，梅丽瘦了二十多斤，李玉和李奶奶近七十岁的人坚持全本唱下来，连续唱了两天，非常不容易。我就说梅丽的唱功、身形、表演一点都不比中央京剧院的李铁梅差，甚至还要更好。

每场演出结束后，观众都情绪高涨，久久不愿离去。

这，就是文艺的力量。

我们都是文艺工作者，是美的创造者和传播者，我们肩负的使命光荣，责任重大，我们责无旁贷，我们义不容辞。

同志们、朋友们：回望过去我们心潮澎湃，展望未来我们信心满怀。站在两个百年的历史交汇点上，身处这么一个伟大的时代，是我们的幸运，更是我们的光荣。让我们高举习近平新时代中国特色社会主义思想伟大旗帜，在市委、市政府的坚强领导下，同心协力，奋勇争先，用文艺的力量，为推动常州经济社会高质量发展作出新的、更大的贡献！

组织机构和负责人名录

常州市文学艺术界联合会

党组书记：舒　文

党组成员：胡军生　周勇刚　王　蓉

主　　席：舒　文

副 主 席：胡军生　王　蓉

专职委员：周勇刚

三级调研员：池银合

秘 书 长：夏　厦（至 2021 年 1 月）

蒋小萍（2021 年 1 月任）

副秘书长：张　怡　周　滨

· 办公室

主　任：张　怡

副主任：曹秀玲　刘明珠

四级主任科员：张　俊

· 组织联络处

处　长：蒋小萍

副处长：龚胜铭

· 事业发展处

二级主任科员：周　滨

· 党总支

书　记：周勇刚

专职副书记：刘明珠（至 2021 年 10 月）

孙　芳（2021 年 10 月任）

委　员：马　燕　龚胜铭　曹秀玲　丁洁瑾　辛常州（至 2021 年 11 月）

丁洁瑾　张　俊　徐　怡（2021 年 11 月任）

·常州市文学艺术研究院

院　长：周冬军（2021 年 6 月任）

副院长：马　燕（2021 年 6 月任）

文艺家协会

·常州市作家协会

主　席：李怀中

副主席：陆克寒　金　磊　陈芳梅　荆和平　宋　江　张　健　陈韵华　韩献忠

秘书长：陈韵华

监　事：李歆生　姜　刚　徐澄范

·常州市美术家协会

主　席：吴　鸣

副主席：张冬桥　李　庆　温巍山　冷天明　王　驰　汤洪泉　李啸东　黄海波

秘书长：张冬桥

监　事：梁逢源

·常州市书法家协会

主　席：陈　清

副主席：周冬军　戚散花　李啸东　汪　凯　张军佳　张泽江　周俊海　郑长安

秘书长：周冬军

监　事：朱　红　江立群　许晓枫　李国华　张国强　徐小平　陶汇敏

·常州市摄影家协会

主　席：王京（至 2021 年 5 月）

副主席：戴文伟　刘建中　周国翃　虞　岭　万巍芽　李海刚　王玉华　戴建春

秘书长：戴文伟

监　事：方南祺

·常州市戏剧家协会

主　席：沈惠兰（至 2021 年 11 月）

　　　　孙　薇（2021 年 12 月任）

副主席：谢　庆　张　怡　孙　薇　范丽萍　梅　丽　何　林　沈　怡（至 2021.11）

　　　　张　怡　梅　丽　何　林　沈　怡　史国生　胡　星　薛平鸽（2021.12 任）

秘书长：梅　丽

监　事：牟亚芬

·常州市音乐家协会

主　席：夏　厦（至 2021 年 11 月）

　　　　熊祖鹏（2021 年 12 月任）

副主席：王乐平　熊祖鹏　潘振新　高展飞　李平英　刘　旭　黄　晨（至 2021 年 11 月）

　　　　刘　旭　黄　晨　刘　洋　徐　静　马　凌　恽新苗　朱益民（2021 年 12 月任）

秘书长：刘　洋（至 2021 年 11 月）

　　　　徐杰泷（2021 年 12 月任）

监　事：王明霞　恽　曙　杨　赟

·常州市曲艺家协会

主　席：杨秀妹

副主席：张　怡　沈红球　夏雪慧　张红兵　张姝娜

秘书长：夏雪慧

监　事：张松春

·常州市舞蹈家协会

主　席：闵建敏（至 2021 年 11 月）

　　　　谢　庆（2021 年 12 月任）

副主席：丁德惠　余晓军　谢　庆　祝玉峰（至 2021 年 11 月）

　　　　祝玉峰　韩　露　王　喻　虞　柄　黄茜茜（2021 年 12 月任）

秘书长：韩　露

监　事：郑　晖

· 常州市民间文艺家协会

主　席：马士勇

副主席：邓　超　袁纬雯　张士斌　蒋凤姣　马　燕　徐书翔

秘书长：马　燕

监　事：苏　刚

· 常州市电影电视家协会

主　席：沈爱华

副主席：杨福华　陈国华　陈方平　王元康　王向东　于昌林　朱伟清

秘书长：张　平

· 常州市工艺美术家协会

主　席：沈华强

副主席：孙燕云　王志伟　王明盛　邢　粮　徐文博

秘书长：王明盛

监　事：张　英

· 常州市花鸟画研究会

主　席：李啸东

副主席：周　平　陆　迅　李东波　何　钰　徐思齐

秘书长：何　钰

· 常州市诗词协会

主　席：李沛然

副主席：潘一新　马士勇　丁　欣　来雨风　张愚非　杨　煜

秘书长：袁纬雯

监　事：黄　剑

· 常州市文艺评论家协会

主　席：盛克俭

副主席：陆克寒　蒋和鸣　倪露江

秘书长：蒋和鸣

监　事：纪玲妹

辖市区文联

·溧阳市文联

主　席：芮振华（至 2021 年 6 月）

　　　　沈佳宾（2021 年 8 月任）

副主席：丁月辉

秘书长：丁月辉（兼）

·金坛区文联

主　席：季明华（至 2021 年 11 月）

　　　　许　靖（2021 年 11 月任）

副主席：虞青平（至 2021 年 4 月）　吴　芳（兼）　程云仲（兼）　史国胜（兼）　祝柏华（兼）

·武进区文联

主　席：夏征征（至 2021 年 11 月）

　　　　龚　黎（2021 年 11 月任）

副主席：羌云庆　周晓东

秘书长：葛　岩

·新北区文联

主　席：卞友文

副主席：管中文　赵可恒　包琳霞　戚宇凡　万巍芽

秘书长：管中文（兼）

·天宁区文联

主　席：方　静（至 2021 年 9 月）

　　　　刘　益（2021 年 9 月任）

副主席：戴　霞　蒋　垂

秘书长：陈韵华

·钟楼区文联

分管领导：高国俊

副 主 席：徐澄范　姚建国

秘 书 长：徐澄范　（兼）

产行业文联

· 红梅街道文联

负责人：田建华

· 南车戚墅堰机车有限公司文联

负责人：周　斌

· 公安文联

负责人：张昱玲

· 消防文联

负责人：韦　晟

· 监狱文联

负责人：姜守清

· 越剧之友联谊会

负责人：沈　倩

· 常州声乐协会

负责人：戴　诚

· 苏东坡研究会

负责人：赵世平

· 地方文化研究会

负责人：史国瑛

· 常州市朗诵吟诵艺术协会

负责人：李音强

· 古琴研究会

负责人：杨　晖

·常州市华音爱乐乐团

负责人：陈炳潜

·常州华音长青艺术团

负责人：邹国跃

·常州华声合唱团

负责人：徐惠英

·常州市企业家摄影协会

负责人：倪建春

·常州市旅游摄影协会

负责人：朱晓彬

·常州市青少年艺术协会

负责人：彭琴芬

·常州市手机摄影协会

负责人：史荣飞

·常州市数字影像技术研究会

负责人：张　霆

·常州市雕塑家协会

负责人：冷天明

·常州市国标舞协会

负责人：华红霞

·常州市捌伍当代艺术馆

负责人：徐建新

·政协书画社

负责人：朱剑伟